苏州大学文学院学术文库

江苏高校优势学科建设工程项目资助

新世纪文学的批评维度

房　伟 / 著

苏州大学出版社
Soochow University Press

图书在版编目(CIP)数据

新世纪文学的批评维度／房伟著．—苏州：苏州大学出版社，2020.11
（苏州大学文学院学术文库）
ISBN 978-7-5672-3397-3

Ⅰ.①新… Ⅱ.①房… Ⅲ.①中国文学-当代文学-文学评论-文集 Ⅳ.①I206.7-53

中国版本图书馆 CIP 数据核字(2020)第 242193 号

书　　名：	新世纪文学的批评维度
	XINSHIJI WENXUE DE PIPING WEIDU
著　　者：	房　伟
责任编辑：	周凯婷
装帧设计：	刘　俊
出版发行：	苏州大学出版社(Soochow University Press)
社　　址：	苏州市十梓街1号　邮编：215006
网　　址：	www.sudapress.com
邮　　箱：	sdcbs@suda.edu.cn
印　　装：	苏州工业园区美柯乐制版印务有限责任公司
邮购热线：	0512-67480030　销售热线：0512-67481020
网店地址：	https://szdxcbs.tmall.com/(天猫旗舰店)
开　　本：	700 mm×1 000 mm　1/16　印张：14.25　字数：206千
版　　次：	2020年11月第1版
印　　次：	2020年11月第1次印刷
书　　号：	ISBN 978-7-5672-3397-3
定　　价：	58.00元

凡购本社图书发现印装错误，请与本社联系调换。服务热线：0512-67481020

"苏州大学文学院学术文库"系列丛书学术委员会

主 任

王 尧　曹 炜

委 员

（按姓氏笔画排序）

马亚中　刘祥安　汤哲声　李 勇
季 进　周生杰　徐国源

总 序

苏州，江左名都，吴中腹地，自古便是"书田勤种播"之地。文人雅士为官教谕之暇，总爱闭户于书斋，以留下自己若干卷丹铅示于时贤后人自娱。这种风雅传统至今依然延续在苏州大学文科院系，自其他大学文学院调至苏州大学文学院执教的前辈学者不免感叹"此地著书立说之风甚浓"了。

苏州大学文学院"中国语言文学"为省优势学科，建设的内容之一是高水平学术著作的出版，"苏州大学文学院学术文库"（以下简称"文库"）便是学科建设的成果。出版文库的宗旨是：通过对有限科研资助经费的合理调配使用，进一步全面地展示与总结文学院教师的学术研究成果，以推进和强化学科建设，特别是促进学院新生学术力量的成长——这些目前尚属于"雏鹰"的新生学术力量便是文学院的未来。

文库的组织运行工作自 2019 年 9 月启动，第一批文库书籍在三个月内已先后同苏州大学出版社签订了出版协议。由于经费有限，在张罗文库之初，文库学术委员会明确：学术委员会成员的学术成果暂不列入文库出版阵容；首批出版的学术文库向副教授、青年讲师以及刚入职的青年教师倾斜，教授的学术研究成果往后安排。文库的组织出版应该是一项常态工作，每年视经费情况，均会推出一批著作。为贯彻本丛书出版宗旨，扩大我院学术影响，学院将对本丛书中已出版的各种成果加强宣传，推荐评奖，并对获得重大奖项者予以奖励。

为加强对文库出版工作的组织和领导工作，文库学术委员会设立了初审和复审小组，遴选学术著作。孙宁华、杨旭辉、王建军、吴雨平、王耘和张蕾等参加初审工作，王尧、曹炜、马亚中、汤哲声、刘祥安、季进、徐国源、李勇和周生杰等参加复审工作，袁丽云、陈实、周品等参与了部分具体事务。现在，经学院上下一起努力，文库第一批书籍付梓在即，这无疑是所有参与者心血的结晶。我们希望，借助这个平台，进一步激发文学院教师的科研热情，并为所有研究人员学术成果的及时面世创造条件。

为了文库出版工作的持续顺利运行，为了文学院学术影响力的不断提升，让我们全体同人携起手来！

王尧　曹炜

2020年4月28日

目　录

第一辑　文坛思潮扫描

当代历史小说的问题及出路　　　　　　　　　　／003
消费市场影响下的当下文学批评　　　　　　　　／011
当代文学经典化势在必行　　　　　　　　　　　／019
专业背景与作家的精神世界　　　　　　　　　　／023
"非虚构"：新世纪文学的问题与方法　　　　　／033
论新世纪长篇小说创作中的史诗性倾向　　　　　／043
"大屠杀叙事"的尴尬与突围　　　　　　　　　／055

第二辑　网络文学批评

青年批评家如何应对网络文学？　　　　　　　　／061
我们向网络小说"借鉴"什么？　　　　　　　　／069
中国网络文学的现实主义问题　　　　　　　　　／078
"文学传统"视野下的中国网络文学　　　　　　／083
个人主义、穿越史观与共同体诱惑
　　——论"网络穿越历史小说"的"三宗罪"　／088

第三辑　纯文学现场

当"朝霞"升起的时候
　　——评吴亮的长篇小说《朝霞》　　　　　　　　　／109

"异托邦"反思下的现实言说限度
　　——评贾平凹的小说《极花》　　　　　　　　　／114

旧日的先锋与焕发新貌的现实主义
　　——论马原的长篇小说新作《纠缠》与《荒唐》　／121

"此在"的天堂与地狱
　　——评张学东的中篇小说集《裸夜》　　　　　　／130

那些消逝在风中的情与爱
　　——评钟求是的小说集《昆城记》　　　　　　　／134

未来世界的诗性忧思
　　——评李宏伟的科幻小说《国王与抒情诗》　　　／139

梁庄与中国：无法终结的记忆
　　——评梁鸿的长篇非虚构文学《出梁庄记》　　　／146

第四辑　作家创作论

"浮生叙事"：世相纷繁之间的浅唱
　　——艾玛小说创作论　　　　　　　　　　　　　／159

诗意：在虚无世界的故事尽头
　　——王威廉小说论　　　　　　　　　　　　　　／167

燃在俗世红尘的理想之光
　　——锦璐小说创作论　　　　　　　　　　　　　／176

"再历史化"的可能性及其限度
　　——艾伟小说创作论　　　　　　　　　　　　　／182

"中间态"定位与"小叙事"突围
　　——中国"70后"作家短篇小说论　　　　　　／202

后记　　　　　　　　　　　　　　　　　　　　　／220

第一辑

文坛思潮扫描

当代历史小说的问题及出路

历史与文学的关系非常复杂，好的历史文学应该是历史理性与历史想象力的融合与再造。西方有口传史诗传统，将真实历史与歌谣、传说与想象融合在了一起，反映了人类早期对自我和世界未曾分裂的天真认识。亚里士多德说，历史是过去发生的事，而文学则是可能发生的事。非常鲜明地点出了文学对想象力、情感判断的追求。但是，中古和近代早期，很多西方历史学家认为，自己的职能就是为上帝的意志在人世的显现做编年史，世事变化，从根本上说，就是出于上帝意志，人类历史就是善与恶两种超自然力量的竞技场。这种情况，直到兰克、吉本、蒙森、卡尔等近代启蒙史学家出现之后，具有科学理性意味的真实性，才逐渐成为历史的第一要素，文学的成分、道德评判的成分，才逐渐退出。这种情况，到了后现代史学阶段，又被怀特、利奥塔等学者来了个大颠覆。

相对而言，中世纪历史小说，偏重圣徒行迹与骑士传说，也充满了道德判断和浪漫色彩，到了西方的现代历史小说，从号称"历史小说之父"的司各特的《艾凡赫》，一直到狄更斯、莎士比亚、托尔斯泰，甚至到当代的尤瑟纳尔、库切的作品，都充满了理性精神和哲学意味，在追求历史真实的基础上，探求人与历史及社会的复杂关系。西方的后现代主义也影响了历史小说的创作，但相对而言，这种影响更多是哲学层面，虚无主义并没有对理性主义价值观造成根本性的冲击与动摇，特别是精英文学。就是马丁的《权力的游戏》这样的通俗的架空历史的"重写神话"的小说，在架空之中，也为我们展现出历史叙事理性精神的迷人魅力，甚至为特朗普等欧美政要所钟爱，并在演讲之中频频引用。相反地，新历史主义与后现代主义思潮，对中国当代文学的破坏作用显得更大。

中国传统之中，文学与历史的纠葛更复杂，比如，《史记》这样的历史作品，文采斐然，被称为"无韵之《离骚》"。很多文人的创作，也以能入史为极大荣耀。但司马光的《资治通鉴》偏偏不取文人，甚至轻视文学和文人，认为"文学对资治无益"。因此，顾炎武在《日知录》中说："李因笃语予《通鉴》不载文人。如屈原之为人，太史公赞之，谓'与日月争光'，不得书于《通鉴》，杜子美若非'出师未捷'一诗为王叔文所吟，则姓名亦不登于简牍矣。予答之曰：此书本以资治，何暇录及文人？"[1]金圣叹曾说，历史乃以文运事，文学则因文生事。也就是说，文采对于历史而言，不过是帮助其更好叙述的工具；而对文学而言，想象力与情感的因素，则是文学的根本，事件不过由此而生已，真假莫辨。佛学思想的引入，更让中国的古典小说，甚少追求理性的真实，而更多注重相对论、循环论性的非理性史观，如"天下大事，分久必合，合久必分""人生如梦、梦如人生"等思维方式。因此，中国的古典历史小说，大多是传奇、演义，注重其中的情感因素和激烈的虚构冲突，借此表达复杂的人生况味。这不同于西方在上帝视角之下的道德判断，而更多的是一种伦理性道德判断，且较少有"罪"的况味，也不是日本人的"耻"感，反而多了"空无"的韵致。这种对历史与现实的人生态度，甚至也影响了日本文学，比如，《平家物语》的开头，就说道："祇园精舍钟声响，诉说世事本无常；婆罗双树花失色，盛者转衰如沧桑。骄奢淫逸不长久，恰如春夜梦一场；强梁霸道终覆灭，好似风中尘土扬。"[2]颇似《三国演义》《桃花扇》的味道。

然而，这种情况到了清末之后，又是风气一变。启蒙与救亡，使得历史文学更多地承载起意识形态的功能，比如，郭沫若的《大泽乡》《秦始皇将死》《石碣》《豹子头》，郑振铎的《桂公塘》等，历

---

[1] [清]顾炎武，[唐]李世民，[清]曾国藩．日知录[M]．长春：北方妇女儿童出版社，2001：155．
[2] [日]佚名．平家物语[M]．周启明，申非，译．北京：人民文学出版社，1984：1．

史就被加入了阶级意识，历史也成了阶级对抗的活报剧。这种"古为今用"的公羊学传统，"以理为经，以明道为宗"的宋学影响，使得启蒙思想在被左翼化之后，不仅形成了五段论的阶级对抗与社会进化的史学观，而且在历史文学之中，造成了曲解史实，迎合宏大叙述目的论的企图。这种历史文学的意识形态先行论，在戏剧《新编海瑞罢官》之中达到了顶点，一直到姚雪垠的《李自成》都还存在。但在现代文学之中，其实还有着别样的历史想象，比如鲁迅的《故事新编》，冯至的《伍子胥》，施蛰存的《将军底头》，黄秋耘的《杜子美还家》等历史作品，历史理性与历史的想象力，都得到了很好的展现。进入新时期，历史小说有一个大爆发期，《少年天子》《皖南事变》《白门柳》《曾国藩》等一系列优秀作品，都在追求历史真实性与历史理性上有了长足进步。

　　但这种倾向，因为新历史主义的出现，遭到了颠覆。不可否认，新历史主义在破除意识形态偏见，追求人性解放之中的意义不可忽视，但它的重要缺陷在于，它毁掉和颠覆的，不仅是阶级对抗的说教灌输，而且是中国人来之不易的历史理性意识。在它的狂欢化的叙述背后，其实又回到了中国古代的"传奇"传统。这种情况，因为消费时代的介入，变得更加扑朔迷离。历史在刘震云的《故乡天下黄花》之中变成了农民式的、循环式的生死仇杀，在苏童的《米》《罂粟之家》之中变成了"恶"的报应与欲望的盛开。李锐的《银城故事》则在表面的启蒙批判之下，将历史沦为虚无的胜利与牛屎客的呓语。

　　在对新历史主义的一片赞扬声中，不是没有清醒的反思，但这些清醒的反思一概被指责为"阶级化的僵化历史思维"，跟不上后现代的历史潮流。这种情况造成的遗毒，直接影响到了"抗战神剧"这样荒诞的东西出现。我们的主流意识形态工作者、批评家和百姓，也在"年复一年"的声讨之中，习惯了它们的存在，甚至还能从中找到一点"娱乐的快感"。这种情况，尤其以陈忠实的《白鹿原》为最。陈的这篇小说，被认为是一部史诗性作品，反映了波澜壮阔的中国现代史。虽然，我们不否认它是一部优秀的历史小说。但至今为止,对《白鹿原》的问题反思都是不足的。在历史理性与深度方面,《白鹿原》不如《古船》与《尘埃落定》。《白鹿原》之所以会出现歧视女性、迷信谶纬、过分美化关学、夸大性欲特征、逻辑杂糅混乱等特点,都是因为其缺乏真正的历史理性。小说以"白嘉轩娶了七房女人"开头,就奠定了它"传奇"的思维方式。比如,从历史理性角度,如果真写此奇人,就应该给死去的这七个女人一个解释,而不是以"他的那东西有毒"[1]这样一个带有谶纬色彩的解答搪塞过去。因为《白鹿原》是现代小说,而不是子部的明清传奇。尽管小说试图从历史理性的角度,对整个国共争斗的历史、中国的近现代史进行整体关照,但在历史学者来看,该小说对历史的认知,并没有多少独到的深刻之处(例如,士绅在抗战时期的作用应该肯定,但是否可以将之放在整个权力博弈的框架下,去看待清末以来,由于中央统治权的衰落,而导致的士绅变成"权绅"和"恶绅"的问题?)而这种来自《古船》的家族史的框架,却并不如《古船》那么深刻,反而成了20世纪90年代以后历史小说流行的路子,动辄时间跨度为百年上下,几大家族争斗,士绅力挽狂澜,欲望与权力交织,一个儿子当国民党,另一个儿子当共产党。类似的模式,都成了套路。

但是,历史并非如此简单,战争也不是如此简单。历史文学的深刻内涵,也不是仅仅一个"性爱加权力"就能概括的。那只是通俗文学的套路。比如说,近代历史之中,党争和权争与外国势力的关系如何?这背后的现代性思维如何展开?20世纪90年代以来,最好的历史小说还应该是《花腔》《尘埃落定》这样的作品。在《白鹿原》这样的家族历史小说之中,作家更多的是从一个理念出发,对历史进行了另一种单面化解释——不同于《李自成》式的单面化。这种理念往往受到了后现代主义和新历史主义的解构色彩的影响。读者在阅读的过程之中,对历史并不是产生一种更理性化的理解,而是一种传奇化的理解,甚至是颠覆化的虚无主义的理解。与历史理性的不足相比,历史想象力的不足,则更是一大问题。一说想象力,就是将性爱

---

[1] 陈忠实.白鹿原[M].北京:北京十月文艺出版社,2011:8.

赋予古人，英雄人物都贪财好色，反面人物虽无耻却真实。这其实是对历史文学想象力的侮辱。历史英雄之所以为英雄，不仅在于他有凡人的一面，更在于他在特定的历史语境之下，做出了超出凡人，甚至改变历史进程的决定和行动。如果否认了这一点，也就是否认了人类精神的超越性。说到历史想象力，首先，它应该是对历史语境的逼真的还原能力与再现能力，不能历史人物一开口，感觉就是当代人在说话。其次，这种历史想象力还表现在对历史人物心灵的再现能力，要塑造历史人物"心灵的真实"。法国历史小说家尤瑟纳尔说过，历史是人类精神获得自由的学堂。通过对历史的接近，我们尝试理解人类的行为动机，并以理性的精神与我们当下的时代形成互文性的参考。我们必须看到，英雄来自凡人，又高于凡人。他们的生命光彩照亮我们的生活，给了我们无穷的想象与激情。英雄之所以是英雄，就在于他们在特定的历史环境之中，能够最大限度地发挥才能，也能最大限度地张扬民族国家的内在魅力，我们必须表现出他们作为凡人的喜怒哀乐，个人偏好，也必须表现出他之所以成为英雄的不平凡之处。要做到这些，就必须深入英雄的灵魂和精神世界，才能找到真正感染人和说服人的力量。以往的历史文艺，我们更注重英雄和外部世界的冲突性，比如，刻画英雄如何战天斗地，或与敌人殊死搏斗。相对而言，我们对历史英雄人物的内心刻画，是不太注重的，特别是历史英雄人物的心灵与当时历史时代的关系，甚至是更扩展一些，这些历史人物和人类的心灵特质、行为动机之间的关系。我们要尽可能地还原历史人物的生存语境，探讨他成为英雄的动机、土壤、形态、内涵与得失。我们还要有一种更高的历史理性精神的指引和评判，这既是现代民族国家叙事的伟大爱国主义精神，也是历史更高理性准则。除此之外，注重历史英雄人物的"心灵史"，就必然会追求历史情境的真实与人物行为逻辑的真实，有效避免对历史英雄恶搞、传奇化等不良消费文化影响，从而塑造良性文化消费导向。文学对于历史而言，正是想象力与好奇心、历史理性的遇合之处。文学并非为历史各类心机背书，而是要在波澜壮阔之中看到喜怒哀乐、爱恨情仇，在参天大树之上发现褶皱之处的细微变化，捡拾那些遗憾与悔恨，体验崇高伟大与卑鄙阴谋，并将之以巨大想象力与好奇心表现出来。历史文学的真实，并非简单的史实再现，而是人类心灵真实的再现。文学给了历史想象的魔力，给了历史好奇心，也给了历史一颗人类心灵的种子。茨威格的《人类群星闪耀时》展现千年帝国拜占庭的陷落，拿破仑的最后一分钟，令人心撼神摇；井上靖的《敦煌》，以儒生赵行德与异域公主的生死恋，再现了西夏的崛起与佛教的神秘氛围；卡尔维诺在《看不见的城市》之中，以忽必烈与马可波罗的会谈，铺展灿烂如星空般的虚构城市；库切的《等待野蛮人》，则干脆虚幻化历史背景，以一个类似罗马边陲城市的架空故事，探索了西方世界内部的殖民意识。

  21世纪已经过去了20年，中国文学，特别是中国历史文学如果想要发展，必须走出《白鹿原》模式的窠臼与困扰，也必须在反思后现代主义、新历史主义的基础上，进行更勇敢的主体性探索。正如艾文斯所说："当一个后现代作者提出声明——历史的线性时间乃是过去的东西，她似乎没有意识到在这个描述之中存在的反讽，因为声称某个东西是过去的产物，其自身就是在利用时间的历史概念。"[1]这个问题，在中国的后现代之中更明显，因为中国的现代并不充分，但我们又有一种线性的进步的幻觉和焦虑，因此，也就有了多元论和解构论这样的东西，我们不是被时间打败的，而是失败于空间的诡计。西方人希望通过后现代再次解放他们的历史动能和能量，并释放文明的力量，但代价是，如同西方化的现代对中国传统的毁灭一样，后现代再次毁灭了中国并未建设好的现代——我们沦为了后现代的"边缘"。空间的力量是巨大的，它利用了时间，制造了与文明同步的幻觉，抹杀了差异性。我们必须在现代和后现代之中，寻找出属于自己的建构力量，才能真正树立主体性。否则，我们只能"被讲述"。后现代解构宏大叙事，后现代者把线性时间看作霸权，其实是混淆了时间的一般性计算方法，并掩盖了空间上的霸权。比如说，我

---

[1] [英]理查德·艾文斯. 捍卫历史[M]. 张仲民，潘玮琳，章可，译. 桂林：广西师范大学出版社，2009：165.

们同时在深夜12点,类比为我们同时在后现代,这样就平等了、民主了吗?其实不然,因为地缘才真正决定一切。

同时,后现代主义鼓励读者更贴近地阅读文献,迫使历史学家前所未有地质疑他们的研究方法和研究程序,促使读者更强调对历史主观性的公开认可,让历史作品更容易为学院之外的大众接受,它还使得作为个体存在的人重新恢复了历史的位置。但正如历史学家卡尔所说:"不能因为一座山横看成岭侧成峰,就说该山实际上根本无外形可言。或者说,它有无穷的外形。"[1]后现代主义的一大问题在于它的片面性。这种片面性不仅影响到了历史学,而且影响到了历史文学。我们将只能获得另一种思想的"化约主义"。艾文斯也说过,历史可以有通则,但绝少定律。历史是一个"差劲"的预言家。不仅那些看似合理的进步逻辑应被质疑,那些将之沦为偶然性和碎片化的认知逻辑,也值得质疑。因为无论是乐观进步,还是偶然的碎片化,都不是"定律",而只是"通则"。美国学者福山曾说:"历史已经终结。"[2]此说法也为后现代主义塑造"终极景观"提供了灵感。虽然,福山后来又修正了看法,20世纪七八十年代以来甚嚣尘上的后现代主义,在新世纪也正发生着批评家们认为的"新转向",即后现代性退隐,现代性重现。全球化的冲击,并没有使人类走向大同。民族国家意识和民族、文化的激进态度,却不断走向新冲突。英国退出欧盟,特朗普执政,泛亚和泛欧的强人政治重现,都在昭示意识形态未退出公共空间。地球的人类,远远还不是躺在沙滩晒太阳的"最后的人"(LAST MAN)。也许,福山的最大启示,并不是预言了历史终结,而是展现了人类对未来的一种隐忧,即那些人类为之流血牺牲的概念,那些寄托人类爱恨情仇的宗教、意识形态和民族优越感,是否会随着物质极大丰富而走向消亡?没有了战争、冲突、政权更替,历史是不是会变成无聊的数字图表、枯燥的流水账?然而,即便如

---

[1] [英]爱德华·霍列特·卡尔. 历史是什么[M]. 陈恒,译. 北京:商务印书馆,2017:177.
[2] [美]弗朗西斯·福山. 历史的终结及最后之人[M]. 黄胜强,许铭原,译. 北京:中国社会科学出版社,2003:231.

此，我们对历史的文学书写，反而显得格外重要起来。因为正是历史的好奇心和想象力，正是那些历史的褶皱和可能性，会给人类的存在提供更多的选择维度、生存勇气与时间的智慧。对于中国而言，历史文学的发展，也会标志着我们这个民族的历史理性的发展，成为写出真正"中国故事"、塑造"中国文化主体性"的有利契机。

消费市场影响下的当下文学批评

"批评"正在变成"声名狼藉"的词汇。一部重要文学作品问世,随之出现一些既准确及时、视野开阔,又严谨深刻的文学批评文章,总能让读者得到很大启发。然而,当下的文学批评,看起来量非常大,有学院派批评、媒体批评、民间批评等多种渠道,可整体水平参差不齐。其中最受关注的问题之一,就是如何正确处理文学批评与消费市场的关系。

文学生产受制于消费市场,文学批评自然也受到消费市场的影响。文学批评是讲究"符号信誉"的领域。批评家的权威,除专业头衔、学术声望外,主要来自批评家能否对作品做出既独具慧眼,又理性准确的评价。公正地讲,文学批评的繁荣,也是创作繁荣的重要表现,我们不能否定文学批评的合理性。从某种角度看,及时的文学批评,让读者在每年海量的创作中得到合理的引导。披沙拣金、深海求蚌,文学批评工作蕴含着批评家艰辛的劳动,理应受到人们尊重。而在文学与消费市场的关系方面,也不能简单片面地将消费市场想象为戕害文学的"恶魔"。这种道德化论断,在20世纪90年代"人文精神大讨论"中,就已被证明是无效的了。

法国理论家布迪厄认为,文学场域是"半自主性场域",所谓"半自主性"即文学既受政治、经济等场域的制约,又在某种情况下表现为对抗其他场域,追求自主性的"非意识形态"性——尽管"纯自主性"诉求背后,往往隐藏着更深的政治经济逻辑。文学批评也不可避免地受到消费市场的影响,忽视文学批评与消费市场的关系,或单纯否认这种关系,以期某种服务于"纯粹"的道德、艺术或学术的看法,往往是不现实的,也是非客观的。习近平总书记指出:"一部好的作品,应该是把社会效益放在首位,同时也应该是社会效益和经济效益相统一的作品。文艺不能当市场的奴隶,不要沾满了铜臭气。优秀的文艺作品,最好是既能在思想上、艺术上取得成功,又能在市场上受到欢迎。"[1]这种实现消费市场与艺术的"双赢"的思想,是消费市场与文学之间"有效关系"的清醒认识,对文学批评同样有指导意义。

目前的症结在于,当下文学批评与消费市场的关系并非良性互动,而是充斥着严重的"不平衡性"。消费市场对文学批评的不良影响主要有以下几方面。一是消费市场通过拉齐批评家与读者之间的高度,模糊二者区别,取消批评的独立价值。我们常听到的指责是,文学批评"自说自话""晦涩生硬",不够通俗自然,也不能与读者"有效"共鸣。于是,很多批评家被这样的指责吓住了,往往刻意讨好读者,模仿普通读者的语气口吻,复制流行性的平庸看法,甚至是那些"心灵鸡汤"的文字表述,或是将文学批评变成某种看起来充满刺激的"酷评"式语言。埃斯卡皮就批评家与消费读者的区别做过论述:"行家的作用是'跑到幕后',去窥探文学创作的社会历史背景,设法理解创作意图、分析创作手法。对他来说,不存在什么作品的老化或死亡问题,因为他随时随地从思想上构拟出能使作品重新获得美学意义的参照体系。相反的,消费者作决定而不需要向人们讲道理,对他们来说,不用起什么作用,只有如何生活的问题。"[2]也就是说,批评者应通过专业素质对文学作品的深层意义、审美价值与文学史定位等需判断和决定的领域研究分析,普通读者则既可受到专业的引导来选择阅读范围,也可能出自单纯的兴趣、爱好、口味,甚至是某种消遣,或不自觉的偏见来选择性阅读。二者关注点不同,也各有功用。批评家的研究有指引"深层次阅读",提高读者修养的作用,但也不能指望读者完全听命于批评家,读者也不能单纯抱怨批

---

[1] 习近平.在文艺工作座谈会上的讲话[M].北京:人民出版社,2015:89.
[2] [法]罗贝尔·埃斯卡皮.文学社会学[M].王美华,于沛,译.杭州:浙江人民出版社,1987:88-89.

评家过于"高深晦涩",不够"轻松好玩",奢求批评家完全俯首听命于读者。

当然,这并不是认为,文学批评就应追求"高深艰涩"。靠专业理论术语、中英文夹杂的欧化句式,云山雾罩的曲折表达,"吓唬"读者和作者的做法,其实是某种文学批评的"学院傲慢症"。文学批评的专业性在于批评者的深厚文学素养和科学严谨的态度,而不是通过区隔来"自抬身价"。其实真正"高深"的文学批评,它的表述方式和内容,往往非常朴素直接,也深入浅出。"晦涩"只是出于对理论的理解过于缠绕纠结,或不够透彻罢了。

二是消费市场通过一系列操作,将批评家"捆绑"式嵌入文学生产过程,让批评家成为作家和出版社、网络图书运营机构等文学生产者俯首帖耳的"合伙人"。除了读者对批评家有诸多抱怨外,作家对批评家的情感也非常复杂。一方面,作家欢迎感激深刻有效的批评。有尊严的批评是艰苦诚实的劳动,它在时间的变幻中发现永恒品质,在历史长河中展示艺术魅力,如昆德拉说:"对于一个作家,没有比面临批评的不存在而更糟糕,我所指的文学批评是把它作为思索和分析,这种批评善于把它所要批评的书阅读数遍,这种文学批评对现实的无情的时钟是充耳不闻的,对于一年前,对于30年前,300年前诞生的作品都准备讨论,这种文学批评试图捉住一部作品中的新鲜之处,并把它载入历史的记忆之中。如果思索不跟随小说的历史,我们对于陀思妥耶夫斯基、乔伊斯和普鲁斯特便会一无所知。没有它,任何作品都会付诸随意的判断和迅速被忘却。"[1]另一个方面,作家对粗暴的批评也非常反感。张炜曾说:"他不是一个诗人,可是他在严厉地裁决诗章。千篇一律,腔调古怪又严肃的可怕,没有感悟,也没有灵性。似乎只会做一点依附时尚的推论。这种时尚是多方面的,政治的,创作风气的,读者趣味的——在他们看来,诗人下的一切都必须为更具体的东西服务,必须表现得勤快些,因此就出现了

---

[1] [捷克]米兰.昆德拉.被背叛的遗嘱[M].余中先,译.上海:上海译文出版社,2003:22.

一批时髦的制作。这些批评让你想到一条条挥赶羊群的鞭子,不仅仅浅薄,而且可恶。"[1]

但是,问题的另一种可能性还在于,很多作家不想听到"不好"的批评,只想听到赞美和深刻意义的阐发。"文学批评"变成了"文学表扬"。雷蒙·威廉斯在《关键词:文化与社会的词汇》中说,批评有三重词源学含义,一是挑剔,二是判断,三是决定性的、重大的关键时刻。[2]威廉斯对批评词源的谱系学研究,我们看到了批评含义的复杂性。"挑剔"是必要的,"挑剔"才能将优秀作品有效地区别于一般性作品,但仅有挑剔还不够。必须有能"让人信服"的判断,这个"令人信服"就出自批评家诚实、理性、强大的审美感悟能力与敏锐的发现力。就这一点而言,优秀的批评如同优秀的创作,都是独一无二的创造。而"关键时刻"的说法,其实是提醒我们,对于作品来说,批评具重要的权威判断的功能,不可轻掷,也不可妄自菲薄。

除了作家的名利诉求外,这个问题背后还有文学出版及网络、游戏、影视等一系列衍生文化产业的利益链存在。对文化工业来说,真正具有文学价值的作品,也许并非其第一选择;相反,那些思想平庸肤浅,形式简单的作品,更有可能因应合了某种流行因素,而成为首选。这是由文化工业的"价值保守性"决定的,它更倾向于选择政治上无害,形式上轻松有趣,情感上偏重伦理性与大众趣味的作品。只有这样,才能有效地实现资本增值的最大效力。恰是在这样的诉求下,某些"被绑架"的文学批评家,就沦为了消费市场的"高级打工仔",这些操作性策略,包括文学书籍前期市场包装炒作,中期运营推广,后期"套餐式"附加值。这里既包括"消费"批评家的个人文字成果,如批评文章;也消费批评家的学术权威性及批评家的形象资本,如有偿评论、书籍推荐、作品座谈会、首发式、电视访谈、网络推广、评奖推选、外语翻译及引介等。

---

[1] 张炜. 批评与灵性[M]. 上海:文汇出版社,2005:63.
[2] [英]雷蒙·威廉斯. 关键词:文化与社会的词汇[M]. 刘建基,译. 北京:生活·读书·新知三联书店,2005:97-98.

本来这些过程，也符合文学生产的规律性，但可怕的是，过于频繁且紧密的市场行为，让某些批评家被金钱利益驱动，丧失了批评的独立性，甚至主动投怀送抱。很多批评家对参加活动的"红包""出场费"乐此不疲（这竟成为某些批评家的主要创收手段），对作品本身却并不关心，只关心其是否流行、效益如何，或者能出多少钱的批评费用，既不认真研读作品，也没有对作品认真严肃的评价。有时甚至出现所谓"临场二十分钟"现象，即提前二十分钟进入研讨会现场，会议开始前抓紧浏览作品。对此，被西方一直奉为经典正朔的批评大师布鲁姆，毫不客气地讽刺道："当今，很多长篇小说都因其'社会用途'而受到过分赞誉，一些只能称为'超市小说'的东西，被大学当成正典研究——我们肯定不欠平庸任何东西，不管它打算提出或代表任何什么集体性。"[1]而真正能体现批评家存在价值的，更应该是好处说好，坏处说坏，"拿了红包"也要批评！这种批评家尊严沦陷的情况，在某些"网络文学批评专家"身上尤为突出。"网络文学"格外依赖传媒力量，在那些炫耀技术的表情包，酷评加"粉丝爱"式的解读及对网络传媒和市场营销的无条件赞颂中，我们悲哀地发现，某些批评家放弃了权利和自尊，成了消费市场的应声虫。

　　三是消费市场行为，使得批评的"无原则性"取代批评的专业权威和学术底线。这种无原则性，既包括以上两个方面，如刻意讨好读者、迎合作者，积极投入市场炒作行为，也包括文学生产的消费性欲望无限扩张，对文学批评内在肌理的破坏和伤害。

　　这首先表现为文学批评面对市场消费的侵蚀，放弃"真实性""历史性""人民性"等经典测试标准。习近平总书记曾说过："要高度重视和切实加强文艺评论工作，运用历史的、人民的、艺术的、美学的观点评判和鉴赏作品，倡导说真话、讲道理，营造开展文艺批评的良好氛围。"[2]历史、人民、艺术与美学，包含着文学批评的方法

---

[1] [美]哈罗德·布鲁姆. 如何读，为什么读[M]. 黄灿然，译. 南京：译林出版社，2011：8-9.
[2] 中共中央宣传部文艺局. 学习习近平总书记文艺工作座谈会重要讲话作家艺术家体会文章摘编[M]. 北京：学习出版社，2015：149.

论和价值观。讲真话、讲道理，看似朴实无华，但蕴含着文学批评"说服人"的思维魅力与思想感染力。没有了历史维度，批评会丧失理性高度；没有了人民性，批评将丢弃立身之本；没有了艺术和美学的眼光，批评就会变成大杂烩；没有讲真话的真诚和勇气，批评就会沦落为高级市场附庸。习近平总书记提倡文艺批评要说真话，要敢于"剜烂苹果"，就是这个道理。"虚假的宽容"对批评来说很可怕。它往往意味着批评对利益的投降。宽容绝不是给予对方恩赐，也不是苟且的利益交换，它建立在忠于真理、平等和尊重的基础上。再也没有比坦率的批评更能体现"宽容精神"了。可以说，没有了这些标准，批评家的"判断权威"将大打折扣，批评家的"挑剔"将会变成"无原则的宽容"，而批评家所谓"重要的决断时刻"也将变成闹剧和游戏。很多批评家在认同市场过程中，以"多元主义"为旗帜，无限放低文学经典标准，好像只要能挣钱的作品就是经典之作，有读者的文学就是好文学。这样的做法，无异于饮鸩止渴，从根本上破坏文学批评的生存土壤。

其次，这也表现为文学批评话语生产的"过度衍生性"。符号资本要在市场行为中获取更多利益，必然追求话语的衍生引起大众关注。文学批评主动地投入市场，为自身的生产性，"人为地"制造文学批评事件、人物、概念，生产大量虚假批评泡沫产品，权威的批评变成了"虚假的批评"与"虚伪的批评"。"虚假"是指不能反映真实，而"虚伪"则是指批评的态度变得暧昧。它们已成为市场机器运作的齿轮。市场机制已深深地影响了文学批评的创制功能。所有文学市场的秘密，都在于它的关注度。而制造文学批评的符号消费，关键也是提高符号的"可再生性"，利用区隔、判断、复制、戏仿、增魅、变形、压缩、组装系列等工业或营销手段，造成文学批评不同寻常的关注度。然而，就其本质而言，鲍德里亚称之为"文化的再循环"（RECYCLAGE）[1]。批评家们热衷于创造虚假的文学概念、范

---

[1] [法]鲍德里亚. 消费社会[M] 刘成富，全志钢，译. 南京：南京大学出版社，2006：71.

畴、定义、奖项和事件，进而将文学批评的生产，变成消费社会背景下文化符号过度丰盛的产品，被强制赋予承接、接替的"再生产"功能，而编码规则和组合方式并没有什么本质不同。

习近平总书记说过："文艺不能在市场经济大潮中迷失方向，否则文艺就没有生命力。"[1]这同样适用于对当代文学批评与市场关系的思考。毋庸讳言，当代社会的"文学共同体"正经历深刻的衰变，这表现在："媚俗从众的大众文学，尽管在表征领域仍占有一席之地，但却由于文学性匮乏，以及与主流意识形态特别是大众传媒的同谋关系，失去了符号信誉；其二是纯粹写作的严肃文学，尽管在诸如作家协会、大学教材、研究机构、文学奖、大众传媒特别教育制度等体制担保下仍享有符号信誉，并在语言系统表征领域继续确定文学的真理，但由于它丧失社会沟通功能而使符号资本严重贬值。"[2]这种衰变一方面使精英文学与通俗文学之间的对立加强，通约性变差；另一方面，则是二者的评价体系也出现了对立，读者批评与专业批评之间的对立性也被强化。同时，随着现代科技的发展，通俗文学因与消费市场的合谋关系更深，更容易将符号象征资本转化为现实资本，因此，其占有的社会资源，特别是社会评价资源，出现了严峻的"倒流"现象。例如，随着中国新世纪网络通俗文学崛起，文学的道路被拓宽了，而文学迈向经典化的道路越来越艰难了。人们越来越难以忍受文学的难度和深度，越来越追求文学的消费娱乐性。伴随经典而生的严肃文学批评则更现危机。文学批评家，除了失语式的拒绝、献媚式的自我放弃外，也面临这样的危险，即沦为半吊子社会学家，业余的政治学家，不能胜任的人类学家，平庸的哲学家和武断的文化史家。[3]日渐纷乱的学科交叉，似乎扩张了批评疆域，丰富了批评武器，但有些普通读者宁愿去阅读"豆瓣读书"的读书评论，也不愿

---

[1] 习近平．文艺不能在市场经济大潮中迷失方向[J]．党课，2014（23）．
[2] 朱国华．文学与权力：文学合法性的批判性考察[M]．上海：华东师范大学出版社，2006：40．
[3] [美]哈罗德·布鲁姆．西方正典：伟大作家和不朽作品[M]．江宁康，译．南京：译林出版社，2005：412．

读那些被五花八门的"学问屠龙术"包围的严肃批评。这些危机背后，更有着经济力量的过分干预，文学话语生产符号利益的焦虑及来自我们内心的一次次"微小的溃败"。也许，批评家布鲁姆的一番话，能让我们这些搞文学批评的中国同行反思热爱文学的"初心"，抵御浮躁的诱惑："我认为自我在寻求自由和孤独时最终只是为了一个目的去阅读：去面对伟大，这种面对难以遮蔽加入伟大的行列的欲望，而这一欲望正是我们称之为崇高的审美体验的基础，即超越极限的渴求。我们共同的命运是衰老、疾病和销声匿迹。我们共同希望的就是某种形式的复活，这希望虽渺茫却从未停止过。"[1]伴随中国的国家力量的崛起，中华民族的伟大文化复兴，是我们面对错综复杂的全球文化格局的必要任务。清醒地认知文学批评与市场的关系，既要认识到文学批评进入市场流通的合理性，又要追求文学的永恒价值，追求有民族气派，有"伟大气质"的经典作品，这仍然是当代中国文学批评家应有的权利与不可推卸的责任。

---

[1] [美]哈罗德·布鲁姆. 西方正典：伟大作家和不朽作品[M]. 江宁康，译. 南京：译林出版社，2005：464.

当代文学经典化势在必行

当代文学经典化,这是个争论不休的焦点话题。早在2008年,吴义勤教授就旗帜鲜明地提出,无论是从汉语的成熟程度和文学性的实现程度,还是从当代作家的创造力来看,当代文学的成就都超过了现代文学。[1]他鼓励学者要有树立当代经典的勇气与信心,努力破除经典"神圣化"光环,反思经典"自动呈现"的误区。其实,这一话题背后还隐含着诸多文学史权力关系的探讨,诸如,现代文学和当代文学的关系如何定位?当代文学能否成史?当代文学与古典文学的经典标准如何统一?当代文学经典化是否影响当前文学史格局?等等。目前,关于这个问题的争论,仍在继续。

当代文学能否经典化?1985年,唐弢先生提出"当代文学不宜写史",引发了激烈争论:"历史是事物的发展过程,现状只有经过时间的推移才能转化为稳定的历史。现在那些《当代文学史》里写的许多事情是不够稳定的,比较稳定的部分则又往往不属于当代文学的范围。"[2]既不能成史,当然无从经典化。"不稳定性"的确存在,但内在原因,恐怕是意识形态对文学史介入过多,史观晦暗不明,冲突不休,又如何经典化?如孟繁华教授所指出:"唐弢先生当年表达的看法以及他的疑虑,并没有全然消失。文学史写作的羁绊、规约并没有完全解除。"[3]"当代文学"的命名,本身就有浓厚的革命文艺"断裂"色彩,尽管新时期后,这种命名又发生了多次位移,

---

[1] 吴义勤. 新世纪中国当代文学研究的现状与问题[J]. 文艺研究, 2008(8).
[2] 唐弢. 当代文学不宜写史[N]. 文汇报, 1985-10-29.
[3] 孟繁华. 不确定性与当代文学史的建构:1985—1988年中国当代文学史的讨论[J]. 南方文坛, 2014(4).

但当代文学始终无法树立相对统一的经典标准也是不争的事实。

那么，当代文学是否应永远地处于"现场状态"呢？这是"偷懒"的心态。命名经典，并不是简单地指认，更需要艰苦的"建设经典"工作。如果批评者没有能力和勇气确立经典，难道我们要把这些工作交给子孙后代？即使指认有误，但如果后世连批判的靶子都缺乏，那么，又如何还原历史？"经典留待后世评说"，表面谦虚客观，实际不负责任。如果文学批评家，没有文学史建构意识和理论自觉，就无法真正完成批评的使命。"当代"并不仅象征"永远的进行时"，且有特定的历史时间段，如果这个时间段被以"现场"的名义祛除经典性，那么将意味着文学史真正的断裂。当代文学不能经典化，反映了当代文学场域的政治性大于文学性，话语的意识形态性和美学趣味的交锋，不能形成通约性。而不可通约性，又表现为颠覆欲、破坏欲、批判欲和斗争癖。纯文学标准始终难以确立，而政治化企图依然具有强大影响。不同风格的作品，批判者欲置之死地，维护者同样不容别人置喙，背后则是利益交锋和人事纠葛。我们既缺乏严肃的批判文章，也缺乏严肃的褒扬文章。搏出位的便捷途径，便是拿名人开刀，或贬或褒，皆为表演性质，缺乏真情实感和真知灼见。

当然，很多反对当代文学经典化的学者，并非看不起当代文学，而是担心当代文学经典化的倡议，会导致"虚假经典"泛滥。但这种情况并非当代独有，如别林斯基的《文学的幻想》，就对同时代自封为"经典大师"的库柯尔尼克、布尔加林、格列奇等人大加讽刺。经典化需要阐释，但阐释必须"说服人"才有力量和魅力。"说服人"不仅需要专业权威，更需要专家通过专业知识和较高的审美鉴赏能力，对读者进行"真善美"的引导。新时期伊始，中国刚走出革命文学阅读模式，张爱玲和沈从文的经典化，即使有夏志清、李欧梵等著名学者的努力，但也离不开大量不知名的现代文学授课教师的文学鉴赏课程。谁也不能否认，正是在"说服人"的基础上，张和沈才以独特美学魅力打动了千千万万的读者。这并不是靠学术权威的强制指认就可以完成的。指引的过程，大众自会有心灵的判断和取舍。如果指引可靠、准确，大众自然会接受；如果命名不具价值，自然会被读者淡忘并淘汰（每年这么多作品研讨会，杰作、史诗称号满天飞，但我们能记住的，还是那些真正具价值和水准的作品）。我们现在的问题是，一方面拒绝承认当代文学经典化的可能性和必要性；另一方面，却出于种种需要，对当下作品有太多"不负责任"的经典命名。

同时，经典并非"命名了事"，更意味着艰苦的经典建设工作。除了"厚古薄今"的思想外，大家更喜欢争论不休的热闹局面，仿佛这样才"更当代"。命名经典，要有大量细致的资料、传记，扎实的文本细读和默默地推广性工作，这不是空喊两声就能解决问题的。而"吵架"模式，显然最符合媒体和某些文坛秩序厘定者的心理期许。如当代文学的资料问题，已到了非重视不可的程度。无论是"十七年文学"、"文革"文学，还是新时期文学，其实都已不仅是当代文学，也是"历史"了。如果忽视当代文学资料，就会造成大量第一手资料来不及整理和抢救，被淹没在历史长河中。如果作家还活着，整理资料似乎容易，但这里也忽略了潜在难度：作者是否心甘情愿地把资料给你？作者给的资料是否可靠？你是否有证明或证伪资料的勇气？对作者不愿为人所知的、不利于作者的资料，你能否勇敢地予以打捞？这些问题在现代文学资料研究中就很突出，当代文学同样存在。如海子逝世多年，也有不错的评传，但学者们发现各版本之间非常混乱，即使不错的评传，阐释的东西依然太多，扎实的第一手材料则少。很多安徽籍作者有大量与海子的通信，但这些信札的整理工作，始终无法推进。另外，海子的生平还有很多疑点和敏感点，同样需要文学史家努力探究。同样的问题也出在路遥身上。真实反映作家的生平，而不是将作家传记写成励志心灵鸡汤，的确势在必行。当代作家的丰富性和复杂性，绝不逊色于现代作家，如刚去世的传奇作家张贤亮，又如杨绛、黄永玉这样跨越几个时代、几个领域的文化大家，都值得当代文学认真研究，扎实搞好资料工作。

当代文学经典化应建立怎样的标准？要看到经典标准的相对性和通约性之间的关系。如吴义勤教授所言，纯文学标准应是第一位的。尽管，作为文学思潮的"纯文学"，已出现了很多弊端，急切需要反思。但在很大程度上，新时期以来的纯文学，其实并非"纯文学"。如果说，一味强调语言实验、晦涩难懂的文学，或不问现实与历史、营造小圈子的文学，就是"纯文学"，恐怕不能服众。这里的"纯文学"，还是指能形成独特成熟的汉语文体，坚持以文学性为根本，关照现实社会与人生的作品。同样，经典化需要指引性阅读，特别是专家的指引性阅读，这也是建立标准的必要途径。例如，当代网络文学浩如烟海，其实有不少好作品，但这些作品可能因商业炒作性不强、名气不大，而遭到忽略。如树下野狐、骑桶人、燕垒生等的奇幻文学，阿菩、天使奥斯卡的穿越小说，天下飘火与黑天魔神的末日科幻小说，纳蓝天青、鲁班尺的惊悚小说，等等。批判家的介入，要通过精准、敏锐，且具说服力的文字，指出这些作品的价值在哪里，到底表现了哪些新文学质素，而不是简单认可市场和网络公司的"排行榜"。这些优秀的网络作品，很多缺乏金钱回报率和关注度，然而，它们在网络公共空间平台上，利用意识形态话语的间隙，创造了别具价值的文学形态。批评界面对网络文学的主要问题，不是网络文学水平太差，或网络文学不需要指导，而是批评家本身的介入能力太低。批评家跟着网络公司的屁股转，没什么出息。还有另一种不好的风气，就是将网络作品术语化，将网络文学装扮成先进理论的代言人。这些做法无疑是传统批评恶习的延续，以术语唬人，以艰涩难懂的术语权力，替代鲜活生动的文学解读，其目的不外乎以此获得学术体制，特别是高校学术体制的资金支持，弄一些读者厌恶的"大而空"的研究。

经典既是历代经验凝结的结果，也需要当代人的积极参与。一时代有一时代的经典，而我们的时代，恰是特别需要经典的时代。很多前所未有的文学形式、前所未见的文化现象，像万花筒般刺激着我们了解时代的欲望。然而，这又是一个难以解读的时代，不仅有解读本身的难度，且是那些错综复杂的问题早已超出了文学的边界，成为一个个山峦层叠、迷雾重重的谜语，只有拥有勇敢的心、睿智的眼睛和真诚的灵魂，才能以独立而审美的批评品格，成为这个时代的"经典阐释者"。

专业背景与作家的精神世界

严羽在《沧浪诗话》中说:"夫诗有别材,非关书也;诗有别趣,非关理也。然非多读书、多穷理,则不能极其至,所谓不涉理路、不落言筌者,上也。"[1]这段话常常被大家拿来说明作家创作才能的特殊之处。专业背景与作家的成长问题,一直被大家讨论。这些年来,就"大学中文系能不能培养作家"这个话题,文化界争议也很大。有的学者认为,大学中文系,培养的是文学工作者,而不是作家。也有学者认为,大学中文系过分注重学院派知识养成,造成文学教育与实践的脱节,以至于大学中文教育越来越萎缩,与社会也越来越隔阂。

对于这些观点,笔者不能完全同意,也不会完全不同意。笔者身在大学学院体制,深知其中甘苦,而作为一个"不甘寂寞"的大学教师,笔者也在业余进行文学创作,知道搞学问的人去搞创作自有利弊。目前的中文教育,受到理工科思维影响,的确存在过分追求量化和学院话语的问题。很多学中文的人,博士都毕业了,弄了一肚子半生不熟的理论术语,而最基本的文学鉴赏能力却很差,甚至作品阅读面都非常狭窄。学院化最大的问题,是太多条条框框,专业之间壁垒森严,利益链非常清晰,不要说跨界创作,就是在"大学科范畴"内部流动都存在尴尬情况。笔者就认识一位长江学者级历史专业学者。他是搞宋史的,因为对唐史发生了兴趣,写了几篇唐代研究文章,就被别人指责为"撬行"。俗话说,文史哲不分家,哪有那么多腐臭规矩?这种"学院化"深入骨髓之后,就会造成一种"学者

---

[1] [宋]严羽. 沧浪诗话[M]. 北京:中华书局,1985:6.

病",即轻视文本,轻视创作,注重研究,特别是注重古典化研究方式。很多象牙塔的中文学者,都变成了"坐井观天"的蛤蟆,一旦出了自己狭窄的研究领域,就几乎丧失了大研究视野,更丧失了对鲜活的社会现实的感受力和判断力。

就此而言,中文教育的现状令人担忧。不是说中文教育就应该培养作家,而是说,中文教育应该在一个更宽泛的视野之内,对"作家的养成"起到良好促进作用。中文教育,不应该过分强调自己的专业领域性和学科性,导致狭窄的利益化和趣味化,而应当做好通识教育工作。笔者曾在大学开设一门校际公选课,专门讲当代诗歌鉴赏。令笔者惊讶的是,每次前排都坐着五位青年学子,态度认真,学习热情很高,仔细一问,竟都是隔壁山大医学院的本科生,其中,两个来自临床专业,两个来自血液专业,还有一个来自呼吸系统专业。他们在网上看到选课内容,完全凭着兴趣过来听课,没有任何拿学分的功利目的。还有一件事给我触动很大,就是2017年参加茅盾文学奖新人奖颁奖典礼。在网络文学新人奖颁奖会上,笔者认真考察了一下,真正中文系出身的作家几乎没有,大部分成功的网络作家,专业是五花八门,有财会、建筑、医学、机械等。这也从一个侧面验证了目前体制下,中文专业在作家养成方面的缺陷。

但是,从另一个方面讲,也不是学问搞得好,就能搞好创作。钱锺书算是学问和小说都好的通才,但一生最反对宋人的"学人诗"。这种"学人诗"就是"知识的傲慢"之后产生的文学创作幻觉,认为自己学识丰富,就一定能写出优秀文学作品,结果处处掉书袋,酸腐不堪,令人昏昏欲睡。文学家的培养,和专业素养有关,也与作家自身养成训练有关。这种养成训练,大部分作家依靠自修和艰苦自悟。有时候,文学知识太多,反而容易形成"文学范儿",钻入既定文学框架,限制了文学创造性。要知道,文学创作是最"喜新厌旧"的行业之一,与学问的积累研习不同,文学创作更讲究推陈出新。文学专业的学生,容易被一座座文学高峰遮蔽,徒然剩下"文学范儿",或学着林黛玉去后院看衰败的海棠,烧几页残稿;或学着张爱玲的范儿,设计几件大氅披风,烫钢丝头,抽几支细烟,戴上大墨镜，看人只是面瘫式的冷漠无感。"作家范儿"很足了，但作品怎么样，就不知道了。记得笔者读博士的时候，宿舍隔壁的理科生，最喜欢打趣学中文的女生相亲，都是"左胳膊夹着《红楼梦》，右胳膊夹着张爱玲的《倾城之恋》"，动不动嘴里冒出"生命是一袭华美的袍，上面爬满了虱子"这类格言警句……

由此，我们似乎可以得出一个结论，作家的成长和他从事的职业关系不大。朱文在东南大学的专业是自动化，胡适在康奈尔大学学习果树嫁接，张洁在中国人民大学学习会计专业，王小波毕业于中国人民大学商品专业，刘庆邦在煤矿工作多年，阿乙干过多年警察，冯唐博士毕业于北京协和的妇科肿瘤专业，刘慈欣是工程师，郝景芳则跨天体物理与金融两个专业……这些人最后都变成了很不错的作家。但是，这样判断也许过于武断。笔者更倾向于认为，作家学习的专业和所从事的职业，极有可能对作家形成潜在的，但极为重要的影响。这种影响，也许并不是直接以文本内容的方式出现，却会影响作家看待世界的方式，进而影响作家的创作思维和审美趣味。认真盘点起来，"医生"和"军人"这两类人成为作家的比例比较高。说起来，医生见惯生死，且大多充满理性精神，无论是鲁迅、郭沫若，还是毕淑敏，这样的职业可以让作家有更多机会，接触人生不同侧面。军人也是如此，无论是莫言、阎连科，还是朱苏进，军旅本身就是富于话题性的生活来源，而"生死之间"又让人对人生和社会有了别样感受。因此，专业背景能否构成作家创作的重要因素，主要看作家本人是否主观上有将专业背景融入创作的意愿，以及作家客观上是否受到专业潜移默化的影响。这既是一个创作发生学问题，也是一个文艺心理学话题。有的作家在专业之中游刃有余，有的作家则非常讨厌自己的专业。有的作家主动介入这种影响，有的作家则是潜在地受到影响。以下，以王小波为例，分析一下这些因素的作用。

从经历上看，王小波和很多"50后"作家、知识分子都差不多，少年经历"文化大革命"，青年上山下乡，恢复高考后考上大学，然后在改革开放的春风下出国留学，中年归国后遭遇了市场经济大潮。但仔细看来，王小波的知识背景很有意思。他是所谓"才兼文理，学通中西"的"非典型性"中国作家。从这一点而言，注定了王小波的不同凡响。"50后"作家，有的以"知青作家"成名，逐步走上文坛，比如，竹林、陈建功、张承志、梁晓声等。有的作家则接受了较系统的学院教育，但这种教育，都是在作家有较丰富的社会经验之后，比如，阎连科参军后又入河南大学学习，莫言则在军队被保送进解放军艺术学院等。这些学院教育大多偏于文学或文科，理科生较少（也不能说没有，比如张洁）。中国"50后"作家理工科出身的少（这种情况在网络文学发生"大逆转"，纯粹文科专业的精英网络作家不多，文学专业的更少了）。王小波本科学的是中国人民大学商品专业，之前的自我学习阶段，读书很杂。他既喜欢萧伯纳、马克·吐温这样的作家，也喜欢几何学这样的理科课程。从云南回到北京，有相当长一段时间，王小波靠做几何题解闷。

除此之外，王小波的家学也不可忽视。王小波的父亲王方名，是一个老革命出身的学者，因为受到了不公正待遇，从高教部被发配到中国人民大学附属工农速成中学（即如今的人大附中）。从这时候起，王方名开始真正地钻研起了逻辑学。1953年，他由李新安排调任中国人民大学逻辑学教研室任教，在《教学与研究》发表了一系列文章。他的观念与当时流行的苏联逻辑学观点相异，认为形式逻辑学没有阶级之分。毛主席曾接见并设便宴招待了周谷城和王方名，鼓励他们在学术上坚持真理。王方明在逻辑学上的造诣，影响了王小波的大哥王小平。王小平在恢复高考后，考取了中国社会科学院逻辑学专业。王方明对王小波的小说和杂文，也有着很深的影响。王小波的杂文，以理性推理见长，这些杂文还有一个显著特点，就是把小说的情节生动性与对细节的描绘引入创作，通过一个个关键性场景、故事、人物，来表达他的自由主义思想。这是一种"小说化杂文"。正是这种独特文体，使得王小波的杂文非常吸引人（与此相对，王小波的小说，特别是历史小说，则存在类似鲁迅《故事新编》的"杂文化历史小说"的特征，利用杂文的修辞手段，如夸张、反讽、造型、对比、逻辑推理等，介入小说的故事、人物和主题，形成具批判性、解构性的历史小说模式）。例如，王小波最有名的杂文《一只特立独行的猪》，就从一头猪类似寓言的神奇故事，引出有关人的自由的问题，幽默中饱含苦涩，既有轻灵的想象气质，又有现实沉重的思考。其他诸如《肚子里的战争》《思想和害臊》《体验生活》等，都能从细节推理入手，于出人意料之处洞见社会荒谬。

  王小波的小说，也以有意味的"逻辑悖论"引发读者的思考。这种以逻辑思维入文学的做法，在中国当代文学中是独一无二的，反映了王小波"才兼文理"的特点。比如，王小波的成名作，中篇小说《黄金时代》，就有"破鞋辩诬"与"母狗逻辑"两个情节，将逻辑的悖论引入小说，从而揭示"文革"逻辑反人性的荒诞境地。《黄金时代》开头，陈清扬因为被称为破鞋，被放置于无法辩诬的境地。王小波在此反复使用逻辑辨析法，反复缠绕，但没有让人感觉冗长与厌烦。这种阅读感受非常奇特。陈清扬之所以被认为是破鞋，是因为她的美貌超乎寻常，引起了俗人的嫉妒，进而制造一种"只可意会不能言传"的道德氛围。而以道德杀人，则是中国文化固有的陋习之一。

> "她要讨论的事是这样的：虽然所有的人都说她是一个破鞋，但她以为自己不是的。因为破鞋偷汉，而她没有偷过汉。虽然她丈夫已经住了一年监狱，但她没有偷过汉。在此之前也未偷过汉。所以她简直不明白，人们为什么要说她是破鞋。如果我要安慰她，并不困难。我可以从逻辑上证明她不是破鞋。如果陈清扬是破鞋，即陈清扬偷汉，则起码有一个某人为其所偷。如今不能指出某人，所以陈清扬偷汉不能成立。但是我偏说，陈清扬就是破鞋，而且这一点毋庸置疑。我对她说，她确实是个破鞋。还举出一些理由来：所谓破鞋者，乃是一个指称，大家都说你是破鞋，你就是破鞋，没什么道理可讲。大家说你偷了汉，你就是偷了汉，这也没什么道理可讲。至于大家为什么要说你是破鞋，照我看是这样：大家都认为，结了婚的女人不偷汉，就该面色黝黑，乳

房下垂。而你脸不黑而且白,乳房不下垂而且高耸,所以你是破鞋。"[1]

对此,王小波给出的对策就是,改变逻辑预设情境,真正地解放自己的天性——"假如你不想当破鞋,就要把脸弄黑,把乳房弄下垂,以后别人就不说你是破鞋。当然这样很吃亏,假如你不想吃亏,就该去偷个汉来。这样你自己也认为自己是个破鞋。别人没有义务先弄明白你是否偷汉再决定是否管你叫破鞋。你倒有义务叫别人无法叫你破鞋。"[2]

与"破鞋辩诬"情节同时存在于《黄金时代》的,还有一个"母狗事件",也是将逻辑学知识运用于小说创作的典范。生产队长的狗的左眼被人打瞎了,队长怀疑是王二干的,原因有三:一是王二有手,能拿气枪;二是王二有把气枪;三是王二和队长有隙,还曾拿气枪打东西。因此,队长就给王二小鞋穿。而王二的应对办法是,打瞎狗的右眼,让它彻底走失。队长认定王二有罪,是从王二可能是罪犯的前提出发的,王二必须证明自己无罪,才能摆脱嫌疑。而王二的做法是直接取消逻辑前提,即不启动辩诬程序,而是让逻辑辩诬的整个形式不成立。不能小看"破鞋辩诬"与"母狗事件",因为它们颠覆了新时期伤痕文学的一个潜在逻辑,即"辩诬"。例如,从维熙的《大墙下的红玉兰》、鲁彦周的《天云山传奇》、古华的《芙蓉镇》等。这些"文革"反思小说,都存在"忠奸对立"的内在文化逻辑,即"四人帮"是奸臣,老干部是忠臣,老干部虽受尽冤屈,却痴心不悔。《黄金时代》的这条狗,包括陈清扬的"破鞋"辩诬方式(即拒绝权力窥视程序,干脆做一个真正的破鞋),彻底颠覆并嘲弄了"文革"逻辑,彰显出一种强悍的个人主义气质。

在美国,王小波还自学了计算机。计算机的网络思维,也影响到了王小波创作。他自己设计了很多软件,特别是汉字输入软件,已经

---

[1] 王小波. 王小波全集·黄金时代[M]. 南京:译林出版社,2015:3.
[2] 王小波. 王小波全集·黄金时代[M]. 南京:译林出版社,2015:4.

走在了那个时代中国计算机技术的前列。1991年5月，他还发明了一套汉字输入法，是用调整汉字字模发生器的方法制作成的。简言之，就是利用汉语拼音和汉字"阴阳上去"的四声法的结合，制作出来的一套汉字输入法。微软的Word汉语软件开发前，王小波的输入法，要比当时的汉化软件先进很多。20世纪90年代初，处理大量汉字，如长篇小说时，当时的软件往往容易出错。王小波曾想找软件商卖掉这款软件，但因输入法不是特别简易，没有成功。当时王小波是少数利用电脑创作的作家，他交给编辑的往往不是手写的文稿，而是打印稿或软盘。他还配合着小说的写作开发了一些多媒体效果，比后来网络文学写作对于"超文本"的运用要早很长时间。比如，小说《万寿寺》开头，王小波引用阿迪莫诺的话说，"我的过去一片朦胧……"[1]当小说文档被打开时，不仅配有电子音乐，还有王小波用"递归算法"设计出的一个混沌图形，被深浅不一的绿色和棕色按数学规律渲染，一点点地呈现在电脑上，非常好玩。波普艺术的拼贴性与装置性，也呈现在王小波的小说，特别是历史小说之中，比如，他在《万寿寺》等小说中对古今中外各类知识的拼贴。

这种"理科思维式"的文学创作，对当代中国文坛来说，无疑具有很强"异质性"。这既带来了新鲜元素，也导致王小波的作品被文坛接受的难度。作家李洱曾与笔者讨论阅读王小波的作品的感受，王小波的小说，经常出现"事情的真实情况是这样的""我们的想法一是、二是"等表述方式，非常明显带有理科思维，而且，他不擅长，或者说不愿意用"线性时空"叙述，而喜欢用"多线索时空"或"套嵌式结构"，造成一种非常复杂精微又奇妙无比的小说叙事文本。在笔者看来，这种叙事文本，不同于先锋小说的元叙事或后现代气息的解构性叙事，而是类似于一架庞大精密的科学仪器，将叙事变成了非常有趣的智力游戏与知识集锦。王小波的小说，经常出现双线索对峙。比如，《黄金时代》中云南插队的知青生活与现实北京城陈清扬与王二重逢的故事；《红拂夜奔》中唐代风尘三侠的故事与现实

---

[1] 王小波. 王小波全集·万寿寺[M]. 南京：译林出版社，2015：1.

中王二与小孙的无聊合居生活。这种双线时空，不仅构成对现实生活的反讽，且构建了一个自由主义的快乐精神境界。从这一点而言，这种双线结构不是后现代式的，而是一种中国式文学建构方式。同时，王小波的叙事时空是"不动的"，缺乏线性发展态势，人物性格也不是发展的。他的小说叙事呈现出"空间化"态势。但这种空间化，并不等于法国新小说家罗伯特·格里耶、克洛德·西蒙等人表现出来的对线性时空的消解，进而塑造"小叙事"的空间化状态，而是在不断反复之中，强化叙事主题，即反抗庸俗与权力专制。因此，《红拂夜奔》和《万寿寺》都出现了奇特的循环式情节，即对一种情境的不断反复重写，对于可能性的穷尽。比如，《红拂夜奔》对于红拂女自杀殉节的五种可能结局的推演，《万寿寺》对于鱼玄机之死的几种情境描述。

除此之外，王小波的小说，又有着丰富的知识性，或者说，叫杂学性。各种学科知识，各种文化背景，都在王小波小说文本中发生碰撞和交融。这能看到尤瑟纳尔的《阿德里安回忆录》、卡尔维诺的《看不见城市》等小说对于历史想象力的热情。这里还有翁贝托·艾科的《玫瑰之名》对智力的挑战，马尔库塞的超越哲学理论，以及年鉴派历史学家布罗代尔与勒华·拉杜里对于历史知识细节无与伦比的杂学兴趣。比如，小说《红拂夜奔》之中出现的数学、物理学等各种知识，以及对千年前长安城奇思妙想的想象。

说到文学背景，王小波也是够杂的。出国前，他的文学阅读主要依靠自学。出国后，王小波并没有在专业上继续深造，相反，却在匹兹堡大学读了一个文学硕士。这个过程中，他遇到了导师许倬云。导师给了他很多小说创作方面的指导。他读了很多中国传统经典著作，但大多是带着批判性眼光去读，只有唐传奇及民间小说，给了王小波不少灵感。比如，他在《收获》上发表的《立新街甲一号与昆仑奴》，就有很多大唐意象，更不要说后来《寻找无双》《万寿寺》《红拂夜奔》这几个改写自唐传奇的历史小说了。在王小波的家中，笔者曾看到他的藏书，其中有大量民间传奇与演义小说。而在他对历史的戏仿之中，我们还能看到阿迪莫诺、卡尔维诺、鲁迅等作家的影响。

他的文学功底，不是国内文化圈大学文学教育培养出来的，反而处处带着"野路子"的影响。他极少煽情，却喜欢在小说中辩理；少有描写，不多的几笔透着精妙诗意与神奇的想象力，显示着独特的文学师承。比如，《绿毛水怪》中的描写："你看那水银灯的灯光像什么？大团的蒲公英浮在街道的河流口，吞吐着柔软的针一样的光。路灯把昏黄的灯光隔着蒙蒙的雾气，一直投向地面，我们好像在池塘的水底。从一个月亮走向另一个月亮。"[1] 王小波曾有一篇杂文叫《我的师承》，透露出受到查良铮与王道乾翻译文学影响的情况。他推崇地说道："查先生和王先生对我的帮助，比中国近代一切著作家对我帮助的总和还要大。现代文学的其他知识，可以很容易地学到。但假如没有像查先生和王先生这样的人，最好的中国文学语言就无处去学。"[2] 即便是对苏俄文学的接受，王小波身上，也较少有俄罗斯文学主流作家如托尔斯泰、契诃夫的影响，反而是马雅可夫斯基、莱蒙托夫这样的诗人，对他的影响比较大。这与俄罗斯理想主义精神烛照下的"50后"大部分作家（如张炜、张承志等）有很大区别。王小波提到的苏联作家和作品，只有卡达耶夫的《雾海孤帆》、陀思妥耶夫斯基《涅朵奇卡·涅茨瓦诺娃》等很少几部。对于欧美文学，王小波不提当时非常受到推崇的拉美魔幻主义大师马尔克斯、略萨等人，而推崇杜拉斯、尤瑟纳尔、迪伦马特、阿迪莫诺、卡尔维诺、萧伯纳、马克·吐温、聚斯金德这样的非主流，偏于讽刺批判、理性反思、学院化或喜剧色彩的作家作品。去世之前，王小波曾戏言，诺贝尔文学奖只发对了两个人，一个是哲学家罗素，一个是德国的伯尔。这无疑表明了他不同寻常的阅读趣味和知识背景。

总而言之，如果总结王小波的专业背景，无论是理科思维与知识集锦，还是另类的文学素养，王小波的知识背景可以用"杂家"概括。在笔者看来，真正优秀的作家，都应该有点杂家气质，因为只有

---

[1] 王小波. 王小波文集（卷三）[M]. 北京：中国青年出版社，1999：22-23.
[2] 王小波. 王小波作品集[M]. 银川：宁夏人民出版社，2000：467.

真正成为杂家,才能不迷信知识的片面偏执与权力控制感,才能洞彻知识与权力结盟背后的荒诞和残酷。类似王小波这样的"杂家气质"小说家,中国现代文学史也有很多,如鲁迅、郭沫若、沈从文、汪曾祺、钱锺书等。鲁迅学医出身,对小说史、翻译、木刻、金石等领域都有研究;郭沫若同样早年学医,更是精通文学、甲骨文、历史学等诸多领域的"球形天才";沈从文出身行伍,小说与散文都写得好,后来在文物与古代服饰上更是有着精深造诣;钱锺书是学问大家,小说《围城》也写得精彩;汪曾祺更是在戏剧、小说、绘画等领域都有建树。当下我们的文坛,太关注于文学创作的专业性,似乎一个人只有学习文学专业,大学毕业后天天写小说,才能算是"真正"的作家。还是印证了严羽那句话:"诗有别材。"无论知识背景如何,优秀的创作,离不开作家对人生与社会的体验能力和无与伦比的创新能力。

"非虚构"：新世纪文学的问题与方法

一

非虚构文学，是新世纪文学的一道别样风景，然而，何谓文学的虚构和非虚构？王安忆认为："非虚构就是生活中确实在发生着的事情，它有一种现成性，它已发生了，人们基本顺从它的安排，无条件地接受它，承认它，对它的意义要求不太高。它放弃了创造形式的劳动，也无法产生后天意义。而虚构的意义，则在于它的'形式性'，在于虚构就是在一个漫长的、无秩序的时间里，攫取并创造一段'正好是'完整的。"[1]然而，这种人类主动的创造性的"形式性"和被动膜拜"未知真实"的"内容性"，其实界限也不是那么分明。因为形式的创造冲动，也会渗入真实性所谓的"客观描述"中，而在那些所谓的"实录"和"纪实"当中也会出现独特的形式美学的虚构热情。一方面，非虚构文学，它作为一种文学潮流，是一种融合新闻、纪实文学和小说的新的文体的诞生，其特点在于汲取了几种文体之长，而又能避其短，这也体现了学科综合的艺术发展规律；另一方面，对非虚构和虚构的硬性划分，也是文学的大忌，即使是在非虚构文学作品，比如说卡波特的《冷血》和梅勒的《夜幕下的大军》中，也都有着非常高超的对文学虚构元素的应用，只不过在这些作品中非虚构元素被刻意凸显出来罢了。而当"非虚构"的概念提出的时候，恰恰说明了我们的文学的虚构和纪实的能力都出现了问题，需

---

[1] 王安忆. 虚构与非虚构[J]. 天涯, 2007 (5).

要有一种新的文体意识和内容意识的出现,来缓解这些危机。几十年前,美国作家多克托罗就认为:"已不再有小说或虚构文学,只有实实在在的叙事。"[1]但如果因此断定虚构的死亡,或者因此仅仅把"非虚构"作为纪实文体在消费社会的区隔化的变种,则会大大降低这个问题对中国文学的实际作用。虚构和非虚构,恰恰是文学基本功能的"一体两面"的反映,共同服务于文学,创造属于自己逻辑规则的文学世界。虚构和非虚构,都是文学对这个日常的、绝对真实的世界的反思和反抗。不过非虚构的反抗以"力"取胜,而虚构的反抗则以"美"取胜。非虚构以悲剧的人和世界的冲突为特征,而虚构以喜剧的美的想象为特征。虚构和非虚构,二者其实很难一论高下。

从另一个角度而言,虚构和写实,本是文学的两大基本功能。虚构源自美和想象力,而写实则来自崇高、深刻和反映社会的能力。对于虚构与写实谁是文学本质的问题,历来众说纷纭。有人说,虚构是文学的本质,虚构本来是文学的想象职责。比如亚里士多德认为,历史是陈述发生过的东西,而文学则是陈述可能发生的东西。文学就是通过虚构,来抗衡历史的必然性。昆德拉则认为,文学的所有价值"与历史的意义是对立的。一种艺术的历史,通过其自身的特点,是人对于无个性的人类的历史所作的报复"[2]。这里,他对文学的主体性的诉求,认为是与历史独立的审美和意义的体系。也有人说,写实才是文学的本质。自康德以来,文学的模仿说和镜子说流传很广。在柏拉图看来,虚构甚至是文学的一种原罪,在《理想国》里,柏拉图认为诗人作家的最大的罪责就是虚构,就是假装用别人的声音说话,它让哲学的确定性成为泡影。虚构与写实无论谁是文学的本质,都必须明确一点:虚构必须有生活,必须反映生活真实在人内心发生的故事。

---

[1] 美国作家多克托罗在1975年的美国书评委员会最佳小说奖授讲仪式上的发言。
[2] [捷克]米兰·昆德拉. 被背叛的遗嘱[M]. 余中先,译. 上海:上海译文出版社,2003:125.

从布尔迪厄的文学场域观出发，对非虚构的问题，也可以有新的阐释。文学，是一种弱化的次级权力，因此，作为政治和经济场域的辐射物，它必须能够起到认知的作用。而作为相互对立的场域，它又能通过审美的冲动，来抗衡前两个场域的干扰，从而努力实现自己主体性的要求。因此，伴随着社会环境和文化语境的改变，文学总是在虚构和写实之间呈现出钟摆状态，好的文学，常常能够将两者结合。在中国当代文学史上，这种"钟摆"的例子是这样的："十七年文学"时期，社会主义现实主义成为最高的艺术准则，而"文革"期间，革命的浪漫主义则不断要求将革命现实主义加以抽象和继续革命化的逻辑推进，因此更具象征意味的戏剧就成了最有特点的文学形式，而这个形式，虚构性显然要大于写实性，在新时期，伤痕、反思、寻根、改革等文学流派，都以写实为主，而先锋小说之后，虚构性则大大增强，20世纪90年代初期出现的新写实小说和新现实主义小说等，则更多的对写实予以补偿。而到了新世纪文学，一方面，是文学抒情性的增强；另一方面，文化型和史诗性的作品追求，又迫使新的写实方式的出现，例如底层文学和非虚构文学。

非虚构，对现实性的要求越强，与政治经济场域的关系就越密切；反之，则相反。虚构与写实的二元关系，是如何变成了虚构与非虚构的二元关系的？我们经常将虚构和写实对立，那么，为何非虚构的概念，取代了写实的概念呢？虚构和非虚构的二分法，其实是在暗示着真实的消失。它的重点在于虚构，以虚构与否，来指认文学的纪实性和想象性。实际上，在这种新的区隔中，纯文学有被简化为单纯虚构的危险。纯文学通过和通俗文学的区隔，建立了所谓的纯，又通过和非虚构的区隔，进一步提纯，这是值得人深思的现象，它反映了纯文学的焦虑和其背后深刻的危机。非虚构的概念，最大的好处，在于取消了真实这样一个霸权性概念背后的意识形态性；而它最大的坏处，则在于批判性的淡化，淡化的是主体的介入力度，在客观化的呈现中，客观真实和主观真实的界限模糊了，而主观真实对现实的征用，则更加被淡漠了。非虚构是中性的，在概念上是要大于现实的，至于非虚构性是不是就是真实性呢？在笔者看来，这里面还应包括虚构和真实之间的灰色暧昧的地带，它更大程度上压缩了主体介入现实的方式，比如一种"冷血式"的人性内部逻辑的发现，在这里，客观的呈现，是因其复杂性，而不是因其道德判断性。

非虚构概念在20世纪60年代美国的出现，在新世纪中国的出现，都有着其深刻的社会背景，而不简单是一个炒作的问题。例如，消费社会的一大特点，就是真实性和历史性被侵蚀，而仿真正在取代真实，真实和虚构之间的界限被模糊化了，人们日益生活在一个越来越真实化，但越来越缺乏认知真实的能力的社会，对真实的要求也就成为一种焦虑。比如，就媒介形式而言，新闻和文学的边界一直是清晰的，但是如今出现了非虚构，则说明这种新闻与文学之边界有了被越界的危机，这个问题，首先在于新闻中的文学的泛化（卡波特的《冷血》尤其如此，它注重的是新闻），才有了文学对新闻和报告文学的汲取。文学作为表意的工具，感觉到了自身的危机，这种危机来自真实感被透支，而虚构也被透支，真实与虚构之间的界限被模糊化。比如，波德里亚所分析的，美国CNN（Cable News Network）全程报道的关于美国入侵伊拉克的事件，作为消费社会的仿真生产，就是以符号替代真实，并继而在这些虚拟的真实中实现自我的话语增值。在提高公众参与公共事务的意识的同时，它其实架空了真实，将真实变成了一种围观的视觉化效果，大家注重的是将围观变成了一个非常文学虚构化的过程，开始，高潮，过渡，尾声，等等，但事件真正的面貌和后续的影响，却少有人关注。因此，文学作为表征世界，作为一种理解世界的感性方式，在这种模糊的情况下，也产生了新的要求，那就是要重新回到现场，回到真实之中。

二

如果要用一句话来概括非虚构，那就是我们要有对现实"直言不讳"的能力。这种直言不讳，不仅是要敢于秉笔直书现实问题，更要直言不讳地面对自己内心的真相。不必总是强调如何公正严允，客观无私，那是学问家和道德家的职责，我们在非虚构中，要看到的是一个作家直言不讳地面对现实的能力。当然,直言不讳的非虚构,不应只成为一种"姿态",而应该成为一种更为艰苦的对现实真相的"发现"过程。而这个艰苦的过程,只有在体验、介入和行动之中,才能真正为我们呈现出生命个体对丰富而复杂的世界的真实感受。我们的文学传统,抒情占据相当大的比例,当下有很多优秀抒情性作品,能将人性微妙之处写得细致入微,感人至深。但是,这些作品往往缺乏力量,不仅缺乏思想的反思,更缺乏对现实直言不讳的把握。比如我们可以把一个矿难的题材,写成非常个人化的、深沉的人性悲歌,我们也可以化腐朽为神奇,将一个二奶的故事,讲述为轰轰烈烈的都市传奇,然而,那些不驯服的东西,那些粗糙的东西,那些不那么雅致,甚至是粗鄙、丑陋、恶心的东西,那些强悍恣肆的生命强力,却被我们屏蔽掉了,或者说审美化了。我们因为失去了非虚构,而丧失了直言不讳地与世界对抗的力量。也就是说,当我们对那些现实进行审美的升华的同时,是否也能对那些所谓的"升华"保持警惕和反省?而目前中国现实生活中的现代转型,却给我们提供了太多这种拒绝升华、拒绝和谐的例子。比如,前一段时间新闻报道了一个女工,每个月只领到几百元的工资,还要被迫经常无偿地加班,而她的班头,则常对她进行人身羞辱。有一次这个女工实在忍无可忍,就和班头争执起来,班头却讽刺她,要她去跳楼。结果是,这个女工就真去跳楼,最后酿成了大规模罢工事件。

就中国文学自身的发展逻辑而言,真实,也是一个必然的要求,因为真实和虚构,是中国文学自现代发生之后,纠缠在审美功能和社会功能之间的一种两极震荡。我们目前的纯文学体制,使得很多概念正在成为常识,而真实性的冲动,被主旋律小说分润了一部分,即便是在那些底层写作中,随处可见的先锋语言追求,也让真实性黯淡了一些。这也就让文学在自身的经典化和区隔化中,进一步压抑了真实的冲动。这表现在我们的很多小说读起来,虽然写的是真实的素材,比如写民工,写劳动人民,但读来给人总体的感觉是太软弱,缺乏冲击力。对于抒情性的问题,笔者认为,新世纪以来小说的一大特点,就是抒情性的增加。这种抒情性,充分地发展了中国当代文学中传统因素和文化因素的影响，而最为关键的是，抒情性是美的，同时也是无害的，它不具有真实性所带来的意识形态冲击性。与重视抒情相对应的书写真实，则被认为是一种低层次的写法。但实际上，真实有着很大的被反映的内在需求。抒情性无法解决中国现代性转型所带来的内在冲击问题，也无法从心理上长久地引发共鸣，而书写真实，讲一个深刻真实而感人的故事，依然是中国文学的内在要求。

再来谈一下目前中国非虚构的发展和美国等欧美国家的异同。对真实性的焦虑，也许是共同的追求。但焦虑的原因不太一样。比如，《冷血》的焦虑，来自后现代真实消失后"人的自我确认"的焦虑，卡波特是在真实即将消失在电视新闻和网络之中时，利用文学进行了一次反击。卡波特对细节有一种近乎偏执的态度，例如，他这样写道："一挺零点七二九寸，推拉放射的鸟枪，全新，蓝色的枪管，枪托上描绘着猎人瞄准飞雉的画面，一只手电筒，一把钓鱼用的切鱼刀。"[1] 这些对细节的占有，都让非虚构成功地取代了真实。这种非虚构小说，将文学的描述性和新闻的客观细节性更好地结合了，并展现了一定的深度。这是传统的小说和新闻都无法做到的。卡波特自己也认为非虚构是："我的目的在于用一切的小说手法和技巧，来写一篇新闻报道，以叙述一个真实发生的故事，但阅读起来却如同读一部小说一样。"[2] 很显然，美国的非虚构，偏重于新闻性对文学性的征用。因此，在它的文本中，偏重一种对真实细节的诉求，而在叙述姿态上，则表现为高度的节制。反观中国的非虚构文学，在笔者看来，它的焦虑则并不是一个后现代的问题，而是一个"现代"的问题。在中国这样后发的、庞大的，有着沉重历史记忆的国家，其非虚构的内在诉求，主要不是想象人道主义对后现代虚无的人性拯救，中国的非虚构文学，对真实的诉求，更多表现为对历史性的诉求，即通过真实的故事，达到历史的某种复古式的理性回归。因此，它的文学性恰恰是大于写实性的。对于中国的非虚构，张文东说："往往有两

---

[1]［美］楚曼·卡波特. 冷血［M］. 杨月荪，译. 北京：中国文联出版公司，1987：23.
[2] 杨新秋. 卡波特与非虚构小说《冷血》［N］. 京华时报，2006-10-27.

个特点：一是用'生活的在场'营造出的再现性，二是用第一人称叙事所形成的抒情性。"[1]中国的这些非虚构文学，很多都有一个审视者的第一人称叙事者担当叙述责任，而不是像《冷血》那样的第三人称叙述，"第一人称叙事与第三人称叙事的实质性区别，在于二者与作品中虚构艺术世界距离的不同……第一人称的叙述更有利于展现作品在场的分量"[2]。在笔者看来，这种第一人称叙事者担当叙事责任可以更好地服务于塑造"现代民族国家主体"的寓言性真实陈述，这是对纯文学不能有效地反映真实的一种反拨。具体而言，笔者认为，中国的非虚构文学，反映的是一种对于民族国家叙事的追求，非虚构的出现，表明了原有的现实主义的力量，正如夏烈指出的："非虚构作品备受关注，用事实证明了文学跟时代的关系——它们的成功是一种现实主义的胜利。"[3]因此，中国的非虚构文学，文学性大于新闻性，或者说，文学性征用了新闻性。

梁鸿说："回到真正的乡村，调查，分析和审视当代乡村在变革中的位置，并努力展现出内在性的乡土生活的图景。"[4]梁鸿的《中国在梁庄》，实际上讨论的还是中国如何现代化的问题。建构公民伦理，思考国家的命运，特别是农村的命运。作为对共同体的一种想象，民族国家叙事需要一种真实性强的现实主义文学，去询唤出一个共同的想象，然而，目前的中国文学，在对现实的反映能力上却是相当的不足，作品中的历史理性不足，文学语言中缺少强悍的力量。康德说，文学有优美与崇高。而由文学的力量所引发的恐怖的崇高，在中国小说中却很少，路翎、王小波、鲁迅、张爱玲等少数几个作家身上有着这种犀利的恶魔性。有人认为，文学的这种崇高是被动性的，但真实感，常常会引发这样的感受。不管是粗鄙的真实，还是知识分子化的真实，我们已经把这个职责让给了报告文学。那么，如今

---

[1] 潘启雯. 非虚构写作为何火爆文坛和市场？[N]. 中国图书商报，2011-05-17.
[2] 张柠，许姗姗. 当代"非虚构"叙事作品的文学意义[J]. 中国现代文学研究丛刊，2011（2）.
[3] 夏烈. 就非虚构问题答记者问[N]. 深圳特区报，2011-03-12.
[4] 梁鸿. 从梁庄出发[N]. 济南时报，2010-11-30.

的中国，什么样的故事最感人呢？笔者认为，还是真实的故事最感人，因为复杂而沸腾的现实，给我们提供了太多千姿百态的事实，"这种事实使人目瞪口呆、恶心、作呕、恼怒、愤怒，最后还使人的贫乏的想象力无法忍受"[1]。这个转型中国的每个悲欢离合，都深深地吸引着我们，因为我们也是其中的一员，而且，这样的故事也许就发生在我们的身边，它召唤着我们的共同的想象。所以，非虚构的出现，又是中国现实导致的纯文学的一次反思和自我调整。

在文本的叙事技巧上，中国的非虚构文本也体现了这些特点。例如，就叙事人称和叙事视角而言，中国的非虚构，集中于现代民族国家的、群体的、启蒙的、人道主义的、写实的主体介入。例如，《中国在梁庄》《中国，少了一味药》《巨流河》，都是第一人称的写作，自传，是一种重要的民族国家现代文学的叙事风景。而这些小说的家国叙事也很明显，除了《中国在梁庄》和《中国，少了一味药》的启蒙叙事外，《巨流河》的主题是"献给所有为国家献身的人"，从我国大陆东北的巨流河到台湾地区恒春的哑口海，历史的悲情叙事，还是在讲一个大中国的统一和文化的血脉的乡愁。在《中国在梁庄》和《中国，少了一味药》中，都有典型的一个外在审视的理性知识分子的声音存在，而卡波特笔下的贝利和考科特的生活，则是更客观的，更细节化的，更新闻化的。

因此，《人民文学》等多家权威文学刊物，发出对"非虚构"的倡导，在笔者看来，是非常及时且很有必要的。甚至非虚构概念的提出，也有利于我们重新思考文学史中有关现实主义的文本表现问题。例如，新现实主义小说，曾被认为是20世纪90年代中国文学在表达现实上的重要的文学创作潮流。但从非虚构的角度来看，那些"分享艰难式"的改革描述，那些"学习微笑式"的自我和谐，本身就存在很多问题，很多狰狞的现实和无奈的悲伤，都被文学自身以"纯文学虚构"的"升华"的名义屏蔽掉了。那些惊人的贫困，灵魂的创痛，血性的冲突，以及女性在底层所遭受的性盘剥等黑色的非虚

---

[1] Philip Roth. Reading Myself and Others [M]. New York: Bantam books, 1977: 110.

构问题，常常被喜剧化地虚构处理了，这不能不说是文学的遗憾，也有待后来的作家对此进行深入的反思。非虚构概念的提出，对今后的中国文学创作，也是有启示作用的。比如南京大屠杀，这是我们民族的耻辱痛点，也是全人类的一个巨大的"非虚构"的文学素材，然而，缺少直言不讳的能力的中国作家们，却极少有人有勇气、信心和能力，去书写这样一个巨大的题材。我们先是有了张纯如的书写，现在又需要一个美籍华人哈金在《南京安魂曲》中，通过一个美国人魏特琳的故事视角，以西方人的态度，来展示这一事件。笔者觉得这是中国作家的耻辱。并不是说哈金这部小说写得不好，而是在这样一个移民视角中，魏特琳的故事有非虚构的真实，而中国人的非虚构的真实，特别是心灵的真实，则只能成为沉默的存在。

三

中国作家对非虚构文学的倡导，不应该让其成为纪实文学的变种，而是以此为契机，提高作家应对现实的能力，也不应简单地将虚构和非虚构加以硬性区分。因为非虚构能力的衰退，往往也联系着虚构能力的衰退。比如说，在处理某些真实的材料时，很多作家拒绝加工，以粗糙的形态，偷懒地将之呈现给读者，美其名曰非虚构的真实；而另外一些作家，则对此进行细致的分析、阐释，矫揉造作地增加其陌生化的程度，这些作家，把虚构当成了一种炫耀常识的学问。在这样的做法中，我们看到的，不仅是丧失了文学本身对现实的抽象概括和提炼的审美虚构能力，也丧失了对真实性的直言不讳的心理介入能力。张柠等人说：当下的"这些'非虚构小说'的着眼点并不在于语言重述环节的绝对真实与否，而在于是否脚踩大地，面对真实的场景，拒绝二度虚构，是否致力于去展现一种更高层面上的真实，或者说存在"[1]。而笔者认为，当下的中国非虚构写作，最打动人

---

[1] 张柠，许姗姗. 当代"非虚构"叙事作品的文学意义[J]. 中国现代文学研究丛刊，2011（2）.

的两点，一是对真实性的坚守，二是对心灵真实的坦诚。比如笔者之所以喜欢梁鸿的《中国在梁庄》，原因是她在这样一个非虚构的文本中，不仅为我们展现了一个凋敝的乡村中那些令人震惊的现实，而且她为我们展现了一个知识分子对此的深切思考，拯救的激情，以及内心的彷徨、困惑和乏力。而这些真实的故事和真实的情感，虽还有不尽如人意的地方，但无疑带有李云雷所说的"体验、介入和行动"的文学活力。

因此，相对于非虚构文学，虚构文学的问题，在于虚构能力的匮乏。虚构的实质，应该是比真实更有趣的精神可能性，而这种可能性，则是我们心灵深处的隐秘。虚构并不等于荒诞，也不等于语言的晦涩和结构的迷宫，虚构应是智慧和想象力的表现。比如，卡夫卡对《城堡》的虚构，则处处充满了暗示和象征，以此隐喻人性的困境。虚构，是更高层次的心灵的真实。而我们的文学虚构，除了偷情就是被偷情，缺乏天马行空的想象力，充满了陈词滥调的空虚和无聊。同时，虚构的问题还在于，失去了和现实对峙的能力。好的虚构文学，应该在一个抽象的象征的和隐喻世界，表达对现实和历史最为深切的感受。虚构之所以成为虚构，就在于它是现实的参照。比如，库切的《等待野蛮人》，完全是一个殖民地寓言，一个虚构的边城，一个虚构的垂垂老矣的执政官，却充满了对现实欧洲殖民历史的反思。

至于非虚构文学的问题，倒不在于太写实了，而恰恰在于写实不够准确，没有更深的思考。在中国这样一个转型文化语境中，非虚构对人生艰难和黑暗的生活，揭示程度还远远不够。在中国，前现代、现代与后现代是杂糅的，这使得很多社会事件，其复杂性和震撼性，要远远大于《冷血》。生活在复杂环境中的中国作家，掌握着丰富而震撼的非虚构素材，完全可以写出更出色的非虚构作品。

论新世纪长篇小说创作中的史诗性倾向

进入新世纪以来，中国小说创作的史诗化倾向，非常明显。这首先表现在长篇小说的数量不断增长，据权威数据统计，2010年的长篇小说产量就为2000部左右。这在全世界也是较罕见的。[1]而在大量鸿篇巨制的长篇小说生产的背后，则有着非常复杂的文化逻辑。很多作家和学者也认为，经过新时期以来漫长的积累和准备，中国的小说创作，是该出现史诗和大师的时候了。[2]然而，对于目前的这种史诗化，争议似乎也很大。有的学者认为，目前中国的文化环境，不是一个史诗的年代，且那些所谓的史诗作品，大多是苍白的应景之作和虚妄的表达，不具有真正的史诗性。而有的学者则持相反意见，认为这些史诗性作品，还是非常成功的。在笔者看来，这个问题，似乎不能简单地一分为二地来看待。

一

要弄清楚当下小说的史诗性，必须对现代小说和史诗的纠缠关系，有一个清醒认识。首先，史诗、现代小说和民族国家之间，存在着重要的联系。史诗起源于原始部族神话，然而，在史诗的发展中，

---

[1] 中国现代文学馆. 2010年中国文学发展状况[N]. 人民日报，2011-04-21.
[2] 例如，哈金指出："目前中国文化中缺少的是'伟大的中国小说'的概念。没有宏大的意识，就不会有宏大的作品。这就是为什么在现当代中国文学中长篇小说一直是个薄弱环节。伟大的中国小说应该是：一部关于中国人经验的长篇小说，其中对人物和生活的描述如此深刻、丰富、真确并富有同情心，使得每一个有感情、有文化的中国人都能在故事中找到认同感。"选自：哈金. 呼唤伟大的"中国小说"[J]. 青年文学，2005（7）.

却经历了不同阶段。"民族国家"是我们理解史诗的重要元素。按照梅列金斯基的看法,国家建立将史诗分为了古典英雄史诗和经典英雄史诗两个阶段,"成熟的史诗,是用历史传说这种语言来表达人民的历史,史诗时代,不再是神话的时代,而是民族发展早期的一个光辉的历史阶段"[1]。而"表征一个民族国家的历史",是史诗和史诗化的小说之间最大的类似之处。具有史诗品格的小说,应是表征民族国家叙事的载体。如黑格尔认为:"史诗以叙事为职责,就必须用一件动作(情节)的过程为对象,而这一动作在它的情境和广泛联系上,必须使人认识到它是一件于一个民族和一个时代的本身完整的世界密切相关的意义深远的事迹。所以,一种民族精神的全部世界观和客观存在,经过由它本身所对象化的具体形象,而实际发生的事迹,就形成了史诗的内容和形式。"[2]

其次,很多学者认为,史诗和现代小说的相同形式,表现为反映现实生活的深度、广度及对历史规律的体现。保罗·麦线特在《史诗》中,认为现代小说是史诗的一种间接形式,二者之间的继承性在于史诗"超越现实的时空界限"和"包含历史"两个因素。[3]他指出了史诗与现代小说的两个共性,即展示"广阔的文化时空范围",并在叙述中体现"历史的某些必然的规律性"。对此,黑格尔却有一些不同看法,他认为,史诗之所以成为崇高伟大的文体,在于其形式与内容,是个人与世界、个人与民族、意志与情感处于融合、充满创造的阶段。而黑格尔对史诗与现代小说的联系,抱矛盾态度。一方面,他认为现代小说是史诗的继承和发展:"关于现代民族生活和社会生活,在史诗领域有最广阔的天地的要算是长短不同的各种小说。"[4]另一方面,他又从"心灵"与"世界"统一的角度,声称现代的"分裂社会"不可能产生史诗:"如果今天还有人根据传说事

---

[1] [俄] E. M. 梅列金斯基. 英雄史诗的起源 [M]. 王亚民,张淑明,刘玉琴,译. 北京:商务印书馆,2007:16.
[2] [德] 黑格尔. 美学:3卷下册 [M]. 朱光潜,译. 北京:商务印书馆,1981:107.
[3] [美] 保罗·麦线特. 史诗 [M]. 王星,译. 北京:昆仑出版社,1993:94.
[4] [德] 黑格尔. 美学:3卷下册 [M]. 朱光潜,译. 北京:商务印书馆,1981:187.

迹去创作一部有民族意义的作品或经典，那简直是一种最荒谬的幻想了。"[1]

再次，对现代小说与史诗的复杂关系，除以上看法外，巴赫金与卢卡奇是非常重要的两个关键点。巴赫金认为，现代小说恰恰在于对史诗传统的叛逆，是世俗反讽的和解构经典的文学形式。他指出，史诗有三个鲜明特点，一是史诗的对象是民族的值得传颂的往事，用歌德和席勒的术语来讲，就是"绝对的过去"；二是史诗的源泉是民族的传说（不是个人的经验及以此作为基础产生的自由虚构）；三是史诗的世界与当代，隔着一段绝对的距离。在这里，巴赫金突出了史诗中的"时间距离"。而长篇小说，其基本特征，一是长篇小说在风格上同它现实的多语意识相联系的三维性；二是长篇小说中文学形象的时间坐标的根本变化；三是长篇小说中的文学形象构成上的区域，恰恰是一种通过其未完成性表现出的，与当前（现代生活）的最大限度的接触。[2]也就是说，长篇小说的功能和任务，恰恰在于书写"当下的故事"，改变史诗"时间距离"，产生反映世俗生活的反讽书写。

而卢卡奇的态度则更复杂，其早期著作如《小说立论》《心灵与形式》，一方面同意现代小说是史诗叛逆者的说法，另一方面发展了黑格尔对现代史诗的渴望，将现代小说称为"罪恶时代史诗"，强调小说对现代分裂社会的对抗性。卢卡奇认为："史诗和小说是伟大史诗的两种客体化形式，它们的差异并不是由其作者创作信念的差异，而是由作者创作所面临的历史哲学的现实所决定的。小说这样一个时代的史诗，在这个时代里，生活的外延总体性不再直接既存，生活的内在性已变成一个问题，但这个时代依然拥有总体性信念。"[3]那么，这种总体性信念如何获得呢？当史诗时代的整体性、有机性不复

---

[1] [德]黑格尔. 美学：3卷下册[M]. 朱光潜, 译. 北京：商务印书馆, 1981：124.
[2] [苏]巴赫金. 史诗与长篇小说[A]. [英]乔·艾略特, 等. 小说的艺术. 张玲, 等, 译. 北京：社会科学文献出版社, 1999：118.
[3] [匈]卢卡奇. 卢卡奇早期文选[M]. 张亮, 吴勇立, 译. 南京：南京大学出版社, 2004：2.

存在，小说时代的原则，便成了"个人史诗"，即个人通过心灵自我建构，为自我立法，利用"赋形"的方式，重寻"主观的"总体性与有机性。而这种"赋形方式"，在结构而言，则是"反讽"原则，即"小说的反讽，是世界脆弱性的自我修复"。[1]通过反讽的否定性超越，"心灵的主观"得以克服客体世界的分裂。[2]小说不仅能反映广阔的社会时空现实，表现历史的真实规律，更在于能以"心灵史诗"形式，在"第二自然"的异化统治人类的社会，通过心灵的"反讽"，重新为"主客统一"的主体法则，寻找总体性的力量。

而在卢卡奇的后期著作中，如《历史与阶级意识》《叙事与描写》等，卢卡奇则发展并修正《小说理论》中某些认识，赋予民族国家意识、阶级意识以现代小说的形式，从而将现代小说"宏大叙事"性，推到"现代史诗"极致高度。他受到马克思主义影响，认为人的"物化"，是世界处于分裂的主要根源。而现代小说就是表现历史总体性的"叙事小说"。卢卡奇所推崇的"个人原则"让位于历史总体性的"无产阶级主体性"。小说通过对"历史连续性"的揭示，去把握个人如何体现普遍持久事物不可分割的联系环节。这些环节中，处于关联中的人不仅可以认识由他所创造的世界，而且可以把世界作为他自身的事物来体验。[3]

由以上分析和介绍，我们可以得知，在诸多学者的认识中，既有共识性，也有差异性。现代小说，是伴随着印刷术的兴起、市场经济的发育和资本主义现代民族国家的全球想象而出现的，它的史诗性，既是对古代史诗的继承，又是一种背叛——以普通人的史诗化代替了神和传奇英雄的史诗化。而这个普通人，既可以是"大写的人"，也可以是世俗的人，或者是"阶级的人"，而它的使命，必然在于反映现代民族国家的兴起和发展。而对于现代小说的"史诗形式"，则主

---

[1] [匈]卢卡奇.卢卡奇早期文选[M].张亮，吴勇立，译.南京：南京大学出版社，2004：75.
[2] 李茂增.现代性与小说形式[M].上海：东方出版中心，2008：72.
[3] [匈]卢卡奇.审美特性：第1卷[M].徐恒醇，译.北京：中国社科出版社，1986：459.

要指现代小说在主题上表现民族国家叙事的特色性,在叙事上注重扩大的时间和空间纬度,以及小说的历史总体性、客观性。在小说形式上,则讲究小说的故事完整性、现实深刻性,以及人物的典型性。

二

当我们以上述标准,来考量当代小说的史诗性,我们便会发现,当中国启蒙主体的"个人史诗"受到怀疑,当阶级主体作为历史主体的作用逐渐隐退时,"强国梦"和"民族文化"的史诗特性则被凸显出来,进而在长篇小说中追求一种具有民族审美风格的总体性、整体性和连续性,表征一个后发现代国家独特的现代性进程。[1]而这一点,又与中国整体政治和经济实力在全球的崛起,"中国形象"的现代民族国家叙事的呼声有着内在的呼应性。因此,就中国现代性的发展而言,前所未有的"现代中国经验"需要用史诗化的小说来表征中国的现代民族国家想象,而新时期以来的文学启蒙,也为史诗化小说的重新崛起,树立有别于十七年阶级革命史诗小说不同的史诗文学样态,打下了一定基础。这些长篇小说的民族国家叙事性,表现为史诗化风格。这里所谓史诗化倾向,是指当下长篇小说表现内容的时空容量,表现手法的丰富多样及内在的对"中国伟大现代故事"的主题学渴望。这些长篇小说领域的先锋性有所减弱,或内化为方法论,而民族化特征更鲜明,并表现出越来越强烈的史诗化倾向,即描述一个古老传统的民族国家,如在新世纪恢复伟大传统,重建强国梦想的宏大故事。这些具有史诗性倾向的长篇小说,与十七年革命战争小说有很大不同,在保持史诗的写作长度。史诗反映历史和社会生活的深度和广度,史诗的宏大审美品格外,更注重个人化风格之上,对民族文化传统的吸收,对国家历史的深刻反思。这些小说涵盖了中国从清末到当代的一系列的现代变革,表现出了整体理解中国发生的现

---

[1] 房伟. 论中国小说现代民族国家叙事的内部线索与呈现形态[J]. 中国现代文学研究丛刊,2011(2).

代性的大跨度的时空观念。

　　当下史诗化倾向的小说，其实又可分为两种类型，一种是政党化的主旋律现实主义史诗小说；另一种是文化型史诗小说。主旋律小说的史诗化倾向，一般有鲜明的时代主题、历史的深度，鸿篇巨制的结构。更重要的是，它们都以某种进步历史理性作为叙事终极目标。正如姆贝所说："小说叙事不能被看作是独立于它们在其中得到传播的意识形态的意义形成和统治关系之外的叙述手段。故事由这些关系而产生并再现这些关系，它有助于将主体定位于存在的物质环境的历史和制度情境。"[1]这些由政府和政党引导的主旋律小说，不可避免地具有与政治的共谋关系。现代民族国家叙事，作为联结革命、启蒙、大众通俗叙事的"共识性意识形态"，以其现代性品质，成为"新国家史诗"，服务于执政党证明其自身合法性，建设"现代强国"的国家梦想。因此，20世纪90年代以后出现的新乡土小说、新改革小说、新军旅小说等类型，启蒙个体性意识有所加强，但其根本逻辑，依然符合"政党目标"与"国家现代化"合一的现代想象。柳建伟的《英雄时代》，张宏森的《大法官》，周梅森的《中国制造》，张平的《国家干部》，陆天明的《高纬度战栗》《大雪无痕》《省委书记》等则是代表作。柳建伟的小说，表现在现实主义手法的深入上，擅长从宏大叙事视角关照奔腾喧嚣的历史和现实。而张宏森的《大法官》则以高度的民族责任感和道德精英意识，批判了中国当下文化中的腐败现象。周梅森的《中国制造》则接续了新时期小说的工业写作传统，在对国计民生的关注中，体现现代化的政党纲领与民主进程的统一。张平的《国家干部》则将批判的目光对准国家政治体制，表现出极强的现实敏锐性、道德良知和艺术勇气。陆天明的反腐败主旋律小说，艺术探索性则更强。《高纬度战栗》以中俄边境"高纬度地区"陶里根市为背景，讲述了警督劳东林秘密调查曾任陶里根市委书记顾立源被谋杀的事件。这部小说引人注目的，是整个小说

---

[1] [美]丹尼斯·K.姆贝.组织中的传播和权力：话语、意识形态和统治[M].陈德民，陶庆，薛梅，译，北京：中国社会科学出版社，2000：117-118.

试图从更人性化、更复杂的阐释学视野中探讨中国反腐败问题根源，实现反腐文学在内容、观念和艺术手法上的新突破。

另一方面，文化史诗型小说的倾向，也不容回避。这些文化史诗，不像主旋律的国家史诗一样，将历史的规律总结为意识形态的作用，而是在史诗的时空塑形上表现出对民族国家历史和空间的拓展，对民族文化精神的探索和凝聚。首先，在时间维度上，当下长篇小说对中国百年来的现代化历史进行了重新思考。对革命历史题材的探讨，继续深入。李洱的长篇小说《花腔》以寻找主人公葛任为基本线索，以破解革命时期的知识分子葛任的生死之谜为结构中心，描写了葛任短短一生的生活境遇、政治追求及爱情经历，讲述了个人在历史动荡中的命运。尤凤伟的《中国一九五七》，以罕见的真诚对1957年"反右"事件进行了全面的诘问与描述。小说在拒绝宏大政治概念的干预的同时，用限制性的人物视角，栩栩如生地表现出了众多"五七年"人物，展现了专制对私人空间的毁灭。艾伟的小说《越野赛跑》，通过虚构的天柱山乡村革命历史及后革命时代的欲望疯狂，隐喻了中国时代变迁。而艾伟的小说《风和日丽》则再次深入禁区，讨论了革命领袖私生女这一敏感话题。小说以女学者杨小翼为叙事视角，讲述了这个领袖私生女坎坷复杂的人生。叶广芩在《青木川》则通过老干部冯明回到曾工作过的根据地"青木川"，试图回访当年分田地打土豪时期的人与事，并想再次进入战死在这里的初恋爱人的世界。

由对革命时代的审视，进而延伸到对整个改革开放时代的共和国史的反思，也是这类史诗性作品在时间性上的特点。余华的长篇小说《兄弟》引起广泛争议。余华通过一对异姓兄弟，李光头和宋刚的不同遭遇，隐喻了当代中国数十年来巨大的社会转型。刘庆的《长势喜人》，描写中国在自"文革"至今沧海桑田的巨大社会变革中，人们精神和欲望的"疯狂简史"。王刚的《英格力士》以一个孩子的视角折射出那个疯狂年代对人性的扭曲及对灵魂的摧残。懿翎的《把绵羊和山羊分开》则以女知青"小侉子"精灵般的人生和爱情，反映了对历史的激情和反思。这类的优秀作品，还有阎连科的《受活》

和杨争光的《从两个蛋开始》等。

而更大范围内，探讨20世纪中国风云历史变幻的"长时间段"历史反思，也出现了很多优秀之作。铁凝的《笨花》以军阀向喜的视角，重构了清末至民国的大历史。她写了四种思想力量：一是以向喜、向文成为代表的传统文化；二是以大花瓣、小袄子为代表的窝棚世界；三是以西贝时令、尹率真为代表的革命力量；四是以西贝梅阁、山牧师为代表的基督教文化。铁凝以"乡土中国"暗喻中国文化的传统性，本土与外来，东方与西方，传统与现代，都在她另类的历史叙事姿态中拥有了一种鲜活的原生质感、悲天悯人的情怀和无处不在的女性的温婉。迟子建的《伪满洲国》则通过对满洲国历史的重构，展现了另类个人化的历史姿态。宗璞的《东藏记》站在知识分子视野上，重新审视了民国抗战中的知识分子心路历程。

再次，从文化空间维度上，反映乡土中国现代化进程的史诗性长篇小说也佳作频出。贾平凹的《秦腔》以陕南村镇为焦点，讲述了农民与土地的关系、农民的生存状态，通过一个叫引生的"疯子"的眼光，书写了农民沉重的负担及农村文化的失落。作品以凝重的笔触，解读中国农村历史，集中展示了乡村价值观念和传统格局巨大深刻的变迁。蒋子龙的《农民帝国》，反思了改革开放以来农村物质致富的过程。郭存先从带领村民脱贫致富的好村主任，蜕变为一个农民资本帝国的专制统治者，令我们反思当代法制建设，并呼唤真正的民族政治的民主化进程。关仁山的《麦河》则以冀东平原为背景，描写了改革开放以来的农村土地流转的故事，精心塑造了回乡进行土地流转的企业家曹双羊、大鼓艺人白立国及命运多舛的农村姑娘桃儿等一系列艺术形象，小说对乡土中国的现代化转型进行了深沉的反思。

而在文化空间的多民族化维度上，地域性写作的史诗化倾向，也十分明显。杨志军的《藏獒》，姜戎的《狼图腾》，范稳的《水乳大地》，阿来的《格萨尔王》，迟子建的《额尔古纳河右岸》，红柯的《西去的骑手》等，都是代表作。《狼图腾》以游牧民族所谓"狼性精神"，质疑农耕文化的"羊的品质"，曾在文化圈内招致广泛争议。而《藏獒》则以獒的忠诚，对应藏民的纯洁精神信仰，形成了对当下中国人精神颓丧的心灵救赎。在这些作品中，迟子建的《额尔古纳河右岸》则更具代表性。该小说可以说是一部真正的生态小说，它以一个90岁的女族长为第一人称叙述者，讲述了鄂温克民族的百年历史。在迟子建别致的抒情中，大量的语言标识、森林动物、衣着器物构成一个特殊生存空间，在这个空间里，现代百年历史以碎片的形式进入我们的视野，并与鄂温克人原生态的生活形成现代参照。

最后，对民族文化传统的吸收借鉴，特别是对民族文化形式的现代转化，则是当下小说文化史诗化的另一特点。由国内外出版媒体合作发动的"重写中国神话"行动，表现出了中国作家尊重本民族文化传统，发掘民族文化根源的努力。李锐的《人间》，苏童的《碧奴》，叶兆言的《后羿》，分别从白蛇传、孟姜女和后羿传说等神话故事入手，写出了极具新特色的"故事新编"。钱宁的《圣人》从文化语境的复杂性入手，将"文化冲突中的孔子"和"人性的孔子"相结合，深刻地揭示了春秋"礼乐崩坏"的氛围之中，孔子的价值性和悲剧性之所在。而这种深刻的洞察，无疑也负载了钱宁先生对中国传统文化在一个世纪的文化转型中尴尬境地的理性思考和感性体验。张炜获第五届茅盾文学奖的作品《你在高原》，以450万字的长度及史诗性的恢复气度，展现出作家在传统和现代的双重视野上，进行哲学思考的广阔视野。莫言的《生死疲劳》则借鉴传统的章回小说的结构及轮回转世的中国古小说模式，展现中国近现代社会进程。赵德发的《双手合十》，则表现了现代社会佛教文化在世俗化过程中的境遇，塑造了以青年和尚慧昱为核心的众多人物，直指当代人欲横流、伦理失范的道德乱象，思考传统佛教文化在当代中国伦理文化建构中的现代转换及价值意义。

三

然而，当我们从具体的小说形式和内涵上考察这些所谓的史诗化小说时，却能发现很多新的问题。首先，很多史诗化小说，具有强烈的"反史诗性"，构成了对史诗性本身历史规律性的消解。例如，李洱的《花腔》，虽然在人性化的立场上，对长时间段的革命历史进行了深切的反思，但是，三种叙事人相互交织的艺术手法，对小说中伪装成历史的"故事"的编纂、收集、考辨、补遗等手法，恰恰显现出作者对大历史的戏仿和不信任的态度，即这些叙事的重新历史化及其与社会生活空间的联系，不是现实主义或历史主义的"大说"，而是历史主义之后的"小说"。[1]这种蕴含着"解构"态势的重新历史化，在促进个人化、人性化史诗的发展的同时，也带来了浓重的历史虚无。类似的例子，还有尤凤伟的《中国一九五七》和李锐的《银城故事》。

其次，在那些所谓的史诗性作品中，意识形态的缝合和规避策略，又使得史诗叙事的内在逻辑显得信心不足，问题百出。例如，在主旋律小说中，现实主义人性叙事的伟大目标、红色革命叙事的道德影像、党派文学的意识形态先决论及通俗文艺的消解功能，却共同构成了主旋律小说的"杂糅化"景观。这种杂糅化景观，虽有着民族国家叙事的统摄，但总会怪异地展现出很多荒诞的嫁接：它们力图展现历史和现实画卷，却常使英雄缺乏历史方向感；它们将"反腐败"政策伦理化，却在不经意间暴露出不可调和的现实矛盾；它们描绘"民族国家复兴与现代改革开放"，却常流露出"青天意识"与"女性歧视"；它们在官场与人性中微妙游走，却不期然间变成政治偷窥的"黑幕娱乐"。在我们考察《抉择》《国家干部》《中国制造》等小说的时候，这种感觉非常强烈。同时，即使是在文化史诗类型的小说中，也存在历史理性不足，内在文化逻辑混乱的情况。例如，阅读《笨花》，我们也发现一些瑕疵。在铁凝知识考古般的历史星空之中，我们有迷失在历史细节中的危险。诚然，这本书中，我们看到了铁凝历史学、民俗学、文化学上的努力。她竭力通过一个空间化的历史细节的全方位追认，达到一种对历史中的人性的理解。她对"笨花"的文化象征意味的阐释，对"笨花"村四种力量的描述，都透露着作者在长篇历史小说创作上的史诗化追求。然而，从犀利的复杂人性

---

[1] 耿占春. 叙事与抒情[M]. 北京：中国社会科学出版社，2005：10.

的女性批判者，过渡到一个文化性的写作者，铁凝的《笨花》无疑还存在拘谨和吃力的情形。这也让我们想起了迟子建的长篇历史小说《伪满洲国》的成败得失问题。在对一个长时间段的把握上，铁凝求全责备、事无巨细的细腻历史书写，却恰恰透露出了她的某种焦虑和不自信。问题就在于，女性主义视角既成全了铁凝独特的思考方式，如关注女性生存、女性化的人道主义批判、女性细腻地对历史日常化的认识。但是，其视角的缺陷也即在于此。那便是历史理性与女性主义视角的关系。总体而言，长篇小说作为一种大时空容量的文体，在处理历史问题的时候，历史理性的宏大叙事，是一个无法回避的问题。对此，不同作家各有自己的处理方式。而当我们以此来看《笨花》的时候，却发现了铁凝在处理历史理性问题上的游移和暧昧。铁凝造成了历史的一种空间感。虽然，通过这种细节化的解读，我们加强了对历史生活化和共性的理解，而这种"共性"，又很容易形成新的"历史宏大叙事"。而这一点，又是和她启蒙主义、人道主义批判的目的相违背的。对此，有的论者将铁凝的这种努力称为一种"国家—民族革命历史元叙事"[1]，在以向喜和同艾为代表的传统文化的关注中，铁凝的人道主义也在不断后退，对于传统文化的批判完全让位给了同情。

  为什么会出现这样的情况呢？当我们考察当下小说的史诗化创作倾向的时候，一定不要忘记，民族国家叙事，是建立在个人主义基础上的一种现代性思维。而前现代、现代与后现代并置，解构与建构的杂糅状态，导致了我们的民族文化史诗和国家史诗在某种程度上，充斥着革命叙事、启蒙批判叙事、民族国家叙事、大众通俗叙事之间的冲突和暧昧。其实，这个过程在20世纪80年代中后期就已经开始了。如果说，五四至中华人民共和国成立前的民族国家叙事，可以概括为"多灾多难的半殖民地，摆脱屈辱，寻找民族出路"，而中华人民共和国成立十七年来的民族国家叙事，是"追述并建构阶级革命国家的立国传说"，那么，90年代后的民族国家叙事的宏大想象，则

---

[1] 闫红.《笨花》：建构21世纪国家民族历史的元叙事[J]. 河北学刊，2006（2）.

是发展了80年代的主题"文化复兴的现代中国的确立及其想象"。但是,这种新的民族国家叙事与80年代的不同之处在于,"集体性的西化启蒙"不再作为唯一的想象方式,被民众认可,而是呈现出多样化态势,不仅是叙述"过去的故事",在过去中寻找今天的确证,而且,正在发生的历史,也被以一种现代性进行时的态度,进行广泛的考察。民族国家的叙述伦理、叙事时空、叙事观念都发生了很大的改变。前现代的中国传统文明、现代性的生成、后现代的超越,作为小说民族国家叙事的三个不同纬度而出现,而其中启蒙的焦虑、阶级革命的甜蜜回忆、传统文化秘史面孔的复活与伦理性想象,都"并置地"出现在民族国家叙事文本时间范畴内,努力为自我主体的表达而争取话语权,这种情况,必然会影响到史诗化小说真正的生成和被广泛地接受。而其中,新的以集体主义遮蔽个体主义的倾向,也值得我们警惕。盖尔纳曾说过:"民族主义不是唤醒民族自觉的意识,而是创造了并不存在的民族。"[1]当后发现代中国的民族主义激情,再次统一在"国家主义"的宏大理性之下,它就有被耗尽自由、平等的启蒙精神的可能,就有重新沦为"一体化"国家工程的可能。[2]而这些,都是我们关注目前小说史诗化创作,所要担忧的危机。

---

[1] [英]厄内斯特·盖尔纳. 民族与民族主义[M]. 韩红,译. 北京:中央编译出版社,2002:23.
[2] 正如查特吉在对当代印度民族主义的分析中指出:"民族主义已经完成,它将自己建构成一种国家意识形态,它已将民族生活借用给了国家生活——它已接受了全球权力现实,接受了世界历史在别处的事实"。这种分析,对我们考察90年代后小说民族国家叙事的新的一体化过程,是有启发的。见[印]帕尔塔·查特吉. 民族主义思想与殖民地世界:一种衍生的话语?[M]. 范慕尤,杨曦,译. 南京:译林出版社,2007:221.

"大屠杀叙事"的尴尬与突围

1937年12月,日军攻入南京,制造了震惊世界的南京大屠杀。这件事对中国近现代史的影响非常巨大。清末以来,中国对外战争,一贯屡战屡败,首都北京也曾被英法联军和八国联军侵占。但被同为东亚国家,后发现代的小国日本,战而灭其国都,文明古国惨遭巨大伤亡,这无论如何是正在现代转型的中国在情感和思想上都无法接受的。

就民族国家的"国家记忆"而言,南京大屠杀是绕不过的"重大历史题材"。然而,目前的"南京大屠杀文学"并不让人满意。以南京大屠杀为题材的文艺作品不少,也不乏优秀之作,如阿垅的《南京》、严歌苓的《金陵十三钗》、哈金的《南京安魂曲》,纪实文学有张纯如的《南京大屠杀》等。影视类的作品比较多,如电影《南京!南京!》《拉贝日记》《黄石的孩子》《金陵十三钗》等,包括古登塔格的纪录片《南京》。年代久远一点的,有《屠城血证》《南京1937》等。然而,热闹自然热闹,但依然不能让人非常满意。首先,过于强烈的民族主义情绪,使得这类作品不得不受制于意识形态逻辑,而使它们过于局限于特定的话语模式、审美形态和价值取向。民族国家意志造成文艺作品陷入简单的"两军对垒"模式。作为民族历史的伤疤,谴责侵略,弘扬爱国精神,追求和平,捍卫人类尊严,这是基本要求,但不是"唯一标准",更不是艺术缺乏创新、思想缺乏突破的借口。很多南京大屠杀题材的文艺作品,甚至为突出某种意识形态性,不惜简单化历史真实。如很多作品写到中国士兵被日军推向刑场,慷慨激昂,当场高喊:"中华民族万岁!中国不会亡!"我们应尊重士兵的爱国精神,但更多情况是,面对屠杀的恐惧和沉默。这是毋庸置疑的事实。当时国民党官兵文化素质普遍低,除军校出身的军官,投笔从戎的学生兵外,很多是识字不多的农民,即使守卫南京的精锐部队,如德械87、88师,也存在这样的情况。面对屠杀,士兵会呼喊亲人名字、麻木沉默、乞求救命,这也是普遍情况。高喊爱国口号的,大多是军官和识文断字的士兵。我们不能否认爱国口号,正如不能否认和轻视其他"负面",甚至软弱的情绪,如詈骂、恐惧、沉默、喊亲人名字和求饶,这也是人性的一部分。《辛德勒的名单》有个著名的屠杀场景,大量裸体犹太妇女被赶入毒气室,斯皮尔伯格用无声静默描述人类历史最黑暗悲惨的一幕,却取得了巨大艺术成功,也非凡地再现了历史真实。

再如,很多这类作品,突出"鬼子"的狰狞可怖,刻意把中国人塑造成"待宰的羔羊"形象,其目的在于突出民族义愤引发的道德感,影片对应的是民族情绪,激发对日本人的仇恨,却很难引导人们真正思考战争的丑陋,思考战争与人性的关系,甚至反思民族主义与战争的共谋关系。从日本的角度而言,攻灭敌人国都,"膺惩"残败兵,掠夺他人壮大自己,不也是在其"大东亚共荣""日本兴东亚"的民族主义号召之下发生的吗?大量史料表明,南京保卫战,有放弃部队出逃的军官,也有英勇战斗到最后一刻的勇士,还有自发反抗日军的平民,杀死日军的百姓,自发组织抵抗的军警,反抗至死的普通市民,平静面对屠刀的大学教授。这既是爱国主义民族精神,又是人性的尊严和勇气使然。公平地说,我们的文学艺术家,做出了很多努力,但公众偏狭的艺术趣味和道德化民族情绪,也影响了作品表现的宽度和深度。比如,吴子牛导演的《南京1937》,描写中国医生成贤与日本妻子理惠子及家人,在南京屠杀中的遭遇。影片触及民族文化和人性的很多深层次与多元化的东西,但公众对这类处理非常反感,电影上映后恶评如潮。陆川导演的《南京!南京!》,从日本兵角川的视角观察大屠杀,给我们提供多维思考南京大屠杀的角度。电影首映式,笔者目睹了很多年轻大学生对陆导演的误解。其实,战争和人性一样复杂多变,既有残酷暴烈,也有高尚牺牲,更有意想不到的偶然性、突发性。

还有一个问题，就是盲目想象所谓国际视野，即"国际+人性"模式，突出外国人对大屠杀的拯救，视角看似客观，实际充满西方主流偏见，且也不能涵盖这一重大历史事件对中国和日本文化心理的影响。哈金的《南京安魂曲》以旁知视角描述明妮·魏特琳对大屠杀的拯救，总体而言，并不成功。作家对史料不熟悉，刻意表现西方精神与日常维度的南京屠杀下的市民生活。我们看到作者庞大的野心与处理历史题材的力不从心。作家试图从更日常、个人化的视角处理大历史，但历史沧桑感与大屠杀的惨烈，都被作家策略性地规避了，反而失去了震撼人心的力量。作家不是巨大历史舞台前的孤独个人，而是让历史消失在个人呓语之间，可西方人视角，不仅没有带来新思想和情感冲击，反而让读者加重对其东方主义意味的怀疑。严歌苓的《金陵十三钗》，"妓女抗日"思路并不新鲜。不是说妓女不能报国，而是隐藏在文字之后，陈腐的女性身体窥视欲，西方人的东方奇观，实在令人不敢恭维。身体羞辱与民族国家叙事的隐秘符号联系，被作家运用得炉火纯青，但整部作品未达到庄严大气的史诗气度，也未能很好地将人性叙事与历史深度结合。相比而言，青年作家葛亮的《朱雀》，虽是以几代人的悲欢穿起南京历史，但毓芝与日本人芥川在南京屠城中的爱情，还是让我们感受到了别样的历史想象味道。

因此，无论是哪种处理方式，南京大屠杀题材的文艺作品，都应做到以下几点。一是首先是文学的，然后才是历史的。既然是文学表达，就要在尊重历史的基础上，有文学可能性、想象性的表述，不能太拘泥史实，而要将艺术震撼力和表现力放在首位。二是首先是人性的，其次才是民族国家的。要反映战争的人性，而不是制造民族仇恨。三是首先是个人的，其次才是文化的，民族国家宏大概念，要在个人生命、尊严、意志的基础上，反映人性在战争中的冲突。四是首先是本土的，其次才是国际的。我们首先要建立在中国人本体及中国文化特质上反映大屠杀，而不是将屠杀变成东方奇观，满足狭隘的西方中心主义想法。拉贝和魏特琳是真正的英雄，但也请导演、作家们不要忘记，那些在战争中战斗至死的中国人，他们同样是英雄，那些在艰苦环境中，努力活下去，顽强地生存的中国人，他们也是令人尊重的英雄。2007年，笔者曾在南京大屠杀研究中心张宪文教授的指导下，写作出版《屠刀下的花季》一书，并被定为"教育部教材中心中小学图书馆指定书目"，笔者试图查找青少年在这场灾难中的遭遇，探寻民族历史的隐秘，并将继续努力。

我们走不出我们的历史，犹如走不出自己的皮肤。在南京大屠杀纪念馆，当笔者静静地在静默堂感受每隔12秒一个中国人生命逝去的悲哀之时，笔者这才发现，历史就在我们身边。柯林伍德曾在《历史的观念》中说，"史家不仅要知过去事实，且要知怎样认识和理解过去事实（史实背后的思想）"[1]。"南京大屠杀"也经历话语建构过程，是将这次屠杀放置奥斯威辛等反人类罪行的历史地位，进而放置"二战"后现代社会反思体制之中，成为人类警醒狂热战争的警钟。笔者期待中国艺术家，能摆脱单纯的民族情绪与弱者心态，创作出更多更好的，将人性叙事与历史叙事完美结合的文艺作品。

---

[1] [英]柯林伍德. 历史的观念[M]. 何兆武，张文杰，译. 北京：商务印书馆，2009：35.

第二辑

网络文学批评

青年批评家如何应对网络文学？

这是一个老话题，但又不断被人讨论。新世纪之后，网络文学迅猛发展，网络文学批评也渐渐地在磨合适应之中，产生了新的生产机制。它也涉及相关话题，如批评的有效性、新媒体文学批评的失语等。不可否认，到目前为止，网络文学研究没有形成成熟研究体系，并匮乏过硬的研究成果。尽管相关研究课题并不少。这种焦虑，对青年批评家来说，尤其严重。这既牵扯到青年批评家安身立命的根本，也涉及他们的使命感和价值存在感。世界变得更碎片化、欲望化，但也充满了新意识形态整合的可能性。新媒体无疑参与了这个过程，无论支持或抵抗，网络文学已成为"中国故事"的一部分。青年批评家面对新媒体时代的历史使命，就变成两个部分，一个是如何延续旧有批评使命，一个是如何适应新媒体时代的新文学形态。新媒体时代，青年批评家普遍感到焦虑无力。随着批评的学院化，文学批评的趣味日益狭窄，既不能为文学发展提供新的方向与启示，也很难适应新媒介变化导致的批评话语权的位移及批评方式和对象的改变。

一

目前，新媒体勃兴导致的文学形态变化，既可以说孕育着"新问题"，也可以说包含了"老问题"。说是新问题，就是将中国网络文学放置在全球化视野下，看新媒介导致文学的感知和评说方式发生的改变。网络文学的出现，其交互、共享、信息速度等技术理念，改变了人们对印刷文化确立的长篇小说信息容量的看法，改变了"二战"后现代文学发展出来的一系列文学主题、题材、艺术时空观和技法，也深刻地改变了读者和作者、评说者之间的关系。网络文学变成"超级文本"，具有"超级长度"。这种超级长度，不仅显示着对文学表现时空领域的扩展，也表现为文本的游戏性、虚拟性等特征。现代文学所推崇的荒诞、含混、空间化、极端私语化等文学特征，也被共享、交互、新宇宙观等概念改变。更剧烈的一点在于，读者和作者、评论者三者关系的改变。如果说，传统批评家，借助书评、评奖等方式，介入文学生产，成为读者和作者之间的有效媒介，那么，新媒体时代评论家的中介作用、中介方式，都将发生重要改变。打个比方，传统文学批评，类似供销产业链的中间商（当然，中间商还更应包括文学杂志和出版行业），如今这种中介环节，被"共享网络平台"概念所替代了。网络平台整合各种媒介方式，也整合了各种媒介资源，文学批评，如同文学杂志，都失去了它们权威的光环和意识形态的绝对掌控力，成为各种资源中的某种元素。读者和作者之间的交流，却被空前强化了。作家不再是话语权威，而是变成了某种趣味化的"写手"。他们类似清末民初鸳鸯蝴蝶派小说家，但也有所谓"写读者"这样将读写整合一体的概念认定。读者趣味的力量，将加剧文学类型化趣味细分和表现模式。读者更多地参与到了创作，作者本人的主体性却被削弱了。共享平台概念，不仅使文学生产效率大大提高，而且大大提高了文学资本化效率。文学批评家，不再是具有人文权威魅力的话语持有者，而呈现为有趣味的"文学阐释者"。读者对于文学批评的可读性、趣味性和文学表现才能的要求，也会大大增加。佶屈聱牙，呆板僵化，过分迷恋批评的指导意义，都将被读者抛弃，变得更精英小众化。当然，这个过程，文学创作的批判意识、现实介入能力和意识形态性都被大大减弱，文学的消费性被过分凸显，也会导致文本的封闭性和极致的虚拟性，这是一个应该被警惕的情况。

说是包含了"老问题"，就是说要看到，虽然网络文学带来了新变化，但这种变化将是长期的，如果目前文化体制不改变，网络文学带来的积极影响就有可能变成消极影响，或难有作为，甚至可能被体制和意识形态的力量所同化与改变。从另一个方面讲，将网络文学放置于中国文学发展的纵向脉络之中,其实还是通俗类型文学和精英文学二元化发展问题。新时期文学以来,通俗文学从未以这种发展速度和阅读面,获得大众的认可。尽管,20世纪80年代以来,武侠言情等港台通俗文学有过繁荣,但在大陆文学领域,通俗文学始终未能全面地制造阅读的优势。(比如,王朔的小说、卫慧的创作,包括很多"80后"作家,都带有青春、言情、市民等类型元素,但是从纯文学体制内部生长出来的,也深深地受制于此。)这种情况,直到网络新媒体的出现,才有了很大改变。网络新媒体结合资本力量,使类型文学有了长足发展。网络类型文学,也依然表现出通俗文学类型在意识形态和艺术趣味选择上的某种继承性。这种继承性,既是针对通俗文学自清末以来的发展规律而言,也是针对中国社会"现代意识"而言。范伯群先生提倡通俗文学和新文学在塑造中国现代文学过程之中的"一体双翼"的作用。尽管这个观点也遭到很多争议,但当下网络通俗文学的发展,恰恰印证了他的观点。在此基础之上,网络新媒介不过起到了催化剂和促发作用。

从这种纵向关联性上讲,传统文学批评的概念、范畴和方法、理论,不能说失效了,只能说成为新媒体时代文学批评的组成部分,而并非能概括全部。对于传统文学研究领域,无论是理论阐释,还是文本分析,或文学社会学等方法,也都大有可为。很多传统理论话题,面对新媒体产生的文学现象,也依然有理论说服力。比如,现代性、后现代、现代民族国家叙事、文化研究等新文学理论方法,也依然可以用来阐释网络文学,而不是简单地"被终结了"。例如,网络历史穿越小说之中,表面上看,是荒诞不经的意淫,在文化逻辑上,却体现出在新的语境之下,在"个性现代自我"的基础上,重塑民族国家叙事的期待。在《篡清》《唐砖》《边戎》《家园》《指南录》《新宋》等穿越小说之中,不仅出现了"守望家园"这种保守的民族国家意识,也有着重建汉唐全球时空版图的民族叙事意识的转变,更有着宪政立国、民主立国、科技立国、工商立国等多种政治思维的热切想象。即便是如《甄嬛传》《芈月传》等所谓"玛丽苏"大女主小说之中,也表现出与20世纪90年代港台宫斗影视剧所不同的"女性自我"的独立意识。而从游戏改编、影视剧、网络平台阅读到纸质出版的文学新体制的文学生产研究,文学的社会学研究方法,至今也没有被有效地产生出具有说服力的成果。

这种关联性,还体现在批评家必须激活文学批评的有效性上,找到共享交互基础上更有说服力的文学阐释,才能真正发挥网络文学批评的作用,而不仅被网络文学的资本运营牵着鼻子走。比如,意识形态对文学的影响,也体现在了网络文学的生产之中。网络文学并非"天外飞仙",也要受到当下意识形态的管控、渗透,产生出种种机制、问题和书写禁忌。从前几年的"净网运动",到如今各地网络作协的"新体制化"努力,都表现出这样的态势。可惜的是,即便是从传统文学社会学、文学意识形态的角度,我们也没有对这类问题有足够关注和深入研究。由此,也造成了网络文学"新的遮蔽"情况。《青囊尸衣》《陌生人》《黑山老妖》《校北鬼事》《亵渎》等作品,都有非常高的网络阅读量,但因思想冒犯性和意识形态批判性,无法进入网站推荐的前沿,成为网络资本生产最佳规训版本。而这些负载着自由批判锋芒,有着《水浒传》《聊斋志异》气质的,也有较高社会思想价值与审美价值的作品,也就很难进入我们的批评视野。这无论如何不能说不是文学批评的遗憾和缺失。

二

正是有感于此,笔者认为,当下青年批评家在面对网络文学的时候,要做到"三个坚守"与"三个改变"。首先,要坚守批评家的文学判断权和阐释权。这些年,有关网络文学研究的讨论非常多。批评家们往往持有截然相反的态度,一种是守着自己的一亩三分地,继续在熟悉的作家作品、熟悉的文学圈子过活。这样的批评家,尤其青年批评家不在少数。对这种坚守,我们必须保持敬意,这也是文学批评必须保持的东西。另一种则是果断转型,以新媒体文学为尊,以网络文学现象和作家作品为研究新领域。这种创新的勇气,也值得我们鼓励与肯定。但可怕的是,由此而来的两个相关问题,一是由于坚守传统文学的骄傲与自信，引发盲目偏狭与封闭，拒绝面对新媒体时代的文学变化，看不起文学的新形态；二是由于趋新的心理定式，盲目地以新为贵，以新为美，盲目地吹捧与赞颂，跟随资本的力量跑，丧失批评家应有的作用和立场。无论是传统研究，还是网络研究，批评家的文学判断权和阐释权必须坚守。当下网络文学研究之中，批评不独立情况也非常严重，不仅受制于资本制约、政治制约，更是因媒介环境的改变，导致批评从传统的知识权威地位变成了平等、共享的地位，很多批评家变得不自信了，不能对作品进行有效判断。如果批评家只是"点个赞""在读者留言区发感言"，像粉丝一样献上"虚拟网络币"，那么，批评家和读者粉丝的区别又在哪里？笔者不赞同网络文学是粉丝文学、粉丝经济的说法。这种所谓文学批评的转型，其实是从根本上取消文学批评。当然，坚守并不意味着"回到老路上"，文学批评的判断权还是要有说服力。因为即使我们试图将网络文学再次体制化，但网络文学评论文章、文学评奖、纸媒出版等传统文学的话语红利、经济红利，包括政治上的红利，都很难对网络文学形成根本上的制约。网络写手们只要写得好，不触犯法律和意识形态，这种文学批评所代表的话语权威，甚至包括其他的体制权威，就很难再对它形成"边缘文化"的收编。

其次，目前网络文学研究还正在展开过程之中，有很多新领域和新问题，但在评价作品作家，关注思潮流派的时候，现实关怀还是应注意的原则。由于网络空间的虚拟性质，网络文学在想象力上是对中国人的一次大解放。魔幻、科幻、修真、盗墓、精怪、灵异、都市、西方奇幻、东方玄幻、历史穿越、末日废土文、暗黑文、克鲁苏文、洪荒文、种田文、电竞游戏小说、体育小说、黑狱小说、国术小说、校园小说、BL（耽美）小说等令人眼花缭乱的亚文学类型，无不显示着中国的网络作家超绝的想象力，以及涉及层面的广泛。在上至远古下至未来，遍及全球乃至宇宙的广阔时空之内，中国的网络文学家，正在创造现代文学以来，前所未有的通俗文学盛况。但是，这种想象力的解放，如果只是欲望和幻想的解放，无疑会越来越多地将读者引入虚拟封闭的空间。而文学本身反映社会生活，反映社会现实，特别是批判性地提出思考的作用与功能，也依然不能放弃。这样说，不仅是惯性的批评思维使然，而是以文学批评在鉴赏判断的过程之中，将那些寄寓深广，在灿烂的想象力之下，包含着更多人性力量与现实思考的作品，挑选出来，从而在持续的努力下，形成新的经典范例。

再次，我们还要坚守文学审美价值与社会价值的结合。这里说的社会价值，就是网络文学研究，要保持对社会价值底线的坚守，不能一味向低俗和粗制滥造投降，要在文学作品中传达真善美的能量。真善美的传达，不是"假大空"的要求，而是与作品"吸引人"相结合的。作品能感人，能吸引人，能动人心性，能经得起重读和经典化，就必须有"真善美"的价值坚守，才能成为真正的经典。否则也只是过眼云烟。谈到审美价值，就内部研究而言，网络文学作品泥沙俱下，但并不表明它们全是垃圾。网站资本推崇的，能吸金的小白文未必能代表网络文学全部。批评家介入过少，导致网络文学的内部板块和不同趋向未被很好地发掘，很多优秀之作，并没有得到公允评价和认可。利用精读、审美分析方法，对网络文学的经典之作进行令人信服的阐释，目前我们做得并不好。而网络文学内部，坚持文学性与思想性，将面临资本压抑与意识形态压抑的双重桎梏，难度可想而知。这样的作品，更应该是文学批评家发掘并经典化的对象。比如说，陈一多、鲁班尺、曲北雁、燕垒生等，不太受到网络文学资本推崇的作家，多利用网络论坛，而非盈利性网站来完成文学文本，因其共享性，其文学受众其实比收费网站更广泛，其文学的审美价值与社会批判意味也更优秀，但这些作家往往不在目前主流的网络文学批评者的视野之内。

三

青年批评家应对网络文学，还要做到"三个改变"。首先，要改变批评家的精英身份优越感。无论是网络文学批评，还是传统文学批评，那种高高在上、粗暴武断的批评，都应该值得我们反思。这些东西，很有可能来自批评家本身的精英优越感。批评家一旦自认为高于作者与读者，就不会以平等与心平气和的态度，去看待文学场域内的文学生产，进而造成很多偏见。比如，西方国家的文学胜于第三世界国家的文学，现代主义文学胜于社会主义文学，精英文学胜于通俗文学。这种精英优越感，不但导致文学研究壁垒无法打破，也会使批评家对媒介转换缺乏敏感，文学批评小众化的情况，只会越来越严重。我们必须在一个更高的文学史视野下，才能实现文学批评的壁垒拆除和科学认知。但首要问题是，改变批评家自以为是的优越感，在交流沟通、共享合作心态下，追求文学批评个性化表达之上的话语整合。

其次，改变批评的单一趣味性导致的认知偏见。这种单一趣味，可以是理论趣味、意识形态趣味，也可能是某种审美趣味。新媒体时代，资源共享，媒介整合，不同文学类型，都应找到互相沟通理解、共同存在的理由。很多文学批评从业者的困惑在于，他们并不认为目前时髦的网红作品具有文学性，进而从这个直观观察角度入手，否认网络文学的价值，进而认为"网络文学99.9%都是垃圾"。殊不知，任何新生文学形态，在其发生初期，都是良莠不齐。表面欣欣向荣，实则泥沙俱下。这都离不开文学批评的介入。新媒体时代，也不外乎如此。不同的是，批评家的介入方式形态各异。纸媒时代，批评家更多借助政治权威或知识权威，而网络时代，批评家的介入，更应是一种"共享交互"式介入，要以高超的审美判断能力和分析能力，与读者、作者、文本形成有效交流，提高文学批评的审美趣味性和认知价值，给文学文本以更多独具匠心的发现，而不是拿文学理论唬人，拿已成为"学科套话"的话语体系束缚文本。批评和作者、读者及文本的隔膜问题，在批评变得学院化之后就已存在。毕飞宇的《小说课》，王安忆的《小说课堂》这样作家写的批评著作，就有着独特的审美趣味性，甚至可以做到最大化地拓展批评阅读人群。无疑这些作家出身的批评家，更注重独特的言说方式和审美发现，更能沟通读者，受到作者的钦佩，引起读者的共鸣。

最后，我们要改变批评的介入性。网络文学批评，不应成为资本的"文学说明书"，也不应成为意识形态或文学理论的"文本证明"，而应有相对于政治与经济场域的更高自主性和介入性。它应是更密切地与作者、文本、读者相联系的体悟和认知，能给作者和读者带来更多灵悟，而不是粗暴的谩骂与不合实际的吹捧。网络文学并不是一群富翁的文字游戏，而是数以百万计作者表达内心情感、思想与追求的言说形态。这些形态，尽管很多看似荒诞不经，天马行空，但深入地理解这种言说形态，才能真正了解我们当下的现实，特别是处于日益虚拟化和智能化世界中的年轻人的感受和想法。批评家一味附和资本对文学的改写，就不能有效地为读者展现文学批评对优秀作品的挑选、判断和阐释的能力。我们很少能以精彩的文学精读，告诉大家网络文学作品为何好，怎么好。这又怎能尽到批评家的责任呢？批评家是使人信，使人悟，而不是使人怕、使人无聊。也许，新媒体形态下的文学批评，正面临着一种新的"介入性"，不仅是指利用文学批评文本形成对社会的干预，而且是指文学批评与读者、作者、文本之间形成更亲密、平等的交流共享关系。豆瓣评论等方式已给我们提供了很多启示。这种批评介入性的摸索，也还有待更多有识之士的参与。

我们向网络小说"借鉴"什么?

不可否认,这是个容易引发"争议"的话题。网络文学经过几十年发展,已经形成了相当的产业规模和文化影响力,也形成了对精英文学的挑战。在网文界看来,不仅中国古典文学,且起源自五四的"现代文学",都被命名为"传统文学"。希尔斯在《论传统》中感叹,启蒙运动之后,"传统"的名声就"江河日下"了。这种不断以"传统/创新"区隔的思维,其实依旧来自现代文学。很多网络作家对文学传统,特别是五四现代文学传统,持怀疑态度。点击量、订阅量、资本转化率,似乎成为衡量网文价值的最高标准。另一方面,精英文学领域,以"平等宽容"态度看待网络文学,讨论小说背后的文化因素与社会含义,进而研究借鉴其优势之处,也是"比较匮乏"的。我们更多看到"网文99%是垃圾"这类判断。即使网文研究界,认为网文与纯文学可"沟通互补"的学者,也是"非主流"。很多学者追随网络产业的定义,更强调自身"媒介特殊性",无疑更加深了这种隔阂。

为何纯文学创作对网络文学的"借鉴",有其必要性?

范伯群教授认为,中国现代文学应是"一体两翼"状态,五四新文学与通俗文学,成为互相平衡的"展开的翅膀"。文学史经验证明,对通俗文学形态的吸纳与转化,也是精英文学发展的必要资源。比如,施克洛夫斯基指出,契诃夫将滑稽报刊上的"下品故事"改造成有艺术独创性的"形式完美的作品"。巴赫金则认为,陀思妥耶夫斯基的"复调小说"得益于不高雅的"欧洲惊险小说传统"。钱锺书的《围城》,我们能看到"流浪汉小说"的影响。贾平凹的《废都》对狭邪小说的化用,《林海雪原》对英雄传奇的模仿,都是明显的例子。从发展轨迹看，文学发展会经历民间俗文学的"文人化"，也就是雅化过程，如唐宋词、元曲等文类。小说也是这样。文学的现代转化中，小说的长度和内容含量，既有利于盈利，更有利于"模拟"一种生活体验方式，包含各种复杂意识形态。现代中国小说，在接受西方文艺思想的基础上，实现了小说雅化。不同的是，这种雅化脱离了中国古代小说传统。陈平原认为，五四现代小说的发生，是西方文艺移植与小说地位从低向高位移的"合力"而成的。现代小说继承的主要是"雅文化"，即史传传统与诗骚传统。它与从六朝志怪、唐传奇、宋元话本，到明清章回小说的"中国小说传统"，有着结构上的"反动"。这也是五四之后，小说"雅俗分野"的结构性因素之一。五四之前，尽管小说地位已被不断鼓吹，但依然是"下里巴人"。五四之后，新文学将"白话"发明权和定义权抢在手里，并通过文学史、文学教育等诸多手段，将中国小说传统打入"俗文学"地位，比如，五四文学家对清末民初鸳鸯蝴蝶派小说、社会小说的批判，并造成"现代意义"上小说文类的雅俗分立。

然而，这种"传统的断裂"，也造成中国现代小说的"先天不足性"，即未能与文学传统形成良性继承。"雅俗对峙"的变化，首先是民国初年"雅兴而俗衰"的五四文学崛起，其次是20世纪40年代以赵树理与张恨水为代表的"雅俗互渗"，再次是70年代港台通俗文学兴起。就大陆而言，最新的雅俗之变发生在90年代市场经济期。通俗文学以市场属性赢得发展生机，尽管有时也以某种"纯文学面孔"出现。"80后"的"青春文学"，女性书写的"身体写作"，已带有很强类型文学气质。90年代后期，网络媒介产生的文学形式，从北美的中国留学生BBS，发展到榕树下、天涯两大文学社区，再到起点网收费模式出现，盛大文学成立，直到阅文集团上市，新媒介引爆了通俗类型文学发展，也很好地链接了"中国小说传统"。穿越、玄幻、盗墓、灵异、洪荒等小说类型的内容、文化思维，抑或"拟章回"式"网文更新"叙事结构，都有中国小说传统的影子，闪烁着蒲松龄式的诡异，还珠楼主式的幻境营造，《封神演义》式的瑰丽传奇，《三国》式的历史权谋设计，《水浒》式的暗黑底层描述。网文对中国通俗文学传统的链接,也对追着西方文学一路狂奔的纯文学界,提供了参考价值。

那么,纯文学作者,可以从网络小说"借鉴"什么呢?

首先,小说在互联网新媒介语境下的"知识功能增值",是网文给我们的启示之一。小说之所以大行于世,与印刷业发展和识字率提高有关。利奥塔在《后现代状况》中以知识思辨叙事,指称现代性宏大叙事思维的一个分支。工业革命时代知识大爆炸,天文、地理、海洋、生物、物理、化学、心理学、金融、政治学各类学科蓬勃发展,并影响到了小说的知识容量。小说走出中世纪罗曼斯传奇,不再纠缠于神秘传说、宗教秘闻,而是在"内"和"外"两个方面,形成启蒙进步思维。殖民财富想象与冒险刺激,被赋予了现代性味道。18世纪与19世纪现实主义长篇小说,尤其看中外部知识描述。比如,福楼拜与巴尔扎克笔下细致逼真的"巴黎社会"。就内在性而言,意识流小说的兴起,文学对心理、梦境与幻想的开掘,造就了很多复杂人物形象与多样叙事形态。陀思妥耶夫斯基、托尔斯泰、海明威、君特格拉斯等大师,则致力于将外在知识与内在体验相结合。然而,卡夫卡、舒尔茨等现代主义先锋作家身上,内在与外在的分裂对立已异常紧张,也导致了小说空间化等倾向。这种倾向反过来强化文学对现实体验的索求,甚至出现卡佛这种低词汇量的"蓝领极简主义"写作。本雅明在《讲故事的人》中,就看到了"经验"贬值的危机。一战之后,人们不再关心外部世界,走向了内心与世界对立分裂。现代主义则走向内心玄想,反映世界的荒诞与不可知,迷恋语言和叙事实验。

这种倾向发展到"拼贴杂糅"的后现代主义,也导致了"文学类型"的萎缩。"类型学"甚至被归属于"通俗文学"标配。"文学类型"发达,不仅是文体意识变革,更体现着文学反映现实社会"知识变革"的能力。罗烨的《醉翁谈录·舌耕叙引》分古典小说为"灵怪、烟粉、传奇、公案、朴刀、杆棒、妖术、神仙"[1]八类,显

---

[1] 罗烨. 醉翁谈录[M]. 上海:古典文学出版社,1957:3.

示了古代中国人的社会知识及其文化想象。清末是中国文学类型爆发期，梁启超论及"新小说"类型，分为历史、政治、哲理、科学、军事、冒险、侦探、写情、语怪、社会等类型。这表现了清末社会从传统向现代转型的巨大知识变化，比如，写情小说由古典写情变化而来，又与个性启蒙有关；军事小说乃铁骑、三分等历史军事小说发展而来，又有现代意味；冒险小说与海外殖民有关；科学小说乃新形式，与现代科学知识有关；侦探小说显示现代复杂人际关系及逻辑推理的科学思维。

相对而言，现代主义对外在知识发展不再关心，认为是"过时"的现实主义态度。西方现代精英文学的类型萎缩，很大程度上归咎于"内在诉求"与"外在知识认知"的隔离阻断。进入21世纪，随着互联网发展，出现了新世纪"知识爆炸"，特别是天文、生物、科技、金融、通信等领域。而我国精英文学的类型变化也日渐逼仄。20世纪90年代以来中国文坛形成的"乡土—都市"知识形态，已不能反映当下世界的巨变。"乡土"与"都市"依然是创作主流类型，并辅之以部分先锋写作。而学者小说、讽刺小说、历史小说，乃至科幻、惊悚、金融等诸多清末到现代文学时期就有发展的类型，却很难有"类型的创新"。更令人忧虑的是，中短篇小说出现新先锋化倾向，而长篇小说创作，则出现"史诗化"杂糅"后现代"的怪异组合。故事越写越复杂，叙事越来越晦涩，解构的野心与建构的雄心并存。然而，其可读性越来越差，其对知识性的吸纳，不再以"文体创新"与"内容创新"为突破口，而更多表现在"装置性"知识杂糅与点缀。

网络文学的兴起，在知识类型的爆发上形成穿越、军事、玄幻、科幻、奇幻、国术、鉴宝、盗墓、工业流、末日、惊悚、校园、推理、游戏、洪荒、竞技、商战、官场、耽美、社会、现实主义等数十个令人眼花缭乱的类型或亚类型，这些叙事类型还有着互相交叉融合的其他变种。类型繁盛的背后是知识的爆炸。这不仅体现了当下社会的知识变革，也表现出中国网文对古今中外知识的"巨大热情"。比如，孔二狗的《东北往事》、狱中天的《看守所》、哥们儿的《四面墙》等"新社会小说"对底层生涯的描写；齐橙的《大国重工》、任怨的《神工》对中国重工业发展的讲述，乃至何常在的《浩荡》与阿耐的《大江东去》，对中国改开40年变革蕴含的巨大社会知识变化，都有着令人敬佩的书写。中国穿越类型小说，表现出时间上跨越原始社会到未来社会，空间上跨越五大洲七大洋的"新天下视野"。依山尽的《大学士》对中国古代政治制度，特别是科举制度的逼真描摹；实心熊的《征服天国》对中世纪欧洲史的精彩呈现，令人叹为观止。就科幻小说而言，刘慈欣的"黑暗森林""降维打击"等概念，表现出空前的宇宙想象力；咬狗的《全球进化》的"盖亚意识""逆进化"等生物与天文学知识虚构，都很好地将科幻与故事、人物融合在一起。天瑞说符的《死在火星上》，甚至在附录部分提供了数百篇天文、生物、科技方面专著与论文的名单，这都显示了"新知识"对小说理念的巨大冲击。

  这种"知识对文学的冲击"，还反映在作者知识背景的分化。网文作者大多出身金融、军事、医学、生物、制造业等理工科专业，纯粹出身文科的很少，即使是出身文科，也并非出身文学类，而大多是历史或社会学科。精英文学则大体延续中华人民共和国成立以来专业作家培养模式。"50后""60后"作家群，非文科专业向精英文学的流入，还是非常多的。比如，统计学出身的张洁，学电力的朱文，学军事弹道学的黄梵，学商品学和计算机的王小波，其他如张承志的民族学学者身份等，这些非文学背景，都丰富了纯文学书写的知识含量和思维方式。而"70后""80后"，甚至"90后"精英作家群，这种知识来源的多样性弱化了。即使非文科出身的纯文学作家身上，我们也看到，现代主义乃至后现代主义文学知识的"强大束缚力"。很多年轻作家深陷现代主义先锋文学传统，迷恋隐晦的哲思与语言实验，对外部世界知识变化不敏感，也缺乏"突破而出"的能力与勇气。这无疑值得我们深思。

  不可否认，西方现代主义、后现代主义文学形态，与后工业时代消费主义有关，也与西方发达国家相对静态的代际体验和地域体验，包括历史体验有关。然而，这种源自战争伤痕的现代主义，静态生活背后的后现代消费奇观,与借助网络媒体和全球化进程,进行高速工业化的"中国文化体",还有很多差别。中国飞速发展的社会现实,超级现代性的丰富性与复杂性,都呼唤着精英文学的变革。特别在长篇小说领域,我们的审美趣味与知识构想,大多受到20世纪90年代到新世纪以来,已典化的长篇小说的制囿。知识容量的匮乏,导致经验的匮乏,也导致长篇小说特有的认识社会功能的衰退。这无疑是越来越严重的长篇小说危机的内在因素。当然,不少严肃作家也在尝试借鉴科幻、悬疑等类型,探索新的表现领域,也有不少成功经验,如李宏伟的《国王与抒情诗》,王十月的《如果末日无期》等优秀之作,就借鉴科幻、末日等知识类型,且融入了深刻的哲学思考。但这些作品,目前总量尚少,也未得到文坛的充分认可。

其次,网络文学"情节能力"的发展及其衍生出的想象力问题,也可以给纯文学很多启示。情节构造能力是小说基本功,情节能力的营构,也常常表现为作家对外在世界的想象性建构。中国现代小说有散文小说、诗化小说、哲理小说等诸多淡化情节的分支,而在现代主义与后现代主义思维下,反对典型人物、典型环境与典型事件的现实主义创作律令,使得很多作家更热衷于语言实验、隐喻性诗学营造及晦涩的故事破坏力。但是,在优秀的现代主义,乃至后现代主义作品中,我们依然能看到建构情节,甚至精心构思细节,对一个作家的重要性。在卡佛、麦克尤恩、耶茨、安吉拉卡特等擅长中短篇小说创作的现代主义作家笔下,也闪烁着令人过目不忘的情节和细节。卡夫卡的《变形记》在甲虫幻觉的"奇情"中见人性常态,科塔萨尔的《被侵占的房屋》中诡异的鬼魂入侵,萨拉马戈的《里卡尔多·雷耶斯离世那年》的佩索阿与虚构人物的宿命纠缠,也都表现了"情节"这个古老叙事传统的强大潜力。进而言之,情节能力也反映作家体察社会、了解人性深度、想象世界的能力。虚假苍白的情节和平庸无力的情节,都是作家缺乏社会体验性、缺乏想象力的表征。

网络文学追求文本衍生的资本性,情节能力至为重要。很多优秀网文,并不是简单追求情节刺激,而是吸取了纯文学在叙事视角、叙事声音与叙事时空构造方面的某些经验,创造了极为丰富逼真,又异彩纷呈的小说世界。天使奥斯卡的《宋时归》，发展现代历史小说情节模式，也继承了清末以来王少堂、陈士和等说书艺人，以"巨量情节"维持叙事时间的通俗小说传统。它有"无低谷"的全高潮式叙事模式，小说开场就是危机，且有着不断的危机冲突，以塑造典型人物与历史情境。作家还发展了一种"超级情节"，即以核心事件为焦点，结合多重叙事角度与全方位宏大场景描述，极富于阅读代入性。小说中只"汴梁惊变"一个事件，就写了近20万字，却精彩纷呈，令人不肯罢手。梦入神机的《龙蛇演义》是新国术技击派代表作，其情节构造能力也非常突出。它融合儒道释传统与人体科学，并结合现代医学与技击技能研究，改变了"金古梁温"开创的文人新武侠传统。它的情节特点在于"奇中有奇""以奇写正"，情节极为写实狠辣，又包含对人体机能的合理想象，在对清末武侠传统的复古中，结合现代性自我的理解，创造了令人难忘的情节。忘语的《凡人修仙传》，静官的《兽血沸腾》等小说，也都有精彩纷呈的情节建构。作为深层次探讨人性、思考社会与文化的纯文学创作，固然不能单纯恢复"以情节为中心"的状态，然而，在"雅俗对峙"的创作情境之下，网络文学情节构造能力的提升，值得纯文学创作借鉴吸收。对情节能力的再创造，可促使我们反思"近乎无事"，专注于荒诞俗常的现代文学传统，进而促进我们对"中国故事"的现代主体性的理解。

很多网文创作也借鉴了许多纯文学因素，比如，韩松的科幻小说，在软科幻外表下，大量引入反乌托邦叙事模式，形成某种深度批判性。在有关网络文学的调查中，笔者曾问及"哪些纯文学作品对网文创作影响最深"这个题目。很多网文作者选择的都是余华的《活着》《许三观卖血记》与路遥的《平凡的世界》。这几部经典小说，除了深刻的思想性之外，其艺术特征，都有一种比较"利于沟通共鸣"的书写模态。比如，余华在《活着》《许三观卖血记》中，放弃先锋文学叙事空缺与延宕、叙事时序变化等"叙事迷宫"手法，而专注于对"叙事频率"的改造。其"重复"的叙事手法，比如，《活着》的多次死亡，《许三观卖血记》重复性卖血情节及叙事声音的"反复",都符合中国人"重复性叙事"的审美心理,如"三顾茅庐""三打白骨精"等。路遥的小说,最动人之处在于其"底层个人奋斗"的叙事模式。它充满了理想主义的浪漫感伤与悲剧的挫折感,又对现实形成有效心理刺激和反省性。这种"底层奋斗"的故事,也出现在当下纯文学创作中,但鲜有路遥式真诚的道德态度与"确认现代自我"的伦理勇气,反而过分夸大小人物的庸常猥琐对宏大叙事的消解作用,比如刘震云的"一地鸡毛"系列小说。网络文学中,"底层个人奋斗"的故事,常被赋予"个体神话"象征,被转化为"废柴逆袭"心理定式,如"赘婿文"亚类型。同时,它也为"网络现实主义"提供内在心理机制,比如,《大江东去》《浩荡》等小说,都有这种"小人物奋斗"故事。这也符合阶层分化情况下,小资知识青年的特殊心理。

最后,对网络文学的"借鉴",不等于否认纯文学的存在价值和发展空间。纯文学创作与网络文学有着很明显的区别。"雅俗对立",是现代社会文学意识形态功能与商品功能分离,必然导致的"结构性存在"。比之网络文学,纯文学更容易经典化,其"美典"的符号权威价值,是网络文学难以企及的精神格局,也拥有着权威的文学史学术阐释地位。精美的文字感觉、精妙的艺术构思、细腻生动的描述,与多层次立体化的审美意蕴和思想含量,使之跨越时空限制,加强人类认识社会、反映人生的能力,提供积极的精神滋养与境界提升,塑造民族国家想象共同体意识,也让启蒙与审美的种子,塑造良好的现代人格。相比而言,虽然很多通俗文学可做到雅俗共赏,甚至化俗为雅,但在现代社会文化格局中,由俗入雅,由通俗入经典的过程,还非常困难。

然而,任何艺术门类要不断创新,都须有"海纳百川"的气度与胸怀。从纵向关系而言,纯文学界要积极继承中国文化传统,特别注意中国通俗小说传统;从当下借鉴意义而言,纯文学界应关注网络小说在新媒介语境下的变化。无论是其书写形式,还是表现内容,网络文学的变化,都可以被我们吸纳融入纯文学发展的反思之中。比如,网络文学的科幻题材对未来的科学想象能力;网络文学对中国说书人传统的发展，可用来反思纯文学创作"可读性问题"；网络文学丰富的类型模式，也可被借鉴入纯文学创作，以提高小说"沟通性"。从清末梁启超提倡的"新小说"，到五四小说，直到新时期小说，无论是思潮流派，还是艺术手法、创作思维，纯文学创作对西方的学习借鉴，一直是"重中之重"。不可否认，西方文艺思想是中国文学不可或缺的养料。可进入新世纪后，在中国不断探索现代性道路，并不断展现出成功经验的今天，仅从西方艺术出发，是远远不够的。"精英意识"也导致很多纯文学作家，过度追求场域意义"稀缺性"，不断索求文字难度、文体难度、叙事难度。有的作家，以几百万字"大河小说篇幅"，书写故乡精神史，却流于混乱意识狂想与破碎拼贴的景观，甚至完全无法形成有效隐喻性。这样的作品，居然也被冠以"经典"之名。而另一种"逆向的先锋"，则倾向于以叙事空缺、意义空白，抽空现实意义所指，将之变成"伪装现实主义"先锋写作。这些"拟现实""拟隐喻"的新先锋写作，在艺术表现走向"融合与再造"的情况下，会加深纯文学与大众的"阅读隔离"，导致读者大量流失，也会造成自身的封闭与萎缩。

当然，网络文学还在发展过程中，很多特征与规律有待于更多学者进行深度研究，也有待于纯文学作家进行有效辨析。"网络文学"也存在诸多问题，值得警惕与反思。比如，网络文学文本，在强化小说情节能力的同时，也造成"升级打怪"循环叙事的"审美弱化"及小说语言的粗糙混乱。网络文学对现实因素的忽略，对游戏性的过度追求，也会导致文本缺乏深层审美与思想意蕴，缺乏可供反复阅读的"经典意义"。网络文学也必须借鉴纯文学经典化手段，走向自身的经典化。由此，范伯群教授所言的"一体两翼"的良性中国现代文学格局，才有可能真正实现。

中国网络文学的现实主义问题

近些年来,关于中国网络文学"现实主义"问题的讨论,在理论界与创作界,持续引发了很多争议。有学者认为,想象力才是网络文学本质,现实主义是"老掉牙"的创作方法,不能繁荣网络文学创作;有的网络文学作家也认为,现实主义不能成为网络文学的重要类型,只是"官方点缀",不能形成真正阅读影响力与产业影响力。如何看待这个问题呢?网络文学"现实主义"问题,其实有三个层面:一是为何出现网络文学的现实主义询唤;二是网络文学是否具有"现实主义"品质;三是中国网络文学现实主义的特殊价值何在。

网络文学现实主义问题成为讨论热点,主要有以下几个因素。首先,现实主义创作在当下纯文学创作界的困境。一方面,大量"现实主义"面貌的纯文学作品,可读性差,文字缺乏吸引力,观念陈旧,训诫色彩重,与当下日新月异的中国现实相比,信息含量远远滞后,更遑论思想的深刻;另一方面,过分追求探索性与史诗性,也使很多纯文学作品,特别是长篇小说,纷纷淡化故事,苛求文本隐喻深度、形式创新,以寓言化象征盲目放大批判性,以另一种方式让人们疏远当下中国现实。

其次,网络文学自身危机所致。网络文学在中国走过几十年,从业余创作到现象级文化产业形态,在兴盛繁荣的同时,也存在诸多危机,其中之一就是日益陷入虚拟封闭的形态。很多小说荒诞不经,沉溺于低俗与虚幻,远离当下中国现实,不仅受到后现代思维制囿,且类型创新日渐疲乏,想象力枯竭,升级打怪、空间循环等模式在自我重复中,日益让读者厌倦。以想象力诉求,压制文学反映现实的功能,终将贻害网络文学健康发展。

再次，国家文化建设战略与公民素养提升的诉求。中国实现民族文化复兴，必须建设健康的网络文学发展形态。这不仅关乎公民阅读素养，且涉及民族文化主体建构与传承。网络文学属于网络时代通俗文学，除了娱乐功能之外，也要承担现代启蒙与民族国家文化建构的任务。清末至民国期间，类型文学风行一时，可一味提倡阅读刺激的黑幕小说，一味追逐猎奇的狭邪小说，最终被读者抛弃，而张恨水集言情、武侠、历史等诸多类型因素于一体，能雅俗共赏，吸收新文学素养，最终成为通俗文学一代宗师，他不仅有《金粉世家》这样的言情社会小说，且《五子登科》《虎贲万岁》等小说，针砭时弊，提倡抗战救国，很好地解决了现实关怀与民族国家意识、文本消费性的统一，至今仍可为网络文学发展所借鉴。

第二个问题是网络文学"现实主义"品质。19世纪现实主义小说，联系工业革命及其紧密关联的历史建构意识。现实主义魅力在于，既能提供批判性视角，将历史理性与人性批判结合，树立一种现代时空观，又能将现实转化为观察对象，建构一种"含混"的现代包容力，将现实的复杂性与可能性，不动声色地传递给读者，给予读者广阔思考空间。照安敏成所言，所有现实主义都有两个层面，一是对社会客观反映的层面，另一个是自觉寓言层面。只有两者结合，才能实现现实主义的有效性。西方现代主义在消解现实主义主体幻觉的同时，也造成人与自然，人与社会的隔绝日益加深。现实主义认知社会功能，甚至被"让渡"为通俗文艺专长，例如，美剧和日剧、韩剧，发展出各种亚类型，涉及政治、历史、经济各层面，医生、军队、教师、警察等职业，并讨论性别歧视、虐童、民族意识诸多社会问题，比如，美剧《国土安全》揭示的国家利益问题，韩国电影《素媛》《熔炉》引发社会关怀。

网络文学的发生，有很强的媒介转换意义。新媒介让文学具有高速高效的信息沟通能力，文学消费价值与交流价值凸显，教化功能与意识形态功能减弱，而网络的虚拟性、想象性与封闭性，也易导致碎片化感知，将之归属于"轻文体"。然而，无论如何变化，网生性特质与商品属性，都不能完全替代或压制文学属性。强调文学属性，除了技巧、形式、语言的探索外，现实认知功能，也必须予以重视，才能使网络文学得以可持续性发展，使网生特质与消费功能、文学属性实现鼎足态势。考察中国网络文学，早期网络文学多为个人化情感抒发，如《第一次亲密接触》《悟空传》等，起点中文收费模式提供产业爆发后，穿越、玄幻、悬疑等类型网络文学，实现指数级增长，数量与质量都非常高。而2010年后，网络文学现实主义类型作品的发展，则是网络文学走向成熟的标志之一，《大江东去》《大国重工》《浩荡》《逆袭》《神工》《橙红年代》《我的1979》等作品，在认知社会功能、教化功能上，在沟通纯文学创作方面，进行了很好的探索。

由此，我们进一步思考第三个问题，即中国网络文学现实主义的特殊价值。现代主义与后现代主义艺术，无论如何挖掘人的心灵空间，实现"向内转"的艺术走向，都无法否认，小说，特别是长篇小说，天生有探索外部世界的精神，也只有小说文类才能反映人类纷繁复杂的现代社会画卷。网络文学以小说为主体，必然有建构社会认知、塑造民族国家历史意识、塑形民族主体想象的文体诉求。网络文学在中国成为现象级文化模式，也与中国后现代历史境遇、民族文化复兴历史动力有关。中国的现实日新月异，文化积累经历浴火重生，出现了不同于西方殖民化加工业化的现代道路，其间有光怪陆离的现象，也充满新旧意识的碰撞与融合，这种"巨量"的现实信息与变化形态，为现实主义提供了广博的素材与创作前提。

目前，中国网络文学现实主义类型，继承现代文学启蒙批判性，"感时忧国"现代民族国家叙事，继承了柳青、路遥以来的社会主义现实主义优良传统，又有所创新与发展。一是故事性强，有较强代入性，人物鲜活立体，《浩荡》描写深圳电子业、通信业发展，笔涉官、商、民等多样生活形态，故事跌宕起伏，《朝阳警事》以小片警的生活入手，虽没有大开大合的情节反转，但细节丰富，表现了人民警察职业的真实情况。《橙红年代》《逆袭》讲述职场风云与经济领域斗争，同样动人心魄。二是知识性强，《大国重工》的冯啸辰伴随国家工业改革，走向人生巅峰的故事中，大量机械、管理、化工知识植入小说,不但没有削弱作品魅力,反而使这些元素成为主人公成长的推动力。《神工》中,纳米医疗技术与生物养殖,开拓了我们的眼界。《大国网安》的电脑科技,也为小说提供了知识储备、叙事动力。三是反映中国现实的深度和广度,《浩荡》与《大江东去》规模宏大,人物众多,更多传承了传统现实主义写实精神、宏大叙事主题性,《浩荡》以深圳为蓝本,以一群青年的奋斗为线索,描写中国超大型城市的崛起,《大江东去》则讲述改革中国从农村到城市,从商界、政界到学界的变化,精细地描绘出一幅当代中国景观。四是表现时代精神,更有着大国崛起的现代民族国家意识。《大国重工》的冯啸辰,拒绝高薪诱惑,识破设备引进陷阱,为中国重工业崛起而奋斗。《我的1979》更像一部当代青年"创业史",大学生李和从二手家电到古董收集,后又进军金融市场。恢复高考、出国热、双轨制、自主创业、金融危机等历史节点,都出现在作者笔下,创业成为青年李和实现自我、报效祖国的方式,而人性的贪婪与道德反省,又让李和在不断挣扎反思,小说结尾,众人合唱的场景,令人感动。

中国网络文学现实主义类型的发展,一方面有利于打破雅俗分野,丰富网络文学类型,对纯文学进行有效纠偏,也能提高网络文学的文学水平,纠正读者阅读网络小说过分追求虚拟性的弊端,培养资深的稳固读者。比如,对于有一定文化素养和更高要求的中青年阅读群体的培养。这里也有网络文学阅读的年代断层和固化流失问题,网络文学长期以文学性差的小白文笼络低龄读者,不利于网络文学持续发展。另一方面是经典化问题。任何文学类型,要升入更高层次,拥有长久产业增值性和符号魅力,必然要经典化。而这些都要求网络文学沟通更广阔的传统,链接更广阔的美学记忆,唤起更广阔的现实体验,培养不同层面的读者,并为之赋予深度性美学趋向。最后,网络文学现实主义类型,有利于提倡"中国故事"的新书写可能性,从而更好地服务于国家文化发展战略,服务于中华民族伟大的文化复兴。

目前中国网络文学的现实主义类型,还在发展壮大过程中,相比于其他文学类型,无论是数量和质量,还是读者量与影响力,都有相当的差距。它不仅需要国家的文化扶持,有待于读者开拓阅读视野,转变阅读观念,更有待于更多优秀网络作家不断推陈出新,深耕细作,推出更多更好的现实主义作品。

"文学传统"视野下的中国网络文学

中国网络文学经过20多年发展，已进入了一个繁荣期。网络文学研究，也不断取得突破。然而，对于网络文学的属性、特质，研究界依然存在争议。很多学者将网络文学视为传播媒介的革命产物，极力凸显网络文学对"传统文学"的断裂性。这里的"传统文学"，既指中国古典文学，也指五四新文学，推而广之，亦指媒介特征不明显的"传统纸媒文学"。网络文学以虚拟性、游戏性、开放性与交互性，形成了不同的接受模式、书写模式、文本形态等"网生特质"。然而，据此声称，网络文学对"传统文学"的终结，既不符合中国网络文学真实属性与发展语境，也不利于引导网络文学良性进步，形成中国文学真正的主体性建构。

网络文学具有商品属性、文学属性与网络属性。传统文学亦具有商品属性与文学属性，而网络文学的网络属性，除了网生性特质之外，也影响了文学的商品属性与文学属性，比如，网络文学比之传统纸媒出版，具有更低廉的成本，更有效的话语符号增值性（如IP经济集成策略）等特点。在文学属性上，中国网络文学，一方面表现为对"广义文化传统"的继承关系，另一方面，也表现为对于审美愉悦，特别是通俗类型文学叙事艺术的故事性、幻想性、虚构性与代入性的重视。中国网络文学的历史契机，恰在于中国文学"后发现代性"的语境特点，即在中国大陆通俗文学尚不发达的情况下，以网络文学产业化为突破口，以网生性"盘活"文学的商品属性与文学属性。

就此而言，中国网络文学，不是对"传统文学"的终结，而是网络时代文学对中国传统文学的继承和发展。这里既有媒介转换带来的革命性变化,也有对中国文化传统的内在联系性。中国网络文学对传统文学的继承,也需要辨析和理性认识。这里说的"文学传统",并非仅为"古典文学",而是广义的影响网络文学发展的"文学传统",大致可分为三类,第一类是以儒道释体系为思维特征的中国古典传统文学,这既包含唐诗宋词与优秀的古文传统,也包含上古神话、民俗学等较边缘的古典传统;第二类是通俗文学传统,主要指起源于明清时期,清末民初之后大盛的言情、武侠、侦探、黑幕等类型文学;第三类则是发轫于五四,目前成为主流性的"新文学"主潮。这三类文学传统之中,古典文学与通俗文学对网络文学的影响最深,而五四新文学的影响,则主要体现在"自我实现"的现代性价值观,以及现实主义题材的网络小说创作。

具体而言,首先,从古典文学传统来看,纵观中国网络文学,儒家的仁爱思想与典籍传统,道家的浪漫想象与符箓咒语,佛教的哲学观念与法器经文,都表现于历史穿越文、玄幻奇幻文等很多门类的创作。比如,徐公子胜治"天地人神鬼灵"系列小说,展现了作家对道家文化,特别是丹道文化的造诣,文笔飘逸俊朗。阿越的《新宋》、愤怒的香蕉的《赘婿》,都表现了对儒学现代转化与民族国家命运的思考;以唐诗宋词与历代散文为代表的诗文传统,影响了言情、历史等类型文体的表现风格,比如,传统诗文艺术想象与华美意境,塑造了滕萍、天下归元、蒋胜男、顾漫等一大批女性网络作家的写作;中华的洪荒神话、人物传说、巫鬼传奇、礼葬风俗、典章制度,更影响了奇幻、悬疑、历史、校园、惊悚等诸多类型。灵感源自《山海经》的《三生三世十里桃花》,作者唐七用温暖清丽的诗性语言,虚构上古神话中白浅和夜华的绝美爱情故事。同样源自《山海经》,阿菩的《山海经密码》则将故事背景设置为夏商朝代交替之际,以一个少年的大荒游历,再现历史与神话的奇绝想象。中国各个历史时期的典章制度、社会风貌,也较好地展现在网络文学之中。贼道三痴的《上品寒士》对于"魏晋风度"的表现,依山尽的《大学士》对中国科举制度的描述,真实准确,历史现场感强,加之行文典雅优美,人物刻画细腻,使得这些作品都散发着醇厚深沉的传统文化味道。

其次，从文学类型与文类笔法上看，中国网络文学，也较好地继承了中国通俗文学传统。范伯群教授认为，从冯梦龙到当代网络小说，存在一条市民通俗文学"古今联系链"。这个通俗文学传统主要包括《封神榜》《西游记》等构建的神话体系，《红楼梦》《金瓶梅》为经典的情感与世俗生活体系，以《水浒传》为特征的底层社会小说体系，以《三国演义》为特征的历史叙事体系等。进而言之，还有以金庸、古龙为代表的现代武侠小说体系，以还珠楼主为代表的奇幻武侠体系等。而《左传》《史记》等中国史传传统，在战争描写、人性刻画与历史想象上，也影响了天使奥斯卡、马伯庸、骠骑等一大批网络作家。

中国网络文学对通俗类型文学的继承发展，表现在对既有类型的丰富与开拓，如宅猪的《重生西游》，今何在的《悟空传》，重写西游故事，赋予"西游神话"现代魅力与异彩纷呈的故事；梦入神机的《佛本是道》、血红的《巫神纪》、树下野狐的《搜神记》，多以上古神话与封神演义为底本，再现洪荒神魔世界的瑰丽缤纷，也写出人性与神性的挣扎。同样，收红包的《正味记》，二子从周的《苏厨》将中华美食文化展现得淋漓尽致。打眼的《黄金瞳》《宝鉴》以丰富的收藏鉴宝知识，曲折紧张的故事，吸引大批读者，也传递出对"金钱至上"的讽刺。南派三叔的《盗墓笔记》与天下霸唱的《鬼吹灯》，将风水堪舆、墓葬考古与神话传说结合，故事引人入胜。网络武侠文学也从以"金古梁温"为代表的华语现代武侠小说，发展为"国术技击流"与"网络新武侠""科技武侠"等亚类型，如梦入神机的《龙蛇演义》、烽火戏诸侯的《雪中悍刀行》、陈怅的《量子江湖》等优秀之作。

再次，从新文学传统来看，早期网络文学更多表现为对中国古代文化、通俗文学、民间文学的呼应，同时也表现出对新文学传统的疏离。但随着网络文学不断发育，特别是网络现实主义兴起，新文学的影响也日渐加深。很多网络现实小说"自我奋斗"的成长故事原型，能看到作家路遥的影响，也是五四新文学"个体自我"价值观的投射。很多网络穿越历史小说，都设置普通现代中国人，穿越民族历史节点，改变民族国家命运，实现自我价值的"逆袭"模式。比如，天使奥斯卡的《篡清》，描写一个小公务员穿越晚清的故事，这里既有对历史情境和历史人物的新阐释，也表现出现代人的自我肯定的努力。同时，启蒙意识也并非不存在于网络文学之中。

传统现实主义笔法与史诗性风格，也被优秀网络文学所吸纳。阿耐的《大江东去》笔力老辣，气象宏大，以一个大型国企厂长的经历为引子，串起政、商、学、工等社会领域上百个栩栩如生的人物，深刻再现中国改开30多年的风云变幻。何常在的《浩荡》，以20世纪90年代改革为背景，再现大深圳历史转型的艰巨复杂，格局阔大，布局精严，人物真实可感，有着丰富的财经知识与厚重历史意识。阿龙的《复兴之路》对于一代青年创业的酸甜苦辣的描述，齐橙的《大国重工》、任怨的《神工》的工业建设想象与深厚爱国主义情怀，骁骑校的《橙红年代》对于当下中国人都市生存的反思，都集知识性与趣味性于一体，引起读者广泛共鸣。这些网络现实主义作品，大多具"大河小说"气质，篇幅颇长，内容丰富，反映社会现实诸多领域，在人性深度、历史意识与现实宽广度上，继承传统现实主义文学典型化特征，又对其多有创新。目前，网络现实主义文学还在进一步探索之中，它不但成为网络文学克服自身过分封闭化与虚拟化的武器，也成为主流社会积极引导网络文学发展的契机。

除此之外，我们还看到，网络文学的"文学传统继承性"，不仅表现在故事内容、情节设计、人物塑造、文体风格上，还表现在这些"中国传统元素"对于中国文学时空观念的回归与拓展。任何文学形态，都有深刻的民族文化传统"语境性生成"内在条件。从横向关系上讲，日韩动漫、游戏、电视剧，美国好莱坞电影，欧美奇幻、科幻与悬疑文学，日本二次元文化等，都影响到中国网络文学的发育。然而，从纵向继承关系上讲，中国网络文学，并非仅是"横向移植"，也有中国文化传统的积淀。网络文学的繁荣，也伴随着中国国家实力崛起及"中国想象"与"中国故事"的发展。就表现时空领域来说，中国的科幻与玄幻小说，探究目光深入宇宙深处与人类起源，也创造了无数神奇瑰丽的想象世界，比如，刘慈欣的科幻小说《流浪地球》，血红、猫腻等作家的玄幻小说等，都表现了中国人的时空探索精神和灿烂的想象力。"穿越历史小说"中，庞大的网络文学作家群，创造了时间上横跨原始社会到20世纪90年代，空间上囊括五大洲各个空间点的文化想象。从上古时代到中世纪耶路撒冷，从秦汉到清末民国，从"一战""二战"到抗日战争，中国作家显现出一种极宏阔的时空意识与知识占有欲，重新创造了路易·加迪称赞的，非"一国一史"的"中国天下"时空观。这种宏阔的"中国—世界—宇宙"的时空观的再现，拓展了民族历史文化的想象疆域，既是对中国古代时空观的继承，也是中国崛起的文化自信的产物，体现了中国对于五四以来"现代民族国家"时空观念的拓展。

因此，一味沉溺于网络文学的断裂特质，无限肯定网络文学的激进表征，会陷入后现代文化的碎片迷宫，重复现代文学发展困境的悖论逻辑，也会陷入"网络文学"文学属性取消的尴尬境地。我们应该树立一个信念，中国网络文学，亦属于中国文学的一部分，它既有独特的发展逻辑，也服从于中国文学整体发展的脉络。同时，网络文学不仅是中国文学发展的契机，而且是文学本身发展的机遇。网生环境的平等性、交互性，有利于消除文学门类、雅俗对峙、地域差异与意识形态冲突带来的偏见，进而在"融合再造"过程中，形成真正阔大深邃、精彩纷呈的文学繁荣，从而扭转"现代文学"造成的文学日益逼仄与小众化的局面。这个任务，对于有着数千年悠久传统，又在网络时代实现民族文化复兴的现代中国而言，既是历史的必然，也是当仁不让的文化使命。

个人主义、穿越史观与共同体诱惑

——论"网络穿越历史小说"的"三宗罪"

"穿越"题材是中国网络小说中非常"怪异"的亚类型。"玄幻"可追溯到民国的还珠楼主,"惊悚"有蒲松龄的狐鬼花妖,二者又可共同追溯到古典志怪小说传统。言情、校园、科幻、武侠、黑社会等题材也早已出现。它们借着网络平台,又有了类型化发展。"穿越"比较奇怪。虽然唐代沈既济的传奇小说《枕中记》,明代董说的小说《西游补》,也曾出现"时空穿梭"情节,但它其实源自清末民初"乌托邦政治小说",在西方则有马克·吐温的《康州美国佬在亚瑟王朝》,这些小说由于现代性时空的植入,现代与前现代逻辑发生碰撞,如梁启超的《新中国未来记》,陆士谔的《新中国》等。作为类型而言,它既是通俗历史小说的"亚类型"变种,又与言情等类型发生交叉关系。然而,作为普遍的历史消费与现代想象,穿越类的历史小说,又是中国网络文学"独有"的。当下世界文学范围内,恐怕再也难以找出像中国这样的"穿越"热情:无数作者和数量更庞大的男女读者,期待逃离现实,在令人咋舌的时空疆域,进行苦苦的"意淫"。女性回到古代成为成功男人追逐的"女神",男性则改写历史,四方争霸,抵抗外辱,建设现代化强国。正统文学批评家往往嘲笑它的"荒诞不经",但无法回答一个问题,即这么荒诞的东西,为何被大众广泛认可?从个人主义、穿越历史观与共同体想象三个角度,我们可以更深刻地认识网络穿越历史小说的发生机制、潜在文化逻辑和精神困境。

个人主义、穿越史观与共同体诱惑
——论"网络穿越历史小说"的"三宗罪"

一

为什么中国会出现这种类型化的叙事文学？表面上看，这些穿越历史小说，都属于消费文化发展的产物，反映了类型化的社会接受心理需要，是"感受一下80后、90后所背负的巨大压力，学业、升职、房价、婚姻等，每一样都无法轻松对待，我们应该可以理解这些女孩为什么在面对《步步惊心》时倍感轻松"[1]。有的学者认为，穿越历史的文化心理，反映了"使人类在文学想象中实现了对自身既定时空规定性局限的超越，体味到最大的精神自由与快乐"[2]。而从深层次而言，我们却发现，这些穿越历史类小说，实际表现出了中国社会深层次的个人主义与共同体诱惑、历史观念的纠葛。

首先，网络穿越历史小说，表现出怪异的"个人主义气质"。汉学家普实克认为，个人主义、主观性与悲观主义，是中国新文学的三个基本特征[3]，个人主义的"发明"，通过第一人称运用、大量心理描写、主体意识来建构，如中国现代文学的发轫之作《狂人日记》。柄谷行人的《日本现代文学的起源》，也提出"内面的人"的概念。然而，个人主义并非仅通过"内面"的自我告白来实现，个人主体与世界的"征服"关系构建的外在主体意识，也是个人主义的表征。考察西方早期现代小说，《鲁滨孙漂流记》有很强的第一人称意识，却没有普实克说的"悲观性"，或柄谷行人的"内面告白"，其主体的外在扩张性非常强，小说有"不断扩展"的世界时空观，"荒岛"成为野蛮世界的象征，与文明世界形成"对峙性"关系，闪烁着经典现实主义清教徒冷静务实的态度、资本扩张的野心与顽强主体意志。西方的个人主义强者谱系，还有伏脱冷、拉斯蒂涅、于连、

---

[1] 龙柳萍. 接受美学视域下的网络穿越小说：以桐华《步步惊心》为例[J]. 广西科技师范学院学报，2012（4）.

[2] 李玉萍. 论网络穿越小说的基本特性[J]. 玉林师范学院学报，2012（4）.

[3] [捷克]普实克. 中国现代文学中的主观主义和个人主义[A]//普实克中国现代文学论文集. 李燕乔，等，译. 长沙：湖南文艺出版社，1987.

卡刚都亚等。纵观中国现当代文学，只有《子夜》的吴荪甫、《雷雨》的周朴园等才有类似特点。进入20世纪，当小说走入自身趣味的反动，从通俗文艺上升为高雅艺术时，当文艺复兴式的个人主义强者观念被怀疑与悲观所笼罩时，荒诞意识、意识流、后现代符号狂欢等概念才流行起来。

新时期以来，个人从革命与民族国家的宏大概念中挣脱，表达自我建构与认同，然而总体基调阴暗悲观，或阴柔和美。20世纪90年代，当个体的人，被抛入资本、个体身份的全球化流动，以个体的内倾化压抑为代价，获得物质财富与存在感时，其个体尊严、自由和自我实现，就只能以"反讽"的姿态存在，如王朔。这种"反讽式"个人姿态，其基本倾向是回避"内面"，几乎没有"自我"的"告白"。[1]然而，王朔式的个人主义以虚无的激愤外表，掩盖宏大叙事冲动，其个人主义面目，既无"内在性"，又无外在"强悍气质"，就流于"痞子式"的模糊。纵观20世纪90年代以来的小说，这种歌颂强者、具资本意味的个人主义，始终被放在"道德批判"的纬度，如王刚的《月亮背面》。"新现实主义"小说家笔下，暴发户与私企老板，无不贪财好色、愚蠢丑陋，个人素质低下，如《分享艰难》的高大肚子。20世纪90年代个人主义还借助"欲望叙事"取得话语合法权，如《上海宝贝》的倪可，但这类欲望叙事必须有"纯文学"语言外壳，才能模糊意识形态性。有的批评家将这类"欲望个人"，称为在"个体性"与"人民记忆"之间，以"无主体的主体"的虚无面孔。[2]陈染式的"私语个人主义"，则表现为对隐私和身体领域的执拗关注，以此表达对群体参与性的恐惧。"新编革命历史小说"如《亮剑》《历史的天空》，也有"曲折"的个人主义诉求："如果说，革命英雄传奇仍重视书写革命传奇，那么新革命历史小说书写的则是个人的传奇。如果说前者的革命英雄是人民战争中涌

---

[1] 黄平. 反讽、共同体和参与性危机：重读王朔《顽主》[J]. 中国现代文学研究丛刊，2013（7）.

[2] 张颐武. 在边缘处追索：第三世界文化与当代中国文学[M]. 长春：时代文艺出版社，1993：82.

现出的优异代表,后者则是靠着个人天赋从底层通过个人奋斗终于出人头地的个人。"[1](也有积极尝试,如关仁山《麦河》的资本家曹双羊。)直到新世纪,"纯文学作家们"依然无法完美地处理"个人主义"问题。"个人主义"在新世纪"被分裂"了,一些作家热衷于描写"失败个人",将"内面性"推向极致,如贾平凹的《秦腔》以智力障碍者引生为叙事主体,讲述中国乡土消失的现代化进程;野心勃勃的个人主义英雄,被抽象为金钱或权力符号,如阎连科《炸裂志》的孔明亮;或被夸张为成功的粗鄙代言人,如余华《兄弟》的李光头。纯文学小说家写尽"个人主义者"的粗鄙、丑陋与狠毒,却无法写出他们反抗现实的强悍意志,实现自我的勇气与开拓进取的精神。特别是在中国扩张为世界第二大经济体的语境下,纯文学作家们对个人主义的表述效果与真实性,显然非常欠缺——对普通人的阅读而言,这些对个人主义的处理方式,并未对他们形成强大的心灵共鸣与情感信赖。从这个意义上讲,郭敬明的《小时代》,尽管肤浅庸俗,却也带来了一些别样的、有"中国本土特质"的个人主义想象——尽管是片面的物质性。

所有文本想象,必定有现实的欲望焦虑。当深究网络穿越历史小说的潜在叙事规则时,我们会发现,在这些荒诞不经的故事里,却都有着很多"鲁滨孙"般自我奋斗气质的青年男女,如《梦回大清》的都市白领小薇、《传奇》的女编辑苏雪奇,《篡清》的公务员徐一凡,《发迹》的何贵,《民国投机者》的楚明秋。他们有时也是某些"附身"历史名人的穿越者,如酒徒《指南录》穿越版"文天祥",鲟鱼《我成为崇祯以后》穿越版"崇祯",或附身于平凡小人物,如月关《回到明朝当王爷》的杨凌;或名人平凡亲属,如李小明《隋唐英雄芳名谱》穿越版的宇文士及私生子"李勒"。这些个人主义者,甚至是被"中国灵魂"附身的"外国古人"或"原始人",如实心熊《征服天国》的欧洲中世纪少年伦格,老酒里的熊《回到原

---

[1] 刘复生.蜕变中的历史复现:从"革命历史小说"到"新革命历史小说"[J].文学评论,2006(6).

始部落当村长》的原始部落酋长赵飞。然而，这些男女穿越者有一些共性，现实中他们都是生活在城市的普通人：小公务员、女白领、小职员、退伍兵、破产商贩、小工程师、厨师、穷学生、下岗工人……（"穿越前"，他们的文化身份，没有一个是农民，这也暴露出网络穿越历史小说"非乡土"的都市现代性特质）；而穿越时空后，他们也只是历史"失败者"：意外闯入者、奴隶、盐民、流民、土匪、士兵、赘婿、被废太子、末代君王、失宠妃子、家族弃子……然而，当代与历史之间，却存在约定俗成的"叙事反转"，即普通人穿越到历史时空后，就会改变"个人"命运，取得人生成功，甚至改变历史，以"蝴蝶效应"影响当下现实。"穿越"的心理暗示，让读者无视故事情节漏洞和人物延续性，在对历史的改造中，完成了个人主义"自我认同"与"自我实现"。无论成为明君霸主、赫赫战神，或宫廷宠妃、古代女主，抑或绝世良医、商业大鳄、武林高手、风流文豪、考试学霸。这些野心勃勃的个人主义者，依靠现代人的知识、眼光、思维模式及对历史缺陷的"未卜先知"，不仅拥有金钱和权力，更重要的是实现马斯洛说的情感和归属的需要、尊重的需要、自我实现的需要、自我超越的需要。他们建功立业，开疆拓土，建设现代制度，发展现代文明，成就现代强国，或成为男性仰视的女强人。在穿越者身上，那些被中国文学遮蔽的个人主义强者气质，被展现了出来。历史与现实形成尖锐对立，这些穿越者，充满了"征服"的幻想，征服前现代，征服历史，征服异族，征服世界，进而塑造真正强大的"现代自我"。

同时，这也是一个"传统伦理崩溃和重生"的过程，那些曾束缚个人意志的意识形态，都在穿越历史、改造历史过程中被重审——无论是五四式启蒙，还是革命叙事、儒家意识。这些穿越者，赤裸裸地谈论利益，在后宫淋漓尽致地钩心斗角，或在商场与政界"扮猪吃老虎"。任何宏大话语的"责任体系"，都必须建立在"个人主义"的基础上被重塑，而对财富与成功的渴望，使得这些穿越者充满了"资本的魅力"。如古龙岗的《发迹》，穿越者大学生何贵，借助创意学和经济学知识，在清代建立商业帝国。阿菩的《东海屠》，穿越者

个人主义、穿越史观与共同体诱惑
——论"网络穿越历史小说"的"三宗罪"   093

东门庆,凭借野心和计谋,虚构了明末的大航海时代与殖民浪潮。老白牛的《明末边军一小兵》,穿越者王斗只是明末边军火路墩的小兵,他奋力杀敌,加上通晓现代军事知识,成为一方枭雄。这些个人主义气质,在女性穿越小说中表现得更曲折隐晦,然而,那些在现实中灰暗压抑的女性,却在历史的穿越中,曲折地实现了"女尊"的个人理想。如浅绿的《错嫁良缘之洗冤录》,把现代的法医素质与方法放到古代时空中,让原本平凡的女子运用现代法医的手段屡破奇案,声名远扬。桐华的《步步惊心》,穿越者小白领若曦,倔强任性,和阿哥斗嘴、和格格打架,却让众多优秀男士为她倾倒,而她也不自觉地卷入了九王夺嫡的历史风潮。

史蒂芬·卢克什曾区分两种现代特征的"个人主义":"一种是个体与其角色,与其目标和决心相关的独特画面。个体显示其角色距离,勇敢面对所有可能的角色,原则上是能够随心所欲地接受、扮演或放弃任何一个角色。作为独立自主的选择者,他在行动、良好的观念、生活计划之间做出决定。具有这些本质特征的个体作为一个自治的、自我指导的、独立的代理人思考和行动。而另一种则是个体很大程度上和角色认同,被角色界定,他与目标和意愿的关系,较少由个人选择来决定,而是通过知识和发现来决定。自我发现、相互理解、权威、传统和美德在此至关重要。我是谁?这个问题由我所继承的历史,我所占有的社会地位以及我被装载的职业道德来回答的。"[1]新时期以来的纯文学书写,"个人主义"话语主题,主要描述卢克什说的"第二种个人主义",无论是具有宏大色彩的伤痕、反思小说,还是王朔式的痞子写作、激进的先锋小说、身体写作、新历史主义书写,"个人主义"的关注点更多放在"对稳定价值观缺失的关注""对自我与社会角色差异性的体验""对成为某个群体部分的强烈渴望"[2]。怪异的是,如网络穿越历史小说这样的"通俗文本",个

---

[1] [挪]贺美德,鲁纳."自我"中国:现代中国社会中个体的崛起[M].许烨芳,等,译.上海:上海译文出版社,2011:180.

[2] [挪]贺美德,鲁纳."自我"中国:现代中国社会中个体的崛起[M].许烨芳,等,译.上海:上海译文出版社,2011:204.

体作为"自主的人性自我",反而得到了很好的表达。那些穿越者,不但表达了对自由、民主、尊严的进步渴望,且充满了从"自我内部"发现意义的能力。他们不再是群体边缘人,而是主动的创造者和主体的英雄。他们在历史中有"主动选择"的能力和意愿。邹邹的《清朝经济适用男》虽也写穿越者女工程监理与皇子的纠葛,描述重点却在齐粟娘的女性主体选择:她有非凡才华,也深爱老实厚道的小官员陈演,拒绝成为十四阿哥、漕帮大当家连震云等男性的玩物。天使奥斯卡的《篡清》,穿越者徐一凡铁血改革清末军事,他嘲弄维新变法的虚伪与革命者的天真,赤裸裸地割据朝鲜,防止甲午民族悲剧重演,也实现了"对抗贼老天"的理想。欧阳锋的《云的抗日》,穿越者欧阳云,回到抗战的热血岁月,凭借浑身功夫与报国之心,带领同胞,成就了"伟大的抗战胜利"。

二

然而,我们可以将这些个人主义气质的通俗小说文本,简单看作鲁滨孙式的个人英雄的中国穿越版本吗?这些主体自我想象背后,也表现出对"共同体"的热切参与和主动建构的热情。这些共同体诱惑,不再以宏大的叙事名义(如革命、现代化),压制"个人主义",而呈现出在此基础上的新民族国家叙事姿态。王绍光认为,发轫于20世纪90年代的市场经济转型,使市场原则侵入非经济领域,成为整合社会生活(甚至政治生活)的机制,从而导致1949年之后建立的"伦理型经济"的全面崩溃。[1] 其实,这也是"重建伦理"的过程,不过这个伦理不是革命和家庭伦理,而是"个人主义"新伦理,即保障个人自由、尊严和生存发展权,支持自我实现和自我认同,鼓励个人责任义务与物质回报相结合。正如张旭东所说:"目前的挑战正是:要在新的社会经济状况和文化状况中寻找一种重新想象民族的

---

[1] 王绍光. 波兰尼《大转型》与中国的大转型[M]. 北京:生活·读书·新知三联书店,2012:101.

方式。这种话语将建立在复兴的乌托邦期待之上——后革命时期世俗化过程并不只是撕下了一个半农业和半斯大林政体的规范和禁忌，同时也将历史悠久的市民社会制度和意识形态留待历史检验。世俗化不仅蔑视传统的政治，几乎无私地追求一种新的，在社会经济方面得到界定的自我；它还在其庸碌的俗常生产、消费、交际、实验和想象中创造了新的可能的共同体，创作出参与、文化与民主。"[1]中国自20世纪90年代开始的劳动力、商品和资本的自由流动，在促进国家经济转型的过程中，产生"新民族主义"要求。这种复兴的乌托邦期待，包含着新的想象和民主自由的要求——既不完全同于西方的民族历史过程，也不同于中国近百年历史规定性。

　　同时，民族国家想象，又是个人主义"无法选择"的共同体诱惑。合理的民族主义，必须建立在公民权利基础上，民族主体必须首先是他或她的个人的利益主体。中国和欧美社会的一个不同在于，中国依然存在巨大的社会共同体的想象冲动。中国的民族国家意识正在发展之中，现代高度发展的市场经济，富裕的民众生活，民族国家的文化凝聚力，高度发达的民主自由，公正的政治体制和开放自由的公民话语空间，都是现代民族国家意识的重要发展内因，"中华民族的伟大复兴"也作为重要口号，被执政党提出来。然而，现实生活中的两极分化，生存压力，腐败、炫富和文化体制的相对不自由，都使民族国家想象一方面似乎成了唯一能被官方和大众双向接受的合法想象；另一方面，却又存在严重偏颇性，五四以来文学的民族国家叙事，无不是在巨大的意识形态符号束缚之下，以牺牲个体生命的价值和意义进行的，有"压倒了启蒙"的救亡，也有"领导一切"的革命。只在20世纪80年代后，当革命化的均质社会趋向解体，个人主义浪潮再次出现，并以欲望叙事等特征，成为对个人价值的肯定时，个人主义话语才在社会公共空间中逐步占据了一席之地。然而，这种"个人主义呼唤"，并未在主流意识形态，特别是官方形成相应伦理

---

[1] 张旭东. 全球化与文化政治：90年代中国与20世纪的终结 [M]. 朱羽，等，译. 北京：北京大学出版社，2014：127-128.

权威和制度保障，从20世纪90年代的主旋律文艺到新世纪以来层出不穷的抗战剧，就可看出端倪。民族国家叙事，是当前"最大的"合法性话语，无论何种个人主义话语，在历史领域的书写，如果不借助民族国家叙事，就很难在潜在文化心理认同上取得成功，也很难取得主流默许，进而在商业上获得成功。

对这种产生于20世纪90年代的"新民族国家想象"的共同体意识，张旭东认为："尽管城市中产阶级或职业白领阶层没有对抗政府的自由，但他们还是形成了一种属于自己的半自主社会和文化空间，结果，在一个初生的中国公共空间里就出现了新一代的民族主义者：正是市场蓬勃而普遍的发展以及国家力量不断撤退和去中心化，创造出了这个巨大的话语空间。换言之，如果他们是集体归属感的因素，他们既有世界主义的渴望，也几乎宿命般地认识到了世界主义的局限，他们的民族主义既是一种对欧美在早先历史时期所实现的民族主义的理性效仿，也希望在认同已变得均等而单调的时代里维持某种中国性。"[1]尽管张旭东夸大了市场社会的作用，并忽视政府的动员和意识控制能力，但他还是敏锐地指出了一个问题，那些《中国可以说不》等通俗的民族国家政治读物，其实正透露出"新公共空间"对"重建共同体"的诱惑与焦虑。随着大量城市自由流动的职业者的出现，原有计划体制的国家宏大话语失效后，都市自由民和主流意识形态其实都急切地需要某种宏大的共同体理念，进行归属感的认同。主流意识形态通过对红色资源传统和民族文化传统的改造，在主旋律式的杂糅与整合下，逐渐形成了新权威表述方式，而那些发自都市文化空间，一开始是报纸、出版物和影视、广播等传统媒介，新世纪后，逐渐转变为以网络为平台的博客、论坛、微博、微信等的公共空间，产生了新共同体诉求，网络穿越小说，恰有这些"新共同体诉求"的言说痕迹。

与官方塑造的认同方式有差异，民间自发的民族国家意识，展现

---

[1] 张旭东. 全球化与文化政治：90年代中国与20世纪的终结[M]. 朱羽，等，译. 北京：北京大学出版社，2014：107.

出了更为宽阔的包容意识，在穿越历史的过程中，大量的作者呈现出了熔铸他者、再造自我的勇气和魄力，这些小说不仅体现为现代性对前现代的征服，同时表现为对传统与现代、东方与西方等不同文明形态和文明阶段概念的"尊重"。各种文明形态和意识形态，都在个体生命的自由和尊严的基础上，去除偏见与强制，保留激情和理想，重新熔铸于一炉。在小说叙事形式上，则表现为更宽广的叙事时空与宽松的心态，一切风花雪月的爱情，如同一切金戈铁马的征服，都在个人主义的基础上被重新立法，并赋予了民族国家以新的想象。路易·加迪在谈及中国人的历史观时，认为"宽广的历史全景"和以中国为中心的"内观法"是其独特内涵，不同于欧洲史家"专注一国"的态度。[1]而网络穿越小说中，我们在现代性基础上，重新恢复那些全景式和内观法的史观建构。"世界史"正在变成"中国史"想象。[2]实心熊的《征服天国》，中国少年穿越中世纪，在圣城耶路撒冷，重现了骑士精神的骄傲与荣耀。红场唐人的《燃烧的莫斯科》续写《这里的黎明静悄悄》，表达了对苏联红色理想主义的怀旧和对专制主义的批判。很多小说也表现出对中国传统文化的尊重，如衣山尽的《大学士》表现出对中国古典文化知识细节的描述，从琴棋书画，到漆器和木器的制作，从文采诗歌，到典章制度，甚至对八股文，也没有彻底否定，而是以精彩的考试制度，写出中国传统文人历史感非常强的生活场景。愤怒的香蕉的《赘婿》则表现了对儒学活用与现代性转化的哲学性思考。贼道三痴的《上品寒士》利用清秀流畅的语言，写活了魏晋风物想象。文人雅士的诗画琴笛，宴饮交游，道家修仙与医家救人，魏晋的风评人物制，都被细腻地呈现出来。而他的另一部作品《雅骚》则让穿越者张原来到万历朝，逼真地为我们描述了明代的文人趣味。

我们甚至看到很多历史"另类想象"，原有的民族对立、意识形

---

[1] [法]路易·加迪,等. 文化与时间[M]. 郑乐平,胡建平,译. 杭州：浙江人民出版社, 1988：54.

[2] 房伟. 穿越的悖论与暧昧的征服：从网络穿越历史小说谈起[J]. 南方文坛, 2012(1).

态对立,似乎都能在这些新"包容性想象"中得到新的解决办法。而这些包容性想象,有的是更宽泛的民族主义,如龙德施泰特的《另一种历史》,重新改写了中国近现代史,在抗战胜利的历史关头,让国共继续合作,对抗苏联入侵,直至建立两党制的、美国式的现代文明强国;有的则表现为对革命理想主义的留恋与反思的双重情绪,如豫西山人的《重生之红星传奇》以红军湘江惨败为背景,描述了刘一民从红军战士成长为军长的经历,既写出了对革命叙事的怀念,也写出了对"左倾"专制主义的痛恨;有的则试图在大中华议会制度下实现民族的和解与共同繁荣,实现以商业立国的理想,如阿菩的《边戎》,写了一群穿越者,在疑似北宋末年的朝代,建立民族现代国家的努力;也有些小说表现出对西方现代性征服模式的反思,酒徒的《家园》没有将草原民族和汉族对立,而是写出了各自的文化魅力和内涵,而长城上矗立的那把威武不屈的大槊,最终让李旭拼死守卫战场,也让幽州大总管罗艺放弃了让异族进长城的念头。《家园》表现出的守望家园的和平意识、英勇无畏的民族精神及文化交流的开放姿态,无疑是穿越小说的新民族国家叙事最好的注脚。在这种新的民族国家意识之下,很多穿越历史小说,也出现了对历史人物的重新审视,特别是那些经过五四启蒙和革命意识形态双重改写后的历史人物。例如,庚新的《刑徒》,将汉高祖刘邦塑造成了无能的混混,而将吕稚描述为深明大义、聪慧善良的女人。大爆炸的《窃明》质疑袁崇焕的民族英雄身份,以民族国家意识,对袁擅杀毛文龙,与后金私自媾和等行为进行了谴责。天使奥斯卡的《篡清》,对清末著名历史人物的"重审",颠覆了中国近代史对戊戌变法的"启蒙进步"描述,光绪的无能软弱,慈禧的阴毒自私,康有为狂热的名利欲望,翁同龢的首鼠两端,都被作者写得淋漓尽致。

灰熊猫的《伐清》则是这类以民间民族国家想象,"重新设计中国现代道路"穿越历史小说的代表。穿越者邓名来到了清朝初年的四川,在他的帮助下,反清复明的力量大大增强。然而,和一般的穿越历史小说不同,该小说的重点并不在民族复仇上,而是试图在民族和解、双赢的思路下,通过互惠的双边贸易,海外殖民贸易,配合强大的科技创新，实现一种类似"欧盟"的民族国家联合体的经济和政治体制。在这个思路下，邓名既重视发展军事，更重视发展商业和科技，注重现代法律和议会制度建设，甚至主动给自己的权力套上枷锁，容忍不同派别和政治思想的存在，兼容并包，共同发展。在他的带领下，贸易联盟不断扩大，这种经贸和政治合作的方式，团结了周培公等江南各省总督、李定国等各类反清势力，甚至清政府和吴三桂。而联合政府的立国思想，正是在资本主义充分发展的前提下，充分发挥每个人才能的"个人主义"。当书院的学生寻问邓名的做法的原因时，邓名回答：

> "你们中有的人有农业的才能，会培育出高产的作物；有的人有工业的才能，能设计制造出精巧的机器；有的人有文学的才能，能写出脍炙人口的文章；有的人有绘画的才能，可以描绘壮丽的山河……如果没有机会学习，你们的才能就会被埋没，太阳日复一日地起落，但我们的生活没有丝毫的改变。只有你们的才能施展出来，才能改变我们的国家，让我们永远不受到野蛮人的威胁，让我们的子孙享受到他们祖先无法想象的生活；因此你们要学习，当你们找到了你们的才能时，我们的国家和民族就有了光辉的未来。"[1]

在灰熊猫的民族国家想象中，"邓名的中国"，摆脱了中国近代史和世界现代史上血腥杀戮立国的权力更迭，既是一个现代国家，有着欧美式的民主制度，又符合中国的国情，有着在个人主义基础上的独特的人性化魅力：

> "我的志向？"邓名哈哈一笑："我希望驱逐鞑虏后，院会里坐满了来自全国的议员，他们代表着全天下的百

---

[1] 灰熊猫. 伐清［EB/OL］.（2014-01-22）［2018-04-15］. http://www.zongheng.com/chapter/156062/4594703.html.

姓……"说到这里邓名突然停住了,他本想说希望议员们会在他进门时全体起立鼓掌,出门时议长会说"我们代表全体国民,感谢您多年的为国效劳"。[1]

三

从中国文学的历史问题入手,我们也可看到网络历史穿越小说的"独特微妙"之处。如果说,惊悚、玄幻等网络小说类型,利用网络消费平台,完成通俗文学的市场化发育,那么,穿越历史小说则充分地利用了历史想象的政治性。假如网络穿越历史小说也有很强的消费性,那么这便是建立在现实政治焦虑基础上的历史消费。考察20世纪90年代以来中国文学处理历史问题的方式,我们能发现从"戏仿"和"戏说"到"穿越"的逻辑变化轨迹。

"戏仿"是一个后现代主义理论语汇,在20世纪90年代的小说中,戏仿是我们理解小说与历史关系的切入点,王小波的《红拂夜奔》,苏童的《我的帝王生涯》,刘震云的《故乡到处流传》,李冯的《我作为英雄武松的生活片段》《孔子》,阎连科的《坚硬如水》等,都有"戏仿"的特征。华莱士·马丁认为,"戏仿本质上是文体现象——对一位作者或体裁的种种形式特定的夸张性的模仿,其标志是文字上,结构上或者主题上的不符。戏仿夸大种种特征以使之显而易见,它把不同的文体并置在一起,使用一种体裁的技巧去表现通常与另一种体裁相联系的内容"[2]。无论是作为文体的互文性,还是作为修辞性,戏仿所要表达的历史观,往往是对权威的历史观念、历史事件和历史人物的挑战与道德嘲弄,它们要表达的,往往是更个人化的、颠覆性的,甚至有几分狂欢化虚无色彩的文本。因此,王小波将

---

[1] 灰熊猫. 伐清 [EB/OL]. (2014-01-22) [2018-04-15]. http://www.zongheng.com/chapter/156062/4594703.html.

[2] [美] 华莱士·马丁. 当代叙事学 [M]. 伍晓明,译. 北京:北京大学出版社,2005:183.

个人主义、穿越史观与共同体诱惑
——论"网络穿越历史小说"的"三宗罪"

"风尘三侠"的故事,变成了数学流氓、神经歌姬与变态杀手的情感纠葛;刘震云的笔下,曹操变成了满嘴河南脏话,喜欢玩女人和大铁球的败类;李冯的笔下,武松变成了胆小鬼;苏童的帝王则变成了玩命的走索艺人;阎连科的视野中,伟大的无产阶级革命变成了高爱军的性爱狂欢。可以说,戏仿有强烈的消解历史宏大叙事的效果,无论启蒙还是革命,在戏仿的参照下,都被剥夺了宏大的权威性。

然而,和戏仿这样纯文学色彩强的语汇相比,还有些适合影视传媒的、更软性的商业化的历史处理方式,比如常用在电视剧的所谓"戏说",如《康熙微服私访记》《戏说乾隆》,这些"戏说"有传统说唱艺术的残留痕迹,评书、京剧等传统艺术,就有戏说的传统。历史与个人主义的关系,在戏说之中,往往更温情,更富调侃性,但"敬畏"依然存在。可以"游戏"着说,但不可以"仿",因为"说"有客体的、旁观者的位置,而"仿"则有主体性的模拟行为。在影视剧这些商业行为更浓厚的文本形式中,历史往往因历史人物的世俗化而拉近了和平民百姓的距离,历史人物也往往能更多地展现出人性化和日常化面貌。如《康熙微服私访记》,康熙皇帝访问民间疾苦,不惜装扮成叫花子、矿工和饭店老板,既让民众因为身份差距变化,带来观看趣味,又让百姓认同其清官思维。当然,戏说的过程,由于夸张的修辞,也有可能变成荒诞的搞笑,如周星驰根据金庸武侠小说改编的《鹿鼎记》,具有了某些戏仿的成分。

"穿越"历史小说,个人与历史的关系变得更加暧昧。《穿越时空的爱恋》(席绢)与《寻秦记》(黄易)是两部早期的穿越小说,它们关注的还是"穿越情节"所引发的浪漫情愫和"历史错位拼贴"所引发的知识乐趣,"戏说"和"戏仿"的味道还很重。然而,2005年后,随着网络文学的兴起,阿越的《新宋》、桐华的《步步惊心》等网络穿越小说开始勃兴,所展现出来的文化含量、意识形态意味和叙事特征却变得更复杂,读者对此的接受心理也变得更加丰富。个人主义的诉求、民族国家的共同体诱惑,在历史的解构中,又透露出了极强的历史建构性。历史穿越小说,空间感是不断开拓的,而时间感则表现为历史意识本身的模糊,或者说,更强的当下性。无论穿越到何时空，我们总是以现代人眼光来看待并改造历史——我们明知这是假的，但偏要把它当作真的，并在其中收获心理快乐。这种心理愉悦，并不仅是叙事预先反转导致的张力，已知历史结局与主人公奋斗之间的对立，且是"过去"对"现实"的刺激，现实失去历史感的疼痛，身在"过去"找到了历史存在感，而现在则无从选择，当下生活是逃离的、痛苦的。这种双向的心理张力，其实将叙事者角色一分为二，一个是古代的，另一个是现代的，而且，读者的眼光也由此被一分为二，一是从古代的视角，考虑真实性问题，二是从现代的角度，考虑是否满足共同体想象和个人主义主体性。

然而，尽管网络穿越历史小说表现了当下中国对个人主义和新共同体理想的呼唤，但穿越与戏仿、戏说的最大区别在于，穿越并不能真正形成文本内部"可逆性"和"互文性"，却可以形成叙事声音和眼光的"虚拟占有性"。这也是双重的占有性，是对真实性和虚拟性的双重占有。戏仿的可逆性中，反思是存在的，借着过去反思现在，借着现在反思历史。然而，在穿越历史中，前提被假设为"真"，又是真的"假"。历史本质论意义的真实被完全取消，而沦为某种游戏的兴奋点。真和假的界限模糊了。历史也就变成了"不可知"的事物，这些不可知的历史残留物不是从颓败废墟爬出的亡灵，而是"当下现实"所腐变成的僵尸。它既是死亡之物，又是在当下的活物。它"非生非死"，却对生和死同样贪婪而执着，它拥有"死亡"的终极不朽性，也拥有"生"的行动性。它的强大在于它的极端心理刺激性（半死），它可以在历史和现实之间，在个人主义和集体性之间，求得某种致命的诱惑。然而，它又只能成为当下社会中国现代性"无法完成"的某种症候性表象。

很多文艺理论家认为，"短暂的20世纪"的"最后十年"至关重要，20世纪90年代后，是多元代替一元、大历史观念走向终结的时代，大历史观念既指中国现代以来形成的革命历史观，也是新时期新启蒙历史观。90年代后，又是后现代来临的"非政治化"年代。汪晖称为"去政治化"："对构成政治活动的前提和基础的主体之自由和能动性的否定，对特定历史条件下的政治主体的价值、组织构造和领导权的解构,对构成特定政治博弈关系的全面取消或将这种博弈关系置于非政治的虚假关系之中。"[1]这些去历史化的小说,集中体现在从王朔到王小波、朱文等很多持边缘化姿态的个人主义文学的发展。作家身份也在90年代开始摆脱集体束缚,以自由撰稿人、独立小说家,甚至网络写手的身份认同,不断地在标识着一个"孤独的个人主义"的时代的到来。

网络生存的状态,也部分改变了阅读和共享文化空间的方式,甚至可以说,变得更具"个人主义"——这首先让我们更少参与公共性普遍伦理和事务,而是"守在电脑前",靠网络虚拟空间形成的社交网络,进行虚拟想象活动。这种网络的文学生产、阅读、传播和评价体系,由于网络虚拟性质而带有更大的个人性。后现代社会的重大形态转变就在于,原有民族国家想象这类集体性宏大概念都已失效,而弥散的个体主义导致社会呈现出原子化状态:"后现代性的进程进一步地促进了个人的自由与选择,这使得维持持久的或永久的人际关系变得越来越困难。在后传统时期,我们更容易摆脱那些让我们感到不满意的人际关系,同时,我们也因此平添了对于其他人是否可以信任的疑虑。于是,某些社会资源就会受到削弱,而这些社会资源是共同体赖以存在的前提条件。"[2]有的说法是,互联网让交往回到部落式的地方性认同状态,而"自媒体"(又称"个人媒体",指私人化、平民化、自主化的传播者,以现代化、电子化手段,向不特定大多数或特定单个人传递规范性及非规范性信息的新媒体总称。自媒体包括博客、微博、微信、百度贴吧、论坛等网络社区)的出现,让自我认同和自我确认,具有更大的民主性和个人主义特征。

但是,"去历史化"只是新时期以来的一种历史思维倾向,伴随着资本市场的发育,城市化进程加快,人际流动性的增强,出走于革命、新启蒙等宏大叙事的中国社会,也在悄悄地增长着对于个人尊

---

[1] 汪晖. 去政治化的政治:短20世纪的终结与90年代[M]. 北京:生活·读书·新知三联书店,2008:39.
[2] [英]保罗·霍普. 个人主义时代之共同体重建[M]. 沈毅,译. 杭州:浙江大学出版社,2010:55.

严、自由与民主的现代性建构热情。所谓网络"个人主义",无疑具有很大虚拟性和现实制约性,也有理论家乐观的"理论预设性"。中国的网络文化传播,与西方相比,虽处于全球化过程,但无论"脱历史",还是"自媒体"式个人主义,与中国现代性本身发育还有很大差距。在主流政治依然具权威性和执行力的中国,在依然存在巨大发展动力与现代化建设可能性的中国,任何脱历史的幻象与虚拟个人主义表征,都无法掩盖现实中"建构自我"的诉求。不但高度自治和民享基础上的网络个人主义并不是中国的真实情境,即便是就传统自由民主体制建设而言,中国还有很多路要走。也就是说,媒体方式的改变,并没有从根本上改变中国社会经济形态和政治体制,不过是将其变得更模糊与不可控。由此,那些网络穿越历史小说中共同体诱惑与个人主义气质,与其说是新媒体时代造成了虚拟认同形态,不如说是网络释放了那些被传统文学和官方意识压抑的现代性渴望,而表现出的对个人权力、自由主义、民主政体和民间化的民族国家想象的建构激情。陈晓明认为:"中国现代文学与西方文学的历史化进程不一样,西方是由个人力比多推演出了伟大历史,而我们由于民族国家和道德的理念过于强大,则由集体性观念推导出大历史。即便我们拆解历史惯性,但大历史逻辑却制约着我们时刻身处历史幽灵之中。"[1]那么,是否可以说,这些荒诞不经的穿越历史奢求,这些反"纯文学"的通俗文本,潜藏着"个人的"现实批判和建构渴望?

四

网络穿越历史小说的"怪异"之处,就在于它要表现的"个人主义",恰不是理论家归纳的后现代主义式的个人主义,而是以虚拟方式书写的、更传统意义上的"自我实现"的个人主义及民族国家的"共同体诱惑"。因为"现代性从根本上来说,不外是现代民族国家主权与

---

[1] 陈晓明. 历史化与去历史化:新世纪长篇小说的多文本叙事策略[J]. 杭州师范大学学报(社会科学版),2011(2).

现代个人主体的双重建立"[1]。这种诱惑，不同于官方意识形态的定义，表现出某些民族国家想象发生之初的表征，如主体的人，对物质欲望的肯定，对资本契约精神的推崇，对男女平等的追求等。这些东西恰又不是"戏说"和"戏仿"，而充满了建构的热情和自信——也许，这恰是网络穿越历史小说的"中国特色"，也符合詹姆逊"永恒的历史化"的判断。詹姆逊认为："依据表现性因果律或寓言的宏大叙事进行阐释，如果仍然是一种持续不变的诱惑，那么是因为这些宏大叙事本身已经刻写在了文本和我们关于文本的思考中了，这些寓言的叙事所指构成了文学和文化文本的持续不断的范畴，恰恰是因为它们反映了我们有关历史与现实的集体思考和集体幻象的基本范畴。"[2]在中国逃离红色教堂，狂奔于现代化旗帜的道路上，"穿越历史"似乎并不是为"留恋过去"，而是宣告那些"集体思考和集体幻象"：那些铁血金戈或资本兴起的世界征服故事，"男卑女尊"的爱情征服故事，为当下个人奋斗梦想和共同体所诱惑，写下了曲折隐晦的"寓言"。

也许，这些寓言的"荒诞"在于，"最真实"的穿越，就是"最完美"的罪行。高精度的历史仿真游戏代替历史真实渴求，恰说明了当下历史建构的被压抑遮蔽的缺失状态。由逃离现实和批判现实所组装而成的"穿越历史"征服快感，同样蕴藏着深刻的脆弱和冷漠。然而，正是这些荒诞不经的"穿越"故事，组成了一个仅仅是"表象"，而缺乏"实践能力"的世界。正如鲍德里亚所说，"假如没有表面现象，万物就会是一桩完美的罪行，既无罪犯，无受害者，也无动机的罪行，其实情会永远地隐退，且由于无痕迹，其秘密也永远不会被发现"[3]。也许，正是个人主义、共同体诱惑、穿越史观，构成了穿越历史小说的"三宗罪"，让一切试图缔造"伟大复兴"的官方宏大叙事主流企图都遭遇了尴尬的背叛。

---

[1] 旷新年. 个人、家族、民族国家关系的重建与现代文学的发生 [J]. 中国现代文学研究丛刊, 2006 (1).
[2] [美] 詹姆逊. 政治无意识：作为社会象征行为的叙事 [M]. 王逢振, 陈永国, 译. 北京：中国社会科学出版社, 1999：24.
[3] [法] 让·鲍德里亚. 完美的罪行 [M]. 王为民, 译. 北京：商务印书馆, 2000：6.

第三辑

纯文学现场

当"朝霞"升起的时候
——评吴亮的长篇小说《朝霞》

吴亮的长篇小说处女作《朝霞》（载于《收获》2016年长篇小说增刊春夏卷），引发了文坛的广泛关注。人们惊讶于这位"50后"批评家涉足小说创作的勇猛冲劲，也对这位曾经的先锋文学鼓吹者到底能给文坛带来什么充满了好奇。谁说"美食家"不能成为"好厨子"？站在文本角斗场之外指手画脚，总不如自己"操刀杀人"来得爽利痛快。创作-批评的二分法对立，是局限于陈腐的专业划分观念。中国现代文学有不少横跨诸多领域的大师，而我们对"文学批评"专业岗位化的强调，不过是近几十年的事。虽然批评和创作文体各异，关注点也不同，但如能将批评的文化视野和批判意识与鲜活感性的创作相结合，无疑可以使中国当下的文学创作有更大提高与更宽阔的途径。

《朝霞》属于老文化人的"新作"，读来有一种老辣浑厚，却生动新鲜的阅读体验。作家吴亮，如同我们认识的批评家吴亮，从不愿"按常理出牌"。他不尊惯有趣味，不写流行故事，《朝霞》既有旧日先锋文学"老炮逆袭"的味道，也有独特的个人化风格。这部长篇小说无疑是在读者越发没耐心的时代，对汉语小说的一次文体"大冒险"。批评家程德培说："甘冒一种不伦不类的'非小说'之险，全然不顾已有的这样那样的叙事规则以及大量潜移默化的形式规律。"[1]有的批评家认为，《朝霞》是"上海故事"的审美时空"再建构"。然而，笔者关心的是，作为一个曾叱咤文坛的先锋批评家吴

---

[1] 程德培. 一个黎明时分的拾荒者[J]. 收获, 2016 (A1).

亮，到底想要在小说中实现些什么？或者说，告诉大家些什么？

表面上看，该小说似乎是"碎片式"先锋意味的写作，分为101个小节，大致记述了"文革"十年期间在上海众多人物身上所发生的故事。小节之间并不存在连贯因果故事链，而是如万花筒般穿插着各种文体、文本，造成了小说阅读的多义性和复杂性。文体包括读书笔记、古典画论、论文提纲、人物对话、荒诞梦境、潜意识流、创作心得、注释分析、来往书信、宗教教义、歌剧知识、古典诗词、历史考辨等。也有正常小说场景和故事。出现最多的是人物对话、读书笔记和来往书信。考察其具体内容，则更五花八门，既有青春成长、右派流放、上山下乡、唐山大地震、领袖去世、"文革"政治、国际共运史，也包括乱伦偷情、情感纠葛、养信鸽、集邮、养花等"文革"日常生活等。吴亮似乎想通过这些看似杂乱的历史场景细节，为我们还原并打造一个不同寻常的"'文革'记忆"。对于那个时代，"青春无悔"和"痛诉伤痕"是新时期流行的言说方式，"革命的纵欲"是一种处理途径，先锋文学的策略性地遗忘规避也是一种理解方式，将之变为街巷流言和日常文化神话则是时下最时髦的方式，但吴亮试图塑造自己的理解图景，这也是他作为批评家和作家的野心交汇之处。

《朝霞》有"百科全书式"的知识激情，也更像一个回忆录式文体交叉试验或小说化思想随笔。它很个人化，又非常时代化。这些记忆既有吴亮的个人化色彩，也有那个时代的知识特征。从表面上看，那是红色激情的革命时代，造反、串联、武斗、上山下乡似乎构成了时代主旋律，但时代暗潮涌动则是各种知识和生活方式的发酵。吴亮笔下的人物，是那个时代的边缘人和凡俗之辈。无论是东东、纤纤，还是他们的父辈，包括被流放的邦斯舅舅，他们既不是传统意义的"文革"英雄，也不是反"文革"的启蒙英雄。他们是在大时代"隐匿自我"的人群。他们既有中小学教员、小公务员，也有大学教授、沉溺于个人爱好的老工人、闲居在家无所事事的男男女女。他们有世俗的生活追求，又有很多非功利的抽象思考。这些思考包罗万象，既有关于宗教和社会，也有关于文学、哲学和音乐等艺术形式。这些知识性文本在小说中的展示，不同于胡里奥·科塔萨尔，也不同于翁贝托·艾柯，甚至不同于韩少功的《马桥词典》。它们缀段式地铺陈，体现了批评家认识世界的激情。吴亮试图将那个时代的大量信息、思想或欲望，以及生活或抽象哲学，都放入巨大历史场域予以高高在上地审视。毫无疑问，多文体杂糅混生的《朝霞》，带有批评家对小说文体冒犯的"犯罪"痕迹，吴亮试图以批评家气质介入小说，创造"知识性"的"文革"叙事记忆景观。

小说人物很多，主人公是一个充满青春忧郁气质的边缘青年阿诺，围绕着他，则是李致行、马力克、艾菲、纤纤、沈灏、何显扬、孙继中等年轻人。另一个世界则是邦斯舅舅、朱莉、殷老师、史曼丽、宋老师、孙来福、李致行爸爸、沈灏妈妈、马臧伦教授等成年人。小说中，人物的行为是琐碎的，片段化的，它们结合在一起，却形成了对那个时代高度隐喻化的象征意义。人物不是一个个串珠式地出现（如中国古典小说），也不像现代小说先有人物关系宏大构架，然后一笔笔地围绕主要人物展开，更不像西方后现代作品将人物变成彻底平面化符号，而是将人物变成一个个"皮影"，走马灯式地上场下场，不断穿梭游走，但只是凸显人物语言、动作、局部肢体形象，不形成全貌式的认识。他们令读者眼花缭乱，形成了一个靠声音和形象光影组成的，万花筒般的"人物流"。他们并不是真正的碎片，他们是碎片拼贴成的"皮影人"。他们不是拆散作品的意义生成，解构逻各斯强大的语言逻辑，而是将众多人物、事件及穿插的静态议论和其他文体，形成阐释历史和现实的冲动。

《朝霞》充满大量沸腾的细节，像浪花般的人物和事，各种具那个时代气息的符号。他准确记录下那个年代的独特"气息"。特别是"文革"上海社会情况。小说为我们再现了那个宏大与个人，欲望涌动和无端禁欲，活跃思考和思想禁忌，呆板苍白与丰富繁杂并存的革命年代，也是一个充满生命细节气息的革命年代。这并不是简单地否定批判或迷恋赞美，而是在这样的隐喻化构思中，吴亮其实是在对革命年代进行一种重新历史化的冲动。他试图将之放置在历史理性基础上进行冷静审视，再现时代的丰富性和复杂性。我们注意到，无论那些碎片拼贴成的人物如何荒诞不经，无论那些各式文体和内容如何五花八门，但吴亮还是在小说中草蛇灰线式地点染出整个"文革"历史时代变迁大事件。历史在他的笔下，不是简单布景，或构成反讽气质的批判，而是变成了一个"知识考古"的复原现场。

吴亮的叙事态度也值得玩味。小说的人物和故事，虽夹杂于诸多杂糅性文本之中，但依然有很强的可读性和独特魅力，如阿诺的青春忧郁，马力克的哲学形而上意味，史曼丽的疯狂颓废，致行爸爸和沈灏妈妈在革命时代浪漫却充满诱惑的偷情，都给读者留下了很深的印象。这些故事细节，充分展示了吴亮讲好故事的能力，但问题在于，吴亮一定要在故事里夹杂入那些看似格格不入的文体。他拒绝故事趣味，甚至拒绝故事连贯性产生的因果快感。他制造出一种众声喧哗，但无法有效沟通的网状发声地图。这不仅隐喻"文革"时代丰富复杂的存在原生态，更以此产生了一种深刻的"现实寓指"。吴亮在表明一种"焦虑"，它不仅来自文学创新的需要，来自历史的焦虑，也来自对新世纪以来纷乱并置的文化现实的悲观，对当下文学表现形式和内容的不信任感。这种"无法讲述完整故事"的叙事表情，预示着当下个体无法达成共识的现实隐喻。激情或罪恶的时代过去了，宏大或专制的时代过去了，单纯或有无数可能的时代也过去了，但我们依然无法在现实中，完整地讲述它们的历史发声位置。因为讲述稳定故事的时代也过去了，那些应合而生的现实逻辑合法性也不再为人接受。一切都相对主义了，一切都不可能令人深信不疑。

吴亮这一代作家的痛苦在于，他们既不愿回到故事，制造新意识形态幻觉，也不愿放弃历史化理性态度给文学带来的使命感。于是，吴亮选择了"标记"那些晦暗不明的存在，通过对它们混乱不堪的发声位置描述，展示那些悖论、冲突和失败，他让文学成为永恒历史化的目标和敌人，也成了历史化最大的隐喻。这里的历史化是文学的历史化方式，拒绝将"文革"变成僵化概念，而是将"文革"作为阐释体，放置于理性的位置去思考。不同于阎连科等"50后"作家，利用现实极端化处理达到纯文学批判性，吴亮试图接续先锋主题，即用"怎么写"推动"写什么"。吴亮身上既有那一代知识分子共同的使命感和文学创造的野心，也有着他们深切的反思。《朝霞》不是伤痕小说，也不是成长小说，而是"回顾式"的历史考古。它以标记发声位置的狂欢，制造了如星空般巨大的反思平台，却拒绝给出任何指示性答案。

《朝霞》与尼采的同名哲学著作命名，似乎有某种隐隐相对的互文性。尼采的《朝霞》意在展现人类道德的虚伪性和意识形态的欺骗性，批判"人赋予一切存在以一种道德联系，给世界加上某种伦理含义"[1]，"朝霞"无疑预示着个人化理想道德景观的可能性。吴亮的《朝霞》则是展现革命道德在大时代变迁时如何失效，如何变成一个个"秘而不宣"的故事。那里有欲望，也有思想，但充满种种难以进入正史的细节。小说结尾具很强的悼念意味："阿诺睡着了，朦胧中响起一首嘹亮的歌，整齐的队鼓声由远而近：/我们新中国的儿童/我们新少年的先锋/团结起来继承着我们的父兄/不怕艰难不怕担子重……阿诺睡着了，他梦见了马思聪。"[2]对逝去的革命时代而言，理想或背叛，创伤或甜蜜，反思或纪念，都变得不那么重要了，因为它逝去后，像盐消失在水里，歌声融化在天空，终究会成为时间的哀悼。阿诺不是叛逃者马思聪，吴亮的《朝霞》也不是尼采的《朝霞》。如何回到历史现场？如何更真实地再现革命时代的复杂性与抽象时代精神？《朝霞》也许是一种尝试。

---

[1] [德]尼采. 朝霞[M]. 田立年, 译. 上海: 华东师范大学出版社, 2007: 145.
[2] 吴亮. 朝霞[M]. 北京: 人民文学出版社, 2016: 411.

"异托邦"反思下的现实言说限度

——评贾平凹的小说《极花》

贾平凹的新作《极花》，带着众多期待出场，却在题材和写法上让读者大感意外。小说开篇写道："那个傍晚，在窑壁上刻下第一百七十八条道儿，乌鸦叽里哼察往下拉屎，顺子爹死了，我就认识了老爷爷。"[1]相识起自死亡，时间的焦虑，则来自丧失自由的恐慌与绝望的等待。小说《带灯》，贾平凹试图进入乡村女干部的精神世界，《极花》中再次使用限制性叙事视角，贾平凹要从一个被拐卖女孩胡蝶的眼睛看世界了。女孩学历不高，却有审美追求，有时也软弱虚荣。但《极花》并不是贾平凹顺着《带灯》走下去的，"批判拐卖妇女"的现实主义"回归之作"，而是以此为契机，考量中国当下现实言说的限度与可能性的"新探索之作"。《秦腔》之后，乡土的衰败几乎成了贾平凹的心结。他忧心乡土伦理与传统的消亡，关心留守儿童和老人，担心土地被污染和自然环境被破坏，而《极花》中，"最后的乡土"和"最后的光棍"及那些光棍问题所诞生的新时代"买卖婚姻"，成了他最新的思考点。他的痛惜和批判，都是针对乡土的，也超越了乡土的限制。

有关拐卖的故事，20世纪90年代以来的中国文艺中并不鲜见，如李阳的电影《盲山》，但这个题材在展现人道主义悲悯与现实批判之余，似乎很难在更高哲学意蕴上，担当更宏大深远的主题。而《古炉》中试图塑造乡土美学历史隐喻的贾平凹，在现实面前却一再谦和地放低身段，甚至不惜在小说中，放弃隐含作者的俯视性态度，

---

[1] 贾平凹. 极花[M]. 北京：人民文学出版社，2016：2.

"异托邦"反思下的现实言说限度
——评贾平凹的小说《极花》

沉浸在人物自己的逻辑所带来的更真实的世界。《极花》中贾平凹的第一人称"低姿态叙事",避免了余华《第七天》的失败。余华的失败在于,他对现实的愤怒,往往在缺乏现实提炼能力和介入性体验的情况下,变成某种对自我丧失现实感的焦虑。这种焦虑会导致他格外重视现实的"景观呈现",而这种做法,对真正的现实主义小说来说,往往存在致命缺陷。他丧失掉了审美距离,完全沉溺于"内在于时代现实"的自我焦虑。

毋庸讳言,当代作家普遍面临现实感匮乏的恐慌。除了作家才华的衰退外,这还与作家的生存状态、思想情感有关。而文学去政治化和去历史化的恶果,导致在"纯文学之路"的尽头,出现大规模现实问题反弹。很多在"现实限制"中长大的作家,已丧失了现实敏感性、展现现实的技巧和进入情感共鸣细部的能力。现代作家有时依赖成名前的生活体验,一旦成为著名作家,便过着离群索居、舒适封闭的生活,会消磨掉作家的生活质感。贾平凹偏不信这个邪,他执着地深入中国现实。不同作家处理现实问题也是"各有神通"。如阎连科的极恶寓言,苏童的温婉细腻,格非的感伤和欲言又止的沧桑,余华中年变法的愤怒犀利,马原的朴素诚恳,王安忆对海上历史传统的回归等。但问题在于,如何处理现实秩序批判与内在史诗性诉求之间的矛盾。有的作家偏于现实批判,有的作家则长于文化与历史建构,如何摆脱二元对立思维模式,既保持现实问题写作的鲜活经验性,又能体现文学性本身的审美提升与超越,创造出汉语小说独特的现实书写形态,也深刻地反映出全球化的今天,中国现实问题的独特症结,也就成了目前的创作难点。就此而言,《极花》的努力值得关注。

这还是一个老话题,即"中国经验"特殊性的问题。从小说创作角度来看,对地方性经验的强调,表现在新世纪以来《繁花》《天香》《古炉》等诸多作品。而伴随着特殊性的,还有将中国经验上升到人类普世经验的努力。这也许能解释诸多先锋作家在新世纪回归现实主义的隐秘心态,《活着之上》《带灯》《春尽江南》,包括马原的《纠缠》等,都表现出强烈现实关注。这也表明中国的现代性体验,无论存在多少杂糅变异,冲突与抵牾,多少不稳定、不成熟因素,这样一个现代大国,文化传统古国,走向世界的努力,正在成为世界不得不正视的文化坐标。而一个后发现代民族国家,当革命资源退到幕后时,在后革命、后现代等诸多命题缠绕之下,现实经验又表现出光怪陆离的特征。各种生产和生活方式,从属于交叠的社会、政治和行政结构,形成恩斯特·布洛赫所说的"共时的非同时性"的情况。中国的特殊性还在于,这些杂糅交叠的"共时的非同时性"不但发生在充满现代与后现代表象的都市,也存在于偏远的乡土,那些处于这种特殊关系网络之中的乡土,也就不再是原始意义上的乡土了,而成为某种"异托邦"性质的乡土。福柯在创制"异托邦"概念时,指的是现代社会内部日常生活中,那些被忽略的特定场域,潜伏着的被忽略的区隔,潜藏着的具乌托邦色彩的异常因素,如大都市的墓地。这里借用这个词语,是指当下全球化文化现实中,作为文化概念整体的现代中国,乡土作为曾和城市对立的概念,已消失掉了它的原始意义,进而变成某种现实关系网络中的"特殊地域点",一个"乡土气"的异托邦。它充满各种文化交锋和杂糅,它是恶的,也是善的,它是真实场所被"有效实现了乡土象征性"的存在之所,具有神话和真实双重属性,既有乡土审美象征意味,又表现为与通常乡土想象截然不同的"新乡土"生存真相。它既是真实的,又是文化抽象意味的。它的存在不是城市与乡土两元对立的神话预设格局,蕴含乡土道德理想人格,而是一个空间关系网中被考察的特定场域。例如,《极花》的圪梁村,受到商品经济影响,除了外出打工外,种植血葱的生意也使立春、腊八逐渐致富。然而,婚丧嫁娶的民俗仪式,超越法律的内部宗法关系,剪纸娘子,接生婆的土法接生,童子尿的土法医术,妇女的癔症与巫术,却始终是乡土乌托邦气质的元素。

具体到《极花》,"胡蝶"非"蝴蝶",这个有些虚荣的小镇女孩,只是一个城市文明的"赝品",她怀揣着城市生活的梦想,却被骗到偏远的"圪梁村"。这里的乡土世界,不再是抒情乌托邦,而是福柯意义的"异托邦"。在中国大文化时空内,落后、贫苦,甚至蛮荒的"圪梁村",不能逃脱现代化中国时空,却又表现出惊人的异质性。这里乡土的衰败和乡土的延续并存,拐卖人口屡见不鲜,性关系表面保守，实则混乱。大量外出打工者削弱了农村的生机，血葱等新经济作物，也导致留守乡土农民的心灵变异。频繁的地震天灾，在惩罚着人类，古老的接生术与剪纸艺术，诸多婚丧嫁娶的日常习俗，还保留淳朴的样貌。这个小山村不是纯粹抽象的"极恶之地"，也不再是贾平凹《古炉》中的"文化乌托邦"，而是更真实存在的"异托邦"。

由此，胡蝶被拐卖的生活，就成了现代文明进入乡土的另一种线索或者说隐喻，即现代性被现实乡土改造。这种改造，既有被动成分，也有主动情感诱因。胡蝶习惯了小村的生活方式，更以小村的喜怒哀乐为自我情感的表达方式。胡蝶最初的动力来自逃离，她每过一天，就在墙上刻上一道。她曾数次逃离黑亮一家的控制，她甚至遭到一群男人的凌辱。但最后她竟主动和黑亮做爱，甚至离不开他了。当然，这绝不是一个"斯德哥尔摩综合征"式人性扭曲的故事，而有更深的文化寄寓和情感关怀。在贾平凹看来，拐卖妇女事件，已成为网状关系社会结构中，思考新乡土异托邦的契机。当胡蝶被解救回城里后，她才更深刻地发现了这个真相。这并不简单是对立，而是一种深刻的等级关系，乡土文化已无法和城市文明对立，而是成为现代文明的偏远"异托邦"。贾平凹在《秦腔》里从历史理性维度，讲述乡土的衰败，而《极花》中，他更表达了对当下乡土文化真实处境的悲悯与愤怒。所谓"极花"正如血葱一般，是以乡土精华成就城市的壮阳品和生产资料。甚至我们还可以进一步说，这个拐卖的故事，贾平凹的目的不仅在于探讨人性丑恶，更在于讨论"最后的乡土"上"最后的农人"，如何在当下无所不在的现代性中生存下去的故事。这里包含耻辱和反抗，也包含最沉重的绝望。当最后的乡土成为真实的异托邦时，所有救赎的理想和文化融合的乐观，都变成虚幻的梦。小说结尾，胡蝶伫立在村口，故事有了开放式结局，原来不过是一场梦罢了。梦是苦涩的，梦中胡蝶变成了纸片人，飞贴在了窑洞墙壁上。

《极花》的女性形象也值得关注。麻婶、訾米、胡蝶，这些被侮辱和被损害的被拐卖妇女，形成小说另一条叙事潜在层面。她们很多是城里人，有文化，但在乡土的规训下，已变得和泥土无异。"訾"在词源上有渴求、估量的意思，也等同于"嗟叹声"，但更有狂放恣意的意思。訾米的形象令人深思，她在地震时对立春、腊八兄弟俩的感情令人动容。这个兄弟共妻的、违反人伦的故事，在贾平凹悲悯的笔下，却有了相濡以沫的深情。我们习惯了乡土"被女性化"的想象，乡村打工女性往往成为城市的凌辱对象，而在贾平凹的故事里，这种关系被颠倒了，胡蝶这"半个城里人"，最后却变成了地地道道的女农民。从某种角度上来说，《极花》的世界，是对《古炉》和《秦腔》的反思，贾平凹似乎在重新寻找进入现实的勇气和力量。胡蝶被拐卖的人生体验，也可以算是一个在哲学上进入异托邦的过程，从最初的排斥、愤怒、反抗，到麻木、听天由命积极地融入。贾平凹那些描述悲惨的段落，丝毫没有回避异托邦野蛮而不人道的人性摧残。胡蝶逃走又被抓获，在大雨中被凌辱的小节，尤见贾平凹细密准确，又犀利无比的小说能力，但作家的目光不仅于此。贾平凹试图重新探讨农村和城市的关系。这也能看作中国现代化的某种隐喻，究竟是传统文化被现代文化改造，还是现代性被乡土所改造？或者说，是两者结合出来的，既不是龙种也不是跳蚤的"怪胎"？

当然，对《极花》我们也有诸多不满足，比如，尽管贾平凹不断恢复现实主义真实性，但强扭的叙事风格，读来总感觉不够自然顺畅，少了《古炉》如水墨画般眷属自如，又浓淡相宜的语言美。另外，限制性叙事也会出现问题，就是对真实性的过分追求，有时会拉低整个作品的内在精神高度，人性恶与善的复杂关系，小说处理得也有些前后不一致、转变突兀生硬。而叙事问题背后，是更深层的作家对当下中国问题的困惑。不平衡的地域和文化差距，使中国经验出现不可回避的断裂性。是在中国故事中寻找异托邦，还是为更普世但显得单调的社会价值鼓吹，成为很多作家不可回避的大问题。贾平凹不断调整自己和启蒙之间的审美距离。我们曾诟病《秦腔》过于浓重的乡土情怀和乌托邦情绪，在《极花》里，我们却看到贾平凹真诚的反省和掘进。随着全球化发展与资本游动，似乎没有一个地区是封闭自足的"他者"，从贫困的非洲矿井，到资本食物链中端的中国世

"异托邦"反思下的现实言说限度
——评贾平凹的小说《极花》

界工厂,再到欧美发达国家的工业产品,世界已使我们深深地加强了内在联系。然而,麦克卢汉呼唤的电子新媒介时代的全球大同并没有到来。麦克卢汉曾不无忧虑地指出,当人们处于媒介空前发达的时代,有可能重新回到"鼓声相闻"的部落时代。也就是说,全球化下阳光无死角的看法有些盲目乐观。异托邦的存在,始终都会在不同寻常的景观中,展现出不同寻常的狰狞与不同寻常的魅力。小说后记,贾平凹不断地追问着内心困惑:"为什么当代作家写恶写到极致,写善却不能写到极致?似乎正流行一种用笔很狠的,很极端的叙述,这可能更符合这个时代的阅读吧,但我不行。"[1]而贾平凹对当代水墨画的感悟,可看作在对《古炉》式水墨写作的深入反思时,如何"在群体性,积累性的理想过程中建构个体的自我"[2],如何将个体自我变成文化人格的自我。文化史诗的善与美的升华,正在与现实批判的真实性诉求之间,寻找新的对接方式。

《极花》是什么?"极花"又是什么呢?是冬死夏开花的小虫子?是沉重现实之上极动人的理想?还是复杂现实经过百般煎熬后的自我蜕变?对异托邦无法理解的焦虑一直存在,表面上牧歌与炊烟飘荡的小山村,并不是真正的田园。但是,在沈从文笔下,丑陋也是美丽的哀愁,作家给了我们沧桑的命运底色及抒情的基本情调。所有人性的丑陋狰狞都化为生死爱恨的博弈与生命的悸动,隐含着作家希腊小庙式的温暖理想。愚昧丑陋并未对乡土造成逻辑伤害,反而在真实性上弥补了叙事不足,形成了不同于一般启蒙叙事的价值呈现。而贾平凹从《秦腔》后,始终在乡土史诗与现实批判的两级不断震荡,如《带灯》《高兴》《极花》都是探讨中国当下现实的作品,而《秦腔》与《古炉》则带有乡土史诗的文化审美诉求。令人振奋的一点在于,贾平凹试图将两种创作思路进行有效整合与提升。《极花》的意义也许就在于,当拐卖妇女的创作题材摆脱新闻的煽情猎奇与启蒙的黑暗沉重,当那个叫胡蝶的普通女孩,抱着被拐卖后生下的儿子"兔

---

[1] 贾平凹. 极花 [M]. 北京:人民文学出版社,2016:311.
[2] 徐兆寿. 当代文艺评论(第1辑)[M]. 兰州:敦煌文艺出版社,2018:64.

子"，跌跌撞撞地行进在被黑暗笼罩的小村时，我们才得以在"人性理解与同情"的基础上，更深刻地认识到乡土问题的复杂与困境。乡土成为"空间中国"意义的异托邦，乡土的创伤与复仇，乡土的衰败与延续，乡土的野蛮与温情，都在真实而无所不在的联系中，敞开它的真实，呈现它的幻觉，镂刻它的历史，而其间的自卑与荣光，关怀与展望，连同那些迷惘，都诚恳得令人落泪。这也许是当下文坛在"非虚构"之外一条别样的现实主义道路。

旧日的先锋与焕发新貌的现实主义
——论马原的长篇小说新作《纠缠》与《荒唐》

2012年《牛鬼蛇神》出版后,作家马原以"先锋的回归"为看点,引发了文坛强烈的关注与争议。2013年至2014年年初,马原又持续推出了《纠缠》与《荒唐》两部长篇小说。与《牛鬼蛇神》相比,这两部长篇小说进一步摆脱了马原熟悉的叙事套路和惯性的主题、题材,技法上向传统现实主义靠拢,而在内涵上显示了马原对纷繁复杂的中国文化现实的理解和把握。或者说,这两部小说对马原来讲,不仅验证着先锋小说家叙事能力的回归,体现了马原在生命个体的现实经验与文学表现上,已逐渐找到了可以言说的方式,而且更在于从某种角度上暗示了中国当下的现实故事经验表达的叙事合法性和必要性。

一

先锋小说无法有效地处理文学与现实的关系,这是其衰落的重要因素之一。先锋小说对叙事形式和语言的迷恋,一旦脱离了特定历史阶段,就会产生封闭与自我指涉的游戏状态,进而丧失新鲜感,并由此形成语言和形式本身对"人"的丰富性的压抑和控制:"当它成为一种意识形态时,其反人性和反主体性一面便暴露无遗。就其所揭示的人是一种社会文化时空的存在而言,它把叙事对现实场景、客观经验的复现中挣脱出来,而将叙事看作一个新的意义和经验的生产场域，看作了叙事对社会现实的生产、建构和阐释功能。"[1]更重要的是，处于现代性转型的中国，有着不同于西方的，非常丰富复杂的历史和现实经验，在客观上也需要文学经验予以表达，而先锋文学显然无法完成这一任务——尽管先锋文学在文学向文学本体回归上做出了巨大历史贡献。先锋时期的马原，也曾一度在技术迷宫里，拒绝现实因素和个人经验的介入。他对现实的不信任，既是一种文学价值观，又有着西方现代文学的影响。然而，"拒绝现实"的姿态，其实本身也是一种"现实"，即那些西藏神秘故事和变幻莫测的叙事圈套背后，隐藏着对规定性意识形态的不满，更表现为对当时中国当代文学形成的"社会主义现实主义"叙事规范的叛逆。然而，作为"文学向内转"的纯文学话语策略，先锋文学的一个问题在于，当拒绝的姿态不能与现实形成有效对峙时，"拒绝"就会缺乏叙事推动力，并成为"结构性"僵化形式，这其实与"讲故事"的能力无关。事实证明，虽然利用"元小说"手段，不断破坏故事结构，但马原的讲故事能力依然很好，这在《荒唐》与《纠缠》中也得到了印证。

新世纪以来，很多先锋作家，都出现了回归现实的倾向，如余华的《兄弟》和《第七天》，格非的《春尽江南》等。当先锋的激进冲动退却，当叛逆的语言自觉成为惯性时，那些曾令作家不屑一顾的"现实"，却出现了令人震惊的变化。或者说，语言的超越只是一种幻觉，而新世纪以来的中国现实，正在经历一场类似西方崛起的历史进程，但又有很大不同。日新月异的民间资本市场，国际化大资本的涌入，新贵阶层的形成，严重的两极分化与道德失范，还有高速发展的、庞大巍峨的现代化景观，网络的去政治化和重新政治化的冲动，都让我们对文化现实充满了宏大书写的冲动，却似乎又感到茫然而无从把握。《牛鬼蛇神》中，马原还保留着对先锋叙事的怀旧，大元和李德胜从"文革"大串联的友谊，直到新世纪的再次结缘，续写了先锋小说《零公里处》的少年冒险故事，批评家们虽对这种"先锋

---

[1] 王金胜.论新时期中后期小说中的"结构"意识形态［J］.山东师范大学学报（人文社会科学版），2006（2）.

的续写"有不同看法,但大多赞赏马原在该小说中对中国现实的关注和自身生命体验的情感注入:"《牛鬼蛇神》最大的突破之处在于,马原从'去作者化'的叙事策略中走出来,回到了自身线性的生命体验,回到了人们所可以感知的现实生活。但是马原仍然不愿丢弃早期马原式的特立独行,不愿意沉沦于经验世界、微观世界的琐碎,于是,他选择了将现实主义叙事与超现实主义叙事紧紧地捆绑在一起,呈现给我们的是一幅经验世界与超验世界相互纠缠的画面。"[1]

二

如果说,《牛鬼蛇神》还有先锋文学痕迹,那么,《纠缠》与《荒唐》可以看作马原进一步告别先锋、探索新的现实反映路径的努力。就《纠缠》而论,尽管主人公还是那个曾在先锋文学世界鬼魅般的人物"姚亮",但此"姚亮"非彼"姚亮",姚亮不再是叙事冒险的符号,也不再是作者拆解叙事幻觉的工具,而成了一个既有作家马原本人生命体验的影子,又有血有肉的典型人物。整部小说围绕姚清涧老人去世后,因遗嘱规定,将全部遗产捐赠给家乡小学,从而引发了儿子姚亮、女儿姚明及孙子姚良相等一系列人物"纠缠"的故事。《纠缠》的开头,仿佛是一个强烈叙事暗示,即姚亮经过十余年,终于读完了《好兵帅克历险记》:"'释然'两个字准确描绘了放下这本大书那一刻姚亮的心情。"[2]然而,读完小说的姚亮,并没有找到真正的心灵平静,而是陷入了世俗生活的烦恼。父亲去世的奔丧电话,前妻有关房产的纠纷,让他在世俗利益算计的"纠缠"中无法自拔。这几乎能看作先锋命运的某种清醒自嘲。文本的世界是虚构的,但充满精神探索的刺激,也充满了意义可能性和浪漫想象。然而,梦最终要醒来,小说也最终有读完的一天。走出了"好兵帅克

---

[1] 李彦姝. 叙事话语与生命话语的纠缠:从《牛鬼蛇神》看马原小说创作的突破和瓶颈[J]. 作家,2013(4).
[2] 马原. 纠缠[M]. 北京:北京十月文艺出版社,2013:3.

历险"的虚幻世界的姚亮,最终要走入世俗的利益冒险。姚亮这个神秘藏地冒险故事里的主人公,也最终迷失于现实的遗产法律纠纷。同时,该小说除对马原自身的意义之外,更巧妙地击中了新世纪中国的一个非常重要的现实焦点——"遗产问题"。遗产联系着房产、法律、继承权、家庭关系、资本等多方面敏感点,而这一切,恰是中国经过几十年资本市场发育后出现的"新现实"。在物资相对匮乏,个人资产没得到充分发展的20世纪八九十年代,马原展现的围绕"遗产"的惊心动魄的争夺,是不可想象的,这种"纠缠"心态,无疑是中国人当下物质焦虑的侧影。

《荒唐》[1],是马原最新的一部长篇小说。在这部小说中,马原的目光进一步扩展,试图通过黄棠、洪锦江的中产化家族的叙事,形成对中国现实生活的一种"总体性"理解和把握。但是,这种总体性把握,又没有一种鲜明的叙事态度作为意识形态规定性,马原的态度是反讽的,但这种反讽隐藏在克制冷静的叙事之后。马原与现实的态度,不是仇恨式的对峙,也不是传统现实主义的宏大叙事,而呈现出了一种平静交流的,但有距离的"和解"。这里,毫无疑问,有着通俗小说的故事技巧,也有意识形态的妥协性,但马原也呈现出"总体性把握"当下现实,并进而总体性把握中国改革开放历史的努力。黄棠、洪锦江的新中产化家族,几乎涵盖了中国现实的各个重要利益层面:洪锦江是大开发区主任、资深的政府官员,黄棠是一家大型公共关系公司的总经理,长女祁嘉宝是一家跨国公司的女经理,丈夫威廉是医药专家,次女洪静萍则是大型节目策划,丈夫蒙立远则是国外独立纪录片导演。黄的母亲贺秋是退休的著名戏剧演员,儿子洪开元则是一个官二代和富二代团体的"小领袖"。可以说,中国的政治、经济、文化、教育等敏感领域,洪氏家族似乎都有所涉足。马原耐心地为我们勾勒了这个新兴的贵族家庭的真实生活状态。而这部小说几乎涉及了中国所有焦点性现实话题,如反腐败、官二代与富二代、网络传媒、官场内斗、城乡差距、官商勾结、工程质量、慈善捐

---

[1] 马原. 荒唐[J]. 花城, 2014 (1).

助、激进经济改革、老人摔倒的道德拷问、城管、城市诈骗、仇官与仇富、底层生活、阶层对抗、文化的现实使命、房地产调控、肾脏买卖……而为增强真实的话题感，马原甚至不惜破坏文本的虚构距离，直接在小说文本对喜洋洋灰太狼、李天一强奸案、"国五条"等真实事件大加议论。

三

然而，马原的"转型"，似乎又不是一种简单的转型，而是一种体验的"差别形态"，或者说，马原的转型依然渗透着他"一以贯之"的文学精神。即便是先锋时期的马原，也从没有排斥小说的通俗因素，他常常喜欢借助一些探险故事、黑道传奇、浪漫的宗教和爱情故事，来表达对世界不可知的体验。而那些命案、性爱与珍宝，都成了他游戏文本的道具。从价值观而言，马原从来不认为，人类的经验可以穷尽世界生存的全部真相："马原小说所显示的经验方式，表明了马原承认了如下事实：世界、生活和他人，我们均是无法全部进入的。是我们在那些现象之上或各种现象之间安置了逻辑之链的（别无选择），而这样做又恰恰违背了经验的本体价值，辜负了经验对人构成的永恒诱惑。"[1]无论让"叙事圈套"缠绕着文本，还是再次回到传统叙事，耐心地讲好一个当下的"中国故事"，"那个叫马原的汉人"似乎从没有变成一个真正实心实意的、权威的叙事者。这依然表现在他试图在小说中，以不那么符合传统现实主义故事讲述的方法，对故事的意义进行有意"冒犯"。就此而言，《荒唐》与《纠缠》又不是两部戏剧高潮迭起的小说。如《荒唐》中有大段不同人物对话，有时人物对话甚至掩盖了"故事情节反转"产生的戏剧性刺激，这些对话无不在凸显着叙事声音，形成对小说家族叙事规定性情节的消解，透露出作者对丰富复杂现实的言说欲望，也显示把握现实，而不是将现实戏剧化的努力。小说中突然塌陷的暗河、黄棠的

---

[1] 吴亮. 马原的叙述圈套[J]. 当代作家评论, 1987（3）.

失忆与恢复记忆，都仿佛暗示着作家对当下社会的悲观看法。小说中的几条线索交织，也显得有条不紊，又充满悬念，如从黄锦江的碰瓷事件，引发他和开放区副主任的权力争斗，并引出洪开元对斗争的介入，以及洪开元和公务员的官司；而蒙导演的纪录片，又引出了底层人民的悲惨生活，并和黄锦江的生活交集；而贺秋的慈善事业和被打劫至死，祁嘉宝的怀孕，都使整个叙事呈现出家族叙事的主干和枝蔓交织的辅助方式。主干就是黄家人的兴衰，而枝叶则是围绕黄家人发生的不同辅助性故事，如农民工的故事和卖肾的故事。虽然小说章节题目设计充满了宏观性，如卷一第二章"价值观与秩序论"：1. 真正笑贫不笑娼的年代；2. 世界忽然没有了秩序。又如卷三第一章"器官成为主角的年代"。但是，小说结尾颇似《红楼梦》的太虚幻境，整部小说以黄棠开始，又以黄棠结束，整个改革开放历史，变成了大历史隐喻："荒唐"，以"黄棠之名"暗示了世界"荒唐"本质，和开头"黄棠之名听着不错，有草有木生机盎然"[1]形成了反讽。同时，"洪开元的同伴"，又再次以作者对文本的侵入，完成了对文本现实语境"虚构本质"的揭示："他叫马原，他是一个小说家，他就是我，我就是那个叫作马原的汉人。"[2]这个结尾，看似是对先锋马原身份的提醒和致敬，其实是一种新的叙事策略。它表明现实最终和马原是有距离的。即使马原找回了现实，但绝不是一个听话的现实主义"乖宝宝"。

同样，小说《纠缠》里大量繁复缠绕，几乎令人难以忍受的，围绕着房产、遗嘱、资本的法律法规，充当了整个叙事的"推动器"，人物的命运也因此不断变化。正是姚清涧老人的慈悲之心，让子女们陷入了无休止的利益纠缠。姚亮之子姚良相和姚亮前妻范柏对遗产的觊觎，覃湘校长的贪婪，姚明的中风，莫名其妙的姚清涧的儿子"吴姚"和褚克勤的女儿，法律事务的烦琐和自相矛盾的荒诞，都让姚亮和姚明陷入了遗产的"围城"。这些如水珠般不断涌出的各

---

[1] 马原. 荒唐 [J]. 花城，2014 (1).
[2] 马原. 荒唐 [J]. 花城，2014 (1).

旧日的先锋与焕发新貌的现实主义
——论马原的长篇小说新作《纠缠》与《荒唐》

色人等,让我们想起了先锋马原笔下那些无因果、无逻辑,但充满了故事冒犯性和破坏性的人物。而这些"纠缠"的故事,不仅再次验证了世界真相的不可知,且有着重要的现实意义:"当金钱成为社会最高的衡量标准之后,每个人都会陷入利益纠缠,无论是他人纠缠你,还是你纠缠别人,而这一切都使人际关系、家庭伦理,甚至是人与人之间基本的信任、同情心和亲近感,都变得荡然无存。任何高尚人格的善良慷慨的举动,都有可能好心办坏事,如姚清涧捐献遗产给母校,本意好心助学,却成为他人利益的砝码。而法律无助于根本解决问题,却让这些问题变得更诡异复杂。"[1] 就此而言,《纠缠》击中了当下中国由功利逻辑推动所导致的价值失范的文化现实的本质,又透露出了作家对把握现实的某种虚无的悲观。

四

应该说,马原的这种现实主义态度是耐人寻味的。即使是对现实主义的回归,马原依然没有彻底走出"先锋"的价值姿态。这两部作品中,有传统现实主义规范,人物塑造比较成功,复杂而立体,如贺秋和洪锦江。然而,马原没有让现实成为余华式和阎连科式"反讽寓言"的符号现实,而是力图恢复传统现实主义反映现实的准确性和生动性,在"和解"与"距离"之间,找到属于自己的表述方式。先锋马原曾告诉我们,现实不过是神秘而不可知的幻觉。而归来的马原,却要再次为现实主义立法。他对现实表现出了善意与和解,但也保持着足够的距离感和警惕性。他的现实主义笔法,更贴近生活,却保持善意嘲讽,并缺少宏大能指的提升,即使那些宏大事件,也总被他赋予宽容的暗讽,例如,《荒唐》中,引水工程是黄锦江主政的重要项目,但在落成仪式当天,一条巨大的暗河形成了漩涡,让整个工程打了水漂。这一笔无疑有隐喻色彩,作家轻松写来,却没有什么重大压力。又例如,"贺秋之死"是《荒唐》的高潮部分,但我

---

[1] 马原. 纠缠[J]. 十月,2013(3).

们没有看到煽情,而是作家对贺秋的敬意,以及对媒体制造事件的暗讽。他的叙事,宽容平和,甚至有几分随意,不太注重营造戏剧化氛围,却凸显了不同叙事者的声音。

当然,这种转变对于马原来说,也是他停笔多年,不断持续思考现实和人生的结果。马原对民间、伦理和情感价值的发现,态度非常平和,没有炫耀性。如果说,先锋马原更像一个充满了游戏和叛逆精神的坏孩子,那么,远离文坛后的马原,倒更多呈现出了他对于人世的理解和对"变化的现实"之变化的诚实态度:"我现在特别喜欢民间话语,觉得真是能很贴切地表现普通人的生活情态。那些不为人关注但有着切肤之痛的爱恨悲欢。我愿意回到常人的生活状态。看人可以有很多的视角:站在平视的角度,听一个人诉说他的苦难,你会和他一起流眼泪。但如果你从天空俯视,那么根本不会有眼泪,小说也是这样,真正好的小说一定是有很深的入世情结的。"[1]同样,马原也不赞同先锋文学对当下现实的有效性,他多次在访谈中提到人到中年,再在演唱会现场听崔健唱《一无所有》的荒诞感觉。现实在巨变,而巨变的时代,已没有什么永恒阐释的有效性——包括"先锋"本身。

同时,就当下的文学创作而言,马原的《纠缠》与《荒唐》,似乎也有重要的叙事学的症候性意义。如果说,先锋马原的叙事冒险,其行为本质是对叙事成规的破坏,更是对意识形态化了的叙事假定性的反抗,那么,回归文坛后的马原,其叙事的现实主义因素,似乎也可以看作他与叙事经验的某种和解。因为就其本质而言,当叙事的个人化破坏不能再以形式吸引读者时,叙事对于"共同经验"的想象就会自然浮出水面:"叙事的目的就在于把一个社群中的每个具体的个人故事组织起来,让每个具体的人和存在都具有这个社群的意义,在这个社群中,任何单个的事件,都事出有因,都是这个抽象的、理性的社群的感性体现(黑格尔),这个社群或是'国家'、或者是民

---

[1] 王敏. 回到生活的常态——马原、格非对谈录 [J]. 社会观察(社会科学文摘),2005(8).

旧日的先锋与焕发新貌的现实主义
——论马原的长篇小说新作《纠缠》与《荒唐》

族、或者是人类。作为叙事的基础,这个社群的范围越大,也就越现代。"[1]而且,这也从反面说明,中国目前正处于"叙事"时代,而非处于发达西方的现代性基本完成的、静态的、"无叙事"的时代。小说这种形式,在新世纪中国依然有值得关注和应该关注的"合法性"。先锋们对现实的回归,无论其具体文学成就如何,最起码说明了一种倾向,即当"怎么写"不再成为问题,"写什么"又似乎风水轮流转地回到了我们的视野。而马原对现实的回归,也令我们反思那些经由先锋小说"一路行来"的纯文学话语标准。马原的聪明之处在于,他并没有延续形式化的叙事语调和寓言式的语言本体冲动,而是老老实实地承认写作在现实面前的限度,力图通过对那些典型环境、典型人物和事件的刻画,为这个变革的大时代出具某种谦卑却自信的"文本背书"。

---

[1] 李扬. 抗争的宿命之路:"社会主义现实主义"(1942—1976)研究 [M]. 长春:时代文艺出版社,1993:9.

"此在"的天堂与地狱

——评张学东的中篇小说集《裸夜》

文学与现实的关系，似乎成了当代文坛一个充满焦虑感的话题。现实反应能力的退化，与现实疼痛感的弱化，使得很多作家在转型中国复杂而巨大的现实面前不知所措。作家张学东坚持关注现实、思考现实，也擅长利用故事表现现实。《裸夜》是他最新的中篇小说集，以都市形形色色的小人物为主人公，涉及都市生活的方方面面。他的温情脉脉，如同他毫不留情的批判；他的悲天悯人，如同他的苛刻自审——这是一位在"此在"的天堂与地狱之间游走的作家。他感受到天堂的光辉，也正视地狱的黑暗虚无，他把"此在"的现实真相编织成了一个个精巧无比又蕴含深意的"中国故事"。

张学东的笔下，现实由一个个大大小小、形态各异的故事组成。每个人都怀有隐秘的故事世界。爱恨情仇，欲望和选择，如此楚楚动人，又如此卑微可怜；令人感慨万分，又令人无言以对。当传统与现代，伦理与欲望，意识形态与反意识形态发生激烈交锋时，故事会变得匪夷所思，然而，不管惨烈或解脱，温情或伤感，这些故事有时也暧昧难明，疑点重重。张学东的小说，有着一个个谜团包裹的真相，总有一个克制隐忍，却满怀悲悯的隐含作者，选取生活片段切入，打开人物的心灵世界和生活空间。它们大多固定在某些象征意义的都市空间，看似纷乱，实则有条不紊，作家擅长从一点犀利攻伐，剖开真相，留下的却是无尽回味。这些小说让突如其来的问题、事件和困境，瞬间产生强烈"内爆"，不仅通过饶有趣味的细节，更通过精心的情节编织、情绪渲染、心理构建，矛盾冲突的叙事反转，将那些意外的东西，不断缠绕，进而相互生成，扩展成为作家对当代中国的深

"此在"的天堂与地狱
——评张学东的中篇小说集《裸夜》

刻思考。这些思考并不是就事论事的"问题小说",而是以此表达对当代中国的总体性认知。他总在平庸生活下看到欲望燃起的杀机,平淡如水的现实背后暴烈的人性冲突。但作家并没有变成奥康纳式的"黑暗使者",而是表达出强大的人性力量——生活也许苦涩、失败、无聊,现实也许狰狞、黑暗、绝望,但人们总能找到一丝丝人性光亮。张学东以他小说家的好奇心,独特的悲悯气质,为"光怪陆离"的中国故事找到了特异的小说美学形态。

例如,《被瞄准的女人》,妙利用第二人称的叙事角度,让我们进入一个纠缠在亲情、爱情、事业与历史危机中的都市女性的生活,种种矛盾让女主人公深陷罗网,不可自拔。《疑是悬崖》的故事则更集中,机关干部樊理去学校接女儿,却突然遭遇学校出现劫持学生的歹徒,而在樊理赶往学校的途中,发生了一系列阴差阳错的事件。生活仿佛脱缰的野马,一路奔向不可知的凶险之地。樊理遭遇的一切,显现着当下中国很多典型的社会矛盾:房地产过度开发、仇富心理、碰倒老人的道德与法律问题、中小学生择校难、教育资源不公平、城市交通混乱等,所有这一切,都"爆炸"在黄昏,最终让一个循规蹈矩的公务员坠落崩溃在心理的"悬崖"边。这些乱成一团的问题,缠绕着主人公,也让故事节奏以加速度爆炸燃烧,将故事变成不断被压力推动、最终走向深渊的"断崖式叙事"。《托付给你的事》讲述了小区看门人何老头的奇特经历。自从一个少妇将孩子涛涛托付给他暂时照料,何老头的生活就脱离了正轨。作者引导老何走入涛涛母子惨淡的生活,也走进了一个个麻烦和阴谋。最终,涛涛被父亲设计骗走,可怜的少妇身亡。张学东描写了何老头与涛涛之间感人的情谊,孤独的老人和孤独的孩子,因为意外事件,生活交织在一起。作家以令人信服的笔墨,写出了人与人之间的信任与理解,读来令人动容。小说结尾,看到在雪地打闹的孩子,老何心生感慨,而后不知所终。心怀善良悲悯的老何,正如那个不断衰败的历史遗物"向阳院",最终被功利社会所抛弃,然而,他的故事让我们反思这个功利的时代。

《电话迷藏》出现电话内容与小说文本的互文性存在。这种互文似乎更具叙事声音的象征作用——以此表达都市情感与人际关系的模糊与不可信。离异中年男子赵之邂逅风韵犹存的中年女子宋嫒嫒，对她心存好感。孰料宋病危住院。在宋的女儿与赵之的交往中，赵无意掉入精心设计的财色陷阱。讲述这类故事是危险的，危险在于叙事节奏的掌控，与人性的揣测和调度。前半截故事，中年男人的"情感危机"似乎是惯性套路，红中、陈秃子等猥琐损友的插入，似乎在强化这些印象；故事的后半截，下岗女性的底层生活，似是应有之义。然而，赵之这个"拆楼者"在两个故事之间游走，一下子跳出两类故事的框子，或者说，被放置到一个更大的文化视野考察——那就是转型中国对历史的遗忘。当宋嫒嫒的丈夫以幽灵般的形态，出现在破败待拆的企业家属楼时，小说也就从个人情感故事和底层阴谋跳脱而出，具有浓厚的历史沧桑感。也正是由此，都市人情感的疏离，巨大的贫富差距，底层生活的艰辛狰狞，都有了大的历史维度和人性关怀。赵之最终回归家庭，而年轻的小宋，则选择了回头是岸，人与人之间的理解与同情，战胜了人性的邪恶与历史的阴霾。

张学东似乎对进城的乡下女孩形象情有独钟。《投奔》的农村进城女人采莲独自抚养儿子小星，城里的表姐康丽和表姐夫，对她帮助很多。然而，采莲不仅要面对沉重的压力，还要面对表姐一家接连不断的麻烦事。作家写出了采莲内心的痛苦、彷徨，也写出了女性的伟大母性与心灵自尊。《一个人的餐饭》讲述独居老人温伯与进城打工少女小荷之间的故事。作家没有回避老年人的性欲问题，却也没有肆意在这方面冒犯读者，他只是忠诚于自己的创作原则和人生理念，他写出了温伯的性苦闷及对年轻异性的向往，也写出了他的自省与善良。然而，作家更写出了周围的人，包括温伯的子女和朋友，对温伯的误解、利用，而小荷所遭受的凌辱，她和温伯的友谊，都让我们长久地感动于人性的胜利。结尾的那则启事是神来一笔，昭示温伯走出了尴尬的人性困境。

《裸夜》与《给张杨福贵深鞠一躬》都是描写当代知识青年命运的优秀之作。此类题材的难度在于，如果仅止于现实批判，小说过于沉重；而如果仅止于自我反思，则又让小说失去情感共鸣。同时，如何以更精妙深邃的艺术形式打动人心，也非常困难。当代知识青年面

"此在"的天堂与地狱
——评张学东的中篇小说集《裸夜》

临巨大生存压力，也面临上升空间窄化、情感荒漠化的困境。消费意识与意识形态控制的双重压迫，又使他们精神浮躁、自我放逐。更严重的问题还在于，他们又是"无历史感"的青年人。无论反抗或颓废，放纵或自省，他们的行为都无法在当下充斥符号交锋，但"空前无意义"的社会空间，建立自身的价值信誉。张学东的这两篇小说，无疑深刻地反映了当代知识青年触目惊心的生存现状。《裸夜》荒诞色彩很重。小报青年记者沈越，费尽心思寻找新闻线索，希望找到半夜裸奔的人。然而，在寻找的过程中，沈越遍尝人间冷暖，房东催租，主任威逼，公安使之屈打成招。支撑沈越顽强打拼的动力，除了女友晓蕾外，还有其一颗"向上爬"的野心。小说不断出现卡夫卡的《变形记》，似乎暗示荒诞境遇的相似性，而女友因他的不择手段而离去，也让沈越的压力瞬息爆发——他变成了深夜的裸跑者。深夜裸跑，无疑有象征性，这是所有压抑无助的青年绝望的反抗。相比而言，《给张杨福贵深鞠一躬》更温情，也更沉痛。毕业即失业的大学生张杨福贵，爱情与事业屡屡碰壁，开车、摆地摊、开店、谈恋爱，无不遭受挫折。这里既有社会因素，也有父母过分的干涉，而他的脆弱也使得他只能在网络游戏中逃避现实，最终孤独地走向死亡。小说以旁观者的叙事口吻进行，结尾对张杨福贵的鞠躬，无疑也代表了作者对一个时代青年人生存境地的深切同情。

很多读者抱怨，反映现实的小说，读来总是沉闷压抑。其实，从读者的角度来说，当代人已越来越变成一个个"不耐烦"的读者，他们的阅读速度加快，阅读质量和精读能力却在下降，尤其是他们慢慢地丧失了体味细节和心理世界描述的耐心。而从作者的角度来说，写出精彩的故事，掌握精练筋道的语言，蕴含深刻的主题，保持对现实鲜活的敏感与强大的内心良知，也许是克服"现实审美疲劳"的最佳途径。张学东的《裸夜》，无疑让我们看到了当代作家在反映都市现实生活领域的新突破。

那些消逝在风中的情与爱

——评钟求是的小说集《昆城记》

钟求是先生是当代文坛的优秀作家。他的小说,谈情说爱,温情悲悯,却不琐碎,也不拒绝柴米油盐的世俗故事,但注重写普通人的悲欢离合,更写人的命运底色。他又有着非常敏锐的社会视野与道德批判意识。他是一个有着强烈抒情气质的男作家。可以说,钟求是这个时代的写"情"圣手。他不是"内在于时代"的作者,也不是一个"超脱于时代"的作家。他走在大时代周围的小路,拥抱着时代,又本能地与之拉开距离。他为情而受伤逃离,又因为诚挚的情而再次返回时代现场。从这个意义上说,钟求是最新小说集《昆城记》,就是一部有关"昆城人"的情感故事集,也是一部当下中国人情感体验的寓言之诗。

笔者曾与《芙蓉》杂志的编辑杨晓澜交流过,我们有一致看法,现在作家越来越不会写"情",要不就是抽象苍白,要不就是粗俗不堪。在爱的名义之下,我们更多看到无聊、虚无、肉欲和无处不在的压抑。这简直是一个症候。我们再也写不出令人感动的东西,写不出干净透亮的真诚。我们也失去了那些光彩夺目,又充满魅力的人物形象。究其原因,可能不在于这个时代的人缺乏情感,而在于我们缺乏"稳定"的情感。当一切坚固的都烟消云散了,当现代性的高速列车冲击着每个人的生活时,情感在竞争性的物质诉求面前,似乎变得不堪一击。我们在很多情况下,都是将欲当成了"情"。然而,人类历史和社会之所以能够建立高度文明,究其根底,还在于我们都是有"情"的动物。这里包含着欲望,也包含着责任与担当,人类对自身与环境关系的反思。正如脂砚斋以"情"字来评点《红楼梦》:"余

那些消逝在风中的情与爱
——评钟求是的小说集《昆城记》

叹世人不识情字,常把淫字当作情字,殊不知淫里无情,情里无淫,淫必情,情必戒淫,情断处淫生,淫断处情生。"[1]虽有过分隔离情与欲的倾向,但也不啻宣告了一切优秀文学的根底所在。当中国出走于革命红色教堂后,数十年改革开放,是物质发展极大丰富的历史,也是中国人"情感"经历天翻地覆变化的时代。优秀的作家往往能敏锐地捕捉到这个变化。当下文坛并不缺乏写"欲"的高手,但缺乏真正能写好"情"的作家。我们多看到的是"隔壁老王"的出轨故事,张三李四的约炮往事。我们更缺乏能以真挚的情感与敏锐的道德性,将当下社会之中人类复杂情感状态予以完美表达的作家。

最早看到钟求是的小说,还是大学时代。时隔多年,笔者依然无法忘记阅读的感动。那个下午,笔者读得泪流满面。那时青春期的笔者多愁善感且记住了那篇小说——《诗人匈牙利之死》,那个美丽善良的女诗人真子客死异国的故事,放在20世纪90年代市场经济大潮对人性冲击的背景之下,格外动人心魄。这是一个真诚地相信情,创造情,用爱抵御冰冷世界的作家。钟求是在谈创作时说:"我有时候想,在眼下这个世俗的社会,有二奶小三,有闪婚离婚,但也必须有最干净的爱情。很多人不看小说了,但总有一些人在看小说的。很多人不看电影了,但总有一些人在看电影的。很多人不讲爱情了,但总有一些人坚持着爱情的。这种爱情与婚姻无关,与时间无关,它只是一种特别舒服的东西,让人安静和安心。"[2]《两个人的电影》是这个集子中令我印象最深刻的一篇小说。钟求是还是那个钟求是,时间过去了多年,他在写情感方面,特别是写爱情方面愈发驾轻就熟,圆融动人,艺术手法上也越来越炉火纯青。如果说,他早期的小说,还有很多感伤因素在里面,到了长篇小说《零年代》,特别是这组"昆城系列"小说,尤其是这篇《两个人的电影》,则是彻底将个人悲欢离合融入时代背景,不仅让人感动,更让人深思。"文革"期间,昆

---

[1] 俞平伯. 脂砚斋红楼梦辑评[M]. 上海:上海文艺联合出版社,1954:560.
[2] 《小说月报》编辑部. 小学月报第15届百花奖获奖作品集[C]. 天津:百花文艺出版社,2013:185.

生喜欢上了军属若梅。一场看电影后的约会，让昆生以破坏军婚罪锒铛入狱，也开启了俩人长达三十年的，每年一次的电影约会之旅。小说结尾，若梅去世后，那张写有三十年俩人看过的电影名字的清单，电影从《卖花姑娘》到《甲方乙方》《周渔的火车》，时代在不断变化，男女住宿再也不用开证明信了。可是，俩人的情感，却超越了性爱，超越了时间，变成了一种纯粹而感人的挚爱。钟求是不回避写性，但性爱在他的笔下，并不是一种抽象意识形态的反思，或者是一种粗鄙的叛逆力量，而更多联系着对情的书写，这些文字更加从容内敛，却有着穿云裂石般的力量："我傻了几秒钟，才慢慢去抱若梅的身子。抱住她的时候，我心里像是有一张嘴唇抖动着要说话，说的是'天呐天呐'。然后我发现自己流泪了。这时候的泪水一旦开了头，就不容易停住，在接下来的时间里，我的泪水一波紧跟一波，随着身子的运动滴溅到若梅的脸上、胸脯上和肚皮上。那真是一场酣畅痛快的哭呀，只是没有声音。"[1]

《南方往事》是一部有关"文革"的小说，却又超出了"文革"叙事的范畴。小说的用意，似乎不在于控诉"文革"意识形态，也不在于讲述少年温棋久与女演员李至慧朦胧的青春情感故事。小说细致讲述了温对李的好奇心，两个人交往的过程，但叙事的重点不在情欲，而在于讲述美丽情感的破碎。李至慧与被批斗的领导刘正大有了私情，宁死也不愿出卖情人。而懵懂的少年温棋久因为喜欢样板戏《杜鹃山》，认识了李至慧，也为李和刘俩人传递情书。小说设置在"文革"时代，却力图写出超越时代的人性与人情的因素。小说开头与结尾，都是由一个无关紧要的坏孩子曹大奎引出的。曹大奎引导温去看《杜鹃山》，小说结尾，曹又喜欢上了《智取威虎山》的演员小常宝。无论多少轰轰烈烈的爱恨情仇，死亡与新生，都被曹大奎这样的闲人和俗人，淹没在了无聊的谈资之中。

《星期二咖啡馆》也是一篇写"情感创伤"的小说。一对孤独的老人，儿子在车祸中丧生，他们将儿子的角膜捐给了个咖啡馆的女店

---

[1] 钟求是. 街上的耳朵 [M]. 北京：北京十月文艺出版社，2018：303.

那些消逝在风中的情与爱
——评钟求是的小说集《昆城记》

员徐娟。徐娟是一个善良单纯的姑娘。未婚夫的出轨,让她无以承受,最终选择了逃离昆城。小说通过老人的视角看待徐娟的故事,"角膜"成了温暖真实的情感象征物。然而,徐娟目睹了情感背叛,老人的结婚贺礼,只能变成一场心酸的慨叹。小说真实再现了当代社会对情感的怀疑与焦虑。《雪房子》也是一篇有强烈道德控诉感的小说。集丘与雪丹的婚姻在很多人眼中,是郎"财"女貌的经典成功案例。富有的集丘与美丽聪慧的雪丹,应该在众人的羡慕中过着王子与公主般的生活。但实际上,集丘花天酒地,俩人也缺乏共同语言,这完全是被财富绑架的婚姻。雪丹自杀之后,儿子天果承受着巨大的心灵创伤。小说以三种视角展开,特别是天果的视角更令人震撼。小说结尾,天果去殡仪馆看望在停尸间"雪房子"里住了三年的母亲的遗体,让人不胜唏嘘。

钟求是虽然写情,但他不是村上春树这样的情爱小说家,而是"接地气"的作家。他既有温州人血脉中的开放视野,又有那份独特的务实。他对很多社会热点问题也有独特理解。他对情的思考与他对社会的观察联结在一起。《皈依》写的是目前越来越多的宗教信徒的故事。随着社会发展节奏越来越快,焦虑伴随着中国都市化进程,很多人选择通过宗教寄托精神信仰。这篇小说篇幅不长,但生动而真实地表现出妻子洪芝如何从一个贤妻良母变成一个虔诚的佛教徒的故事。小说男主人公"我"与洪芝的冲突不断升级,其实就是世俗化生活与精神化追求之间的矛盾。洪芝对精神的偏执,犹如"我"对欲望的偏执,都成为这个日益分裂的社会人心的病态症候。小说结尾的出轨故事,戛然而止于庄严肃穆的寺院钟声之中。作家其实是把思考留给了读者。小说并非写宗教,立意与旨归都在于真实描述当代中国的生活状态,即无处不在的情感分裂与焦虑,无处不在的情感的无处依傍。

《街上的耳朵》充满了荒诞与喜剧色彩,却又不乏温情。很多年前,式其因为酒后失言,讲述了一个与王静芸调情的梦,惹怒了王的男友叶公路。两人斗殴,式丢了耳朵,叶进了监狱。钟求是对小城生活的描述非常逼真,这里飞舞着各种流言。多年后,王静芸得病去世，式其却鬼使神差地去给她吊唁，再次遇到了叶公路。二十年过去了，俩人都已衰老不堪，只能以嘴巴讲述代替肉搏，以斗嘴结束了一场有关爱情与尊严的滑稽剧。这篇小说之中，钟求是展示了一种能力，即能在当下日常生活发现荒诞，又能在荒诞中勘破人性本相的能力。那些偏执古怪的人物身上，作家以极大的悲悯审视之，也能以严峻的笔触审视那些自以为正常的人。小说《哭声》的新婚夫妇林着陆与苏眉，遭遇了一个执着地在深夜为死去母亲哭丧的智力障碍者。小说用看似几分戏谑的笔法，实际是在拷问社会的道德感和同情心。周围冷漠的人群，甚至不如那只凶猛的狗。《练夜》也是一则有关都市边缘人的小说。团顺是一个盲人，从未体验过男欢女爱，闻到朋友女友身上的香味，他的性爱意识觉醒了。在一次短暂的嫖娼经历之后，团顺爱上了晚上锻炼身体，却不幸摔伤。日子在不经意之间又回到了从前。钟求是写活了那些卑微的小人物内心的复杂情感，渴望与绝望，那些善良的猥琐与可怜可笑的自尊。

"昆城"是一个南方小县城，这里的故事，有的发生已经很久远了，有的仿佛就发生在昨天。它们伴随着共和国历史而来，又是成千上万个中国小县城的缩影。那里有无数喜怒哀乐，也有无数悲欢离合，但又都在那些看似平淡如水、波澜不惊的岁月之中，仿佛一条条小鱼，翻过身子，吐出几个水泡，又消逝在无尽的时间之中。钟求是笔下的中国小县城，没有阿乙式的狞厉压抑，也没有张楚式的悲怆沧桑，而多了一些南方小城市的温和开放。这里有丑陋的现实、无情的背叛、欲望的贪婪，也有不为人知的善意、不乏真诚的坚守与天真的人性守望。钟求是用一支温暖的笔，挽留那些消逝在时间中的情与爱。我们期待这位中国当代文学的"写情圣手"有新的佳作问世。

未来世界的诗性忧思

——评李宏伟的科幻小说《国王与抒情诗》

　　李宏伟写过很多诗，也写小说，其本职是出版社编辑。这本《国王与抒情诗》，是他的一部最新的长篇小说。笔者反复读了几遍，暗自吃惊并佩服，一是惊讶于宏伟对于未来世界的想象与理解，二是佩服于他在小说之中表现出的"经典作品"的哲学深度和阔大气质。作家李洱说，在《国王与抒情诗》之中，他终于看到了最具有文学性的、成熟的中国科幻小说。而对笔者的阅读感受而言，《国王与抒情诗》是一部展示中国人想象能力的"超品"之作，而他对人类未来世界的哲学阐释和理解，具有异乎寻常的预见性和反思性。

　　笔者对科幻文学接触原本不多，但科幻电影看得不少。印象之中，那种对未来世界的想象，一定是建立在高度发达的工业社会、高度个人化的文明社会关系之上的。对于我们这样一个处于现代转型的中国而言，科幻文学一定不是最发达的或读者最关注的东西。但近些年来，随着科幻文学的影响扩大，韩松、刘慈欣、郝景芳、夏笳等作家的作品也慢慢进入了我们的阅读视野。这也纠正了笔者的很多"童年偏见"。那时候，科幻文学大多作为科普文艺与儿童教育出现，语言单调呆板，在低幼化的故事、科普式的宣传之中，还充满着很多意识形态清规戒律。比如，那时很多火星殖民、建设月球的中国科幻小说，都透着点国营大农场"开疆支边"的味道。当下纯文学领域，主要是三分天下，即乡土文学和都市文学，还有一小部分先锋叙事。类型发展非常不充分。我们将类型文学的领域，都让给了通俗文学和网络文学。近些年来，科幻文学的发展，恰恰弥补了纯文学领域表现领域的短板，从小处说是类型文学的发展，从大处说是科学精神和理性思维的发展。从另一个角度而言，这些科幻文学也是中国人扩大了自己和世界的关系的思考。无论是农村转型，还是城市个人情感体验，中国文学书写的还是一个小范围的、民族国家范畴的"自我与世界"的关系想象图景。但科幻文学恰如其分地为我们提供了新的自我和更大范围的世界，比如，对人类和宇宙这个更大"他者"之间关系的想象。又比如，发达的科技社会的"虚拟自我"，如何导致传统社会的崩溃。再比如，机器发展带来的"人和机器"的伦理问题。从网络文学之中，也发展出很多科幻作品，如黑天魔神的"废土"系列小说，天下飘火的《黑暗血时代》等，都是很优秀的代表。

李宏伟是不一样的。考察他的创作经历和成长过程，他并不是刘慈欣、韩松那样天然地成长于"科幻圈"的作家，而更像是纯文学领域培养出的一名作家。无论是他的诗歌创作，还是他的《平行蚀》《并蒂爱情》等小说作品，都透着股非常纯正的文艺青年的味道。然而，正是李宏伟的《国王与抒情诗》，不仅给我们提供了"脑洞大开"的未来世界想象，更重要的是，它展现了中国纯文学界对自身边界的拓展，以及对新的主题和内涵的介入能力。它超出了我们目前热议的"70后""80后"的代际文学的概念，也超出了新乡土、非虚构、网络文学新世纪以来的文学思潮，进而表现了中国文学在跨越代际、类型，创造出更有世界视野，又有中国特色的故事上的勇气和信心。从这一点而言，《国王与抒情诗》对当代文坛的意义，绝不亚于刘慈欣"三体"系列小说的冲击力。

但是，《国王与抒情诗》并不是一部"好读"的小说。笔者读第一遍时也感觉艰深晦涩，但读到第二遍、第三遍时，才慢慢体会到了作者的深意。而经得起反复重读，正是经典文学的标准之一。它并不是《三体》那样带有科普语言和故事元素的作品。它充满着文体试验、象征隐喻、类型交叉整合及深刻紧张的哲学思辨。未来世界的构想，李宏伟设计了一个最大的"脑洞"，就是意识共同体、移动灵魂、意识晶体"三位一体"的主流化社会信息交往平台，在这之外，则是"信息游击区"的非主流网络社区设计。这个创意非常有意思。进入网络社会之后，人类将往何处发展？这是目前科学家和很多学者热衷于预测并讨论的话题。互联网的出现，给人们带来的改变是革命性的。互联网"超级共享"和"高速链接"的概念，使得麦克卢汉"地球村"的激动人心的想象，不再只是梦想。它使得不同地域、文化、族群的人们，能更有效地享受各种社会资源。手机、微信、优步、阿里巴巴等，依托于互联网之上的商业模式和交互模式，不断刷新着人们的认知。很多传统的人际交往模式（如写信）、传统的商业模式（如超级市场、出租车业），正面临着严峻挑战。网络在给人们带来好处的同时，也带来了一个巨大的副作用，那就是"虚拟"性。VR（virtual reality）这个话题和人工智能一样，让人类既恨又爱。虚拟现实的发展，看似可以解决人类很多问题，扩大了人类的感知能力。有了VR，人类似乎在想象性上无限接近了上帝。比如，性幻想和暴力幻想，就可以通过VR得到有效缓解，从而降低犯罪率。有了虚拟现实，也似乎能最大限度地满足人类的很多梦想，弥补很多缺陷。但虚拟现实在互联网的超级仿真和即时共享的技术加持之后，会让人们沉溺于虚拟世界，不愿意返回现实世界。正像鲍德里亚对"仿真与拟像"的阐释，进入网络化后工业社会，人与人的交流和接触，并不是变成"世界大同"，而恰恰回到了麦克卢汉曾担心过的"人类重返鼓声相闻的部落时代"的预言。权力对人的控制，不仅是控制人的消费、肉身，更是对人的情感和理解世界方式的控制。这无疑是对人类精神自由的最大挑战，也暗示着人类创造力的萎缩。我们似乎都变成了《黑客帝国》中的"伪人类"，不过是躺在一个培养槽中，通过脑后的插头，假装生活在一个高度发达的文明之中的"可怜虫"。

这种对于虚拟与共享的担忧，就表现在了李宏伟对于"三位一体"的设计。这种设计对于智能手机和互联网来说，更是一个超前的大胆想象。人类可以将所感知与回忆的事物，按选择存放在自己的"移动灵魂"，并通过安装在后脑的晶片——意识晶体，上传到"意识共同体"这个超级共享平台，同时你也可以分享所有陌生人的或熟悉的朋友的意识。不需要手机了，人们无限地进入信息世界，分享无限精彩经验，感受无限精彩人生。如果你想要更私密的互动，则可选择"信息游击区"这种类似高级网络社区的信息工具。然而，在这个超级互动的世界，一个极大危机来自文学、艺术等人类想象力和情感力的沦丧。这个危机表现在小说开头的一个悬念：诺贝尔奖得主宇文往户死亡之谜。整个小说以往户的好友、前帝国员工黎普雷对往户的死亡调查而展开。黎普雷通过往户留下的种种蛛丝马迹、宇文往户的获奖诗歌《鞑靼骑士》，深入帝国最高领袖——国王与宇文往户的复杂纠葛之中。小说整体语言风格冰冷、干净、理性，但又掺杂了很多诗一般的语言和诗意场景描述及大量隐喻性东西。比如，宇文燃带着黎普雷来到草原的段落："阒寂星空下，马蹄落在干枯的草茎上，踩进绿色尚存的草芯里，发出了枯草折断的干净利落的声音，再至汁液迸溅的湿润温婉的声音，使得群星满布的夜空呈现蓝幽幽的美。"[1]小说中不断出现的时空点、诗歌、意象，都含有着极强隐喻性。比如，黎普雷将往户的骨灰送往他指定的埋葬地点，也是《鞑靼骑士》之中骑士的最后归宿之地——"无定之城"。那些人工建造而成，却空无一人的城市，象征着人类丧失与现实世界交往能力、丧失诗意想象能力之后的死亡之城："这些成排的从建成之日即行荒废的楼房，从来没有沾染过人类居住的气息，却并没有多少破败相。门窗紧闭，屋宇挺立，大概因为规律性的大风刮动，地上也并没有落下厚厚的尘埃、沙土，连情理当中必然会有的牵着、挂着、挨着、挤着的大半枯黄的衰草或藤蔓也没有，更别提据此想象那种城市在春夏季节的葳蕤繁茂了。整座城市就是空，空空荡荡，空旷如也。就像是丧失生命活力的老人一样，他并不再展现应然的可能性，可也决不被终结，被非他之物定义。"[2]

随着黎普雷调查的不断深入，真相呼之欲出。帝国企业的总裁"国王"与宇文往户是多年好友。宇文往户也参与了帝国企业的EP文化设计。但是，宇文往户在这个过程中，发现了国王利用理性操控一切的野心，从而果断地辞职，但依然无法摆脱国王对他的人生控

---

[1] 李宏伟. 国王与抒情诗 [M]. 北京：中信出版社，2017：38.
[2] 李宏伟. 国王与抒情诗 [M]. 北京：中信出版社，2017：41.

制。从他的女友到他的情感体验方式、文学思维,都在国王的设计和控制之下。当宇文往户获得诺贝尔文学奖之后,在写获奖词的当天,发现这份获奖词居然在二十年前就被国王设计好了。在绝望的反抗支配下,宇文往户选择了自杀。小说之中,也出现了文学艺术消亡的意象,最触目惊心的,是文字博物馆和纸张火葬场。帝国企业试图将所有文字管理起来,目的不是推广,而是有计划地使之消亡。对于纸张与文学艺术,则利用老教授和学者组成送葬工,将它们都付之一炬。后现代版"焚书坑儒"以"世界大同"的美好形式出现,不能不说是对人类极大的讽刺。小说第一部分结束时,死去的国王和宇文往户的意识,在与黎普雷的对话之中,透露了国王的终极思维:无限虚拟与无限在场共享的意识幻觉,只有取消了文学、艺术等一切涉及人类不安分的想象力和情感的东西,才能无限接近"永生"目标。世界变成了一个按照规则无限运行下去的机器,无波动,无错讹,永远正确地运行下去。

然而,我们能因此将《国王与抒情诗》看作一部类似赫胥黎的《美妙的新世界》、奥威尔的《1984》这类反乌托邦类的小说吗?问题又不是那么简单。长久以来,科幻文学界也有所谓硬科幻与软科幻的区别,既偏重不同,有的注重科学设计"脑洞",有的则是带有意识形态讽喻性的寓言式写作。但以此标准来看《国王与抒情诗》,好像二者兼顾,又有着新特点,即所谓"诗性"。小说对未来科技的反思与批判意味不言而喻,例如,小说第三部分"附录",作家通过"植入日"散文叙事场景,"信息奴"第一人称叙述体及"意识晶体幻在感"的医疗报告,"拍卖零"拍卖演说词等几种文体,为我们以"点"的方式,虚构了未来世界的生活场景。但小说整体结构并非故事体,如同罗兰·巴特说的"可读"的文本;相反,它是一个有大量能指,而所指并不确定,需要读者来参与解释的"可写"的文本。小说比较少出现激烈的叙事冲突,充满了大量哲学思辨、隐喻性暗示、不同文体的交叉。特别是小说第二部分,纯粹是一个"可写"文本,表现出很强的后现代主义装置性色彩。那些不断如同疯泉般涌现出的语词,像隐喻,也像行为艺术,更像对文字与文学最后的哀悼，痛苦疯狂的纪念，集中而压迫性地宣泄。作者似乎在"马"等意象的凌乱描写，表达出文学即将死亡时的"绝望反抗感"。一般科幻小说不会这样去处理文本。它们往往不太在乎文本形式建构，而专注于对想象世界的描述。李宏伟的这些做法，更接近品钦等后现代主义作家的小说艺术手法。

同时，这种诗性科幻，还表现在小说对于国王、宇文往户这两个人物的态度上。国王并不是类似"BIG BROTHER"这样极权主义的符号，而是一个人类理性的象征。小说结尾也颇具意味。国王和宇文往户的意识，共同指定黎普雷作为帝国继承人，其原因竟在于黎的诗性能给予整个系统新可能性："一个人越恨帝国，恨得越有道理，他越有可能成为卓越的帝国继承人。因为他对帝国的可能性进行了最大限度的探索与消耗。也许有一天，帝国完成了它的使命，在人类融合之后，要么脱胎换骨、迎来新生，要么使命完成、寿终正寝，但在此之前，它一定消耗完了所有商业上、创意上的可能性，使得人类一片宁静沉寂。"[1]企鹅帝国的继承人，却在黎普雷、信息游击群的群主阿尔法这样对帝国持有怀疑和批判的态度的人之中寻找，这无疑表现了在"张力之中寻找生存动力"的高度理性智慧。如果说，国王代表理性、科学，宇文往户代表了文学、艺术与感性，那么，黎普雷似乎是二者的折中选择。在黎的理解之中，宇文往户和国王最后都将归于"抒情性"。因为抒情性恰是人类面对世界的好奇心、努力尝试的毅力与毫不犹豫的担当："这样的行为，这样的人生，不就是抒情诗吗？"[2]因此，这篇小说也就摆脱了一般乌托邦小说专注于权力控制与反抗的福柯式景观的局限，试图在更高的"诗性"为人类未来社会寻找新的希望。从这一点而言，李宏伟又是温暖而乐观的。或者说，在对未来世界的想象上，中国作家试图为世界在冰冷的毁灭、超级虚拟的恐慌之后，寻找到新的生存意义。《国王与抒情诗》表现了一种非常积极的未来观念和人生态度。这样的科幻写作，也是对当下

---

[1] 李宏伟. 国王与抒情诗 [M]. 北京：中信出版社，2017：212.
[2] 李宏伟. 国王与抒情诗 [M]. 北京：中信出版社，2017：233.

文学创作的一种强有力反省。除了乡土故事与都市男女情爱外，我们其实还有更广阔的书写空间，而利用文学形式，为人类社会提供更多情感体验与可能性想象，这也是"中国经验"对世界的责任和义务。

也许，全球化的今天，所谓"转型"之说，先天带着现代性预设与乐观进步主义。庞大的中国，并非按照某种既定模式进行按部就班的转变，而更像在一个后冷战多元主义海洋之中漂泊，时而惊涛骇浪，时而和风细雨，有目标方向，但计划总不如变化，种种困境和机遇并存，实在令我们不断陷入困惑和反思。"中国故事"从来就不是自己的故事，而是一个"他者"与"自我"互为镜像的写作。作家对未来世界的想象，既是民族国家想象的一部分，也考验着一个作家能在多大程度上成为"经典作家"的潜质。它映衬与折射出了一个作家摆脱"他者"限定，展现"中国自我"心像的能力有多强。如果说，这部优秀的小说还有发展的余地，笔者希望能看到更多的更为"细节逼真"的世界设定，更多的具有描述性的未来景观，以及更丰富复杂的人物冲突。小说的诗意太浓，似乎过于乐观，也似乎低估了人类的野心、欲望、残忍、愚昧。但是，无论如何，作为一个野心勃勃的"70后"作家，李宏伟的思考与写作，给我们展现出了中国文学异乎寻常的生长能力与创造力。《国王与抒情诗》也注定会成为当代文坛的一部重要的标志性文本。

梁庄与中国：无法终结的记忆

——评梁鸿的长篇非虚构文学《出梁庄记》

一

"我终将离梁庄而去。"[1]读完了梁鸿教授的长篇非虚构文学《出梁庄记》，不禁长舒了一口气。以河南小乡村梁庄为坐标，梁鸿经过艰苦跋涉，以大量鲜活生动的口述实录与田野调查，厚重大气的学术思考和无所畏惧的心灵，完成了一次具史诗气质的非虚构现实冲击波。这本书是《中国在梁庄》的姊妹篇，它考察了梁庄与现代中国的"深度相遇"，以北京、西安、青岛、郑州等大城市的梁庄打工者为蓝本，为我们展现了当代打工者在中国几十年现代转型中的梦想与耻辱、绝望与抗争、尊严与等待，也写出了他们一次次"以头叩石"般血淋淋的现代自我认同。梁鸿在梁庄血脉上延伸，仿佛顽强的枝丫和根须，她的目光穿越了中国，在时间和空间上延伸出一种"阔大"的力。也许，梁庄对梁鸿而言，不仅是学者梁鸿试图透视中国现代转型的着眼点，也不仅是作家梁鸿展现艺术才华的试验田，它更是"梁庄的梁鸿"对回忆和现实的一次血肉纠缠的"追认"，一次自我驳诘的"精神拷问"。它的每个字都有金石撞击的硬气，展现着血与泪的超密度。它黑暗沉重，严酷暴烈，那一场场生存的真实悲剧，闻所未闻，见所未见，压得你喘不过气来；它峻急锋利，荒诞却严肃，将打工农民和他的后代们，在现代中国的种种境遇，勇敢地加

---

[1] 梁鸿. 中国在梁庄 [M]. 广州：花城出版社，2013：305.

梁庄与中国：无法终结的记忆
——评梁鸿的长篇非虚构文学《出梁庄记》

以剖析，无畏地加以嘲讽；它又温暖细致，用情至深，动容处令你不能掩卷，不能自已。它不同于一般夸饰猎奇的报告文学，也傲视于浅薄无聊的文学臆想。它不仅有批判和同情，思索和研究，更有深深地自省、彷徨和虚无。这正是此书最打动笔者的地方。

该书没有回避农民打工者的"伤"和"罪"。那些残酷的原始积累，传统伦理在金钱面前的崩溃，大规模的黑心制假，坑骗乡亲的传销梦，都是打工者在城市的精神畸变。然而，书中更写出了农民工们的尊严和梦想。他们坚守城市，虽然他们的心还在梁庄，他们希望通过努力，不仅过上物质丰裕的生活，且从精神上成为真正"现代的人"。这里有为汶川地震捐款、带车奔驰几千里、热心公益的打工者"万敏"；有北京"河南村"坚持讨个说法的"王福"；也有心思灵活、不甘平庸、在北京开保安公司的老板"建升"。当然，这里也有千万富翁秀中对河南农民工身份的愤慨和反思，有新生代农民工梁欢的奋斗，有向学和银花的打工速配婚姻，有通过占卜算命给打工者以简单心灵慰藉的贤义。他们的梦想，无论是微小还是宏大，都值得关注；他们的尊严，无论是卑微还是固执，都不能忽视。

然而，该书最惊心动魄之处，还在于真实展示了打工农民的严酷生存现实。我们看到电镀厂韩国老板的黑心情妇，不让工人喝水，不给防毒设备；我们看到富士康等血泪工厂如何将人变成机器；我们看到被撞伤的工人如何哭号无门；我们看到小女孩"黑女儿"如何被侮辱和强暴；我们看到积劳成疾的农民工在家中等死。我们更看到新时代"骆驼祥子"们的灰色人生。无论是万国还是万立，这些来自梁庄的三轮车夫，他们在西安城咬紧牙关，忍受城管们的欺诈，忍受所谓"中间说和人"的盘剥，忍受城里人的白眼，忍受同行们的排挤，也忍受着疾病、劳累和绝望。当无法忍受时，他们就用最极端的暴力方式表达抗议。他们上访、打群架，为一块钱和别人拼命。梁鸿饱含悲悯地分析这些"打工暴民"的成因，即当被侮辱和被损害成为生活常态时，"羞耻"就成为弱势打工群体唯一被公众接受和重视的方式。他们以惨烈的符号形象，以号啕、粗鄙、乞怜、破败的印象进入公众视野，才能赢来迟到的公平："他们作假、偷窃、吵架，他们肮脏、贫穷、无赖,他们做最没有尊严的事情,他们愿意出卖身体,只要能得到一些钱。他们顶着这一'羞耻'的名头走出去,因为只有借助于这羞耻,他们才能够存在。直到有一天,这个年轻人,他像他的父辈一样,拼命抱着那即将被交警拖走的三轮车,不顾一切地哭、骂、哀求,或者向着围观的人群如祥林嫂般倾诉。那时,他的人生一课基本完成。他克服了他的羞耻,而成了'羞耻'本身。他靠这'羞耻'存活。"[1]在这种带福柯意味的权力分析中,梁鸿不仅看到了城市对农民工群体的身体损伤,更尖锐地揭示了城市对他们的自尊的篡改、剥夺和惩罚。书中最令人心碎的,则是一系列"不可避免"或"可以避免"的死亡。这些辗转在红尘中的卑微生命,可以过劳死、病死、猝死、被车撞死、被打死、失足淹死、自杀、被恶劣的工厂环境毒死,无处不能死、不可死,唯有"活着"最艰难。全书以"军哥之死"开篇,而以"小柱之死"和梁庄最权威的长者"老党委之死"做结。军哥死后,仅因为补偿款,就被同胞哥哥拒认尸体。而光河惨遭车祸,一子一女死后,他在那座用赔偿款建起的房子里,等待着死亡降临:"他每天躺在儿子和女儿的心脏里,悲伤地怀念他们。"[2]死后被千里运尸回家乡的"金",那"甜腥的尸体气味",读来真实得令人惊悚。而作者的儿时玩伴小柱的死亡,则是全书浓墨重彩的一笔,梁鸿深情地写道:"小柱的打工史也是他的受伤史。从十六岁在煤厂干活起,到铁厂、刨光厂、乙炔厂、家具厂,再到电镀厂,最后到他倒下的那一天,整整十二年,他一直在污浊的工作环境中辗转。他头顶的天空没有晴朗过。"[3]这些文字,不是浸泡在象牙塔里的美丽标本,而是活的文字,有血肉,有情感,有态度,有粗粝的真实,有复杂的世态人情,仿佛铺面而来的寒风,令人不舒适,但令人警醒。

---

[1] 梁鸿. 出梁庄记 [M]. 广州:花城出版社,2013:72-73.
[2] 梁鸿. 出梁庄记 [M]. 广州:花城出版社,2013:5.
[3] 梁鸿. 出梁庄记 [M]. 广州:花城出版社,2013:271.

二

可以说,《中国在梁庄》之后,梁鸿已进入了一种"激情燃烧"的生命状态,那就是将学术思想与文学性创造融为一体,创造出独特的中国非虚构写作品格。这也表现在其日渐成熟的非虚构的方法论和叙事策略上。梁鸿的学术研究,以"乡土中国经验"见长,在论文《回到语文学:文学批评的人文主义态度》中,梁鸿表明了自己的学术理想,那就是做"活的学问",而不是"死的学问",拒绝成为一个困守书斋的学者,勇敢地走向广阔复杂的天地,用带着"温度"的文字去解读、剖析、批判当代中国现代化转型中的"乡土经验"。而这种学术方法论,梁鸿称之为"乡愁":"把'乡愁'作为方法,意味着以此出发,把自己置身于民族生活之流中,去感受民族生活的种种。对于文学批评者来说,则是要以此感受文学中所透露出的情感信息。乡愁包含着对词语的回忆,它是我们以人文主义态度进入语言之时的基本态度。"[1]可以说,梁鸿的这种学术态度,是和20世纪90年代以来强调"岗位意识"的保守主义学风背道而驰的,颇有几分新时期启蒙知识分子的道义担当。而在她研究河南文化群落的系列学术论文中,我们看到的是一种新社会文化史观对现代文学研究的拓展,是"文化研究、物质形态考察、知识生产的综合立体的研究"[2]。

而梁鸿的非虚构文学创作,其实延续了她的学术理想。与卡波特的《冷血》、梅勒的《夜幕的大军》等西方非虚构文学相比,梁鸿的《出梁庄记》的主题却似有几分"复古",即文字背后的理性坚守和知识分子启蒙理想。在西方的非虚构文学中,我们更多体验到的,是一种"新闻主义"的影响,冷静客观的态度,对事物细节的迷恋及其背后浓浓的虚无主义。关键原因在于,西方的非虚构文学诞生在后

---

[1] 梁鸿. 回到语文学:文学批评的人文主义态度[J]. 南方文坛, 2011 (5).
[2] 刘绪才. 新社会文化史与现代中国文学史研究范式转向[J]. 山东师范大学学报(人文社会科学版), 2012 (4).

现代社会氛围之下,着重的是反映晚期资本主义社会中严重的社会虚无病,而梁鸿的非虚构文学,无论如何都无法摆脱一个大的历史背景,那就是中国巨大的现代转型的特殊经验。从一个落后的农业大国变成一个现代工业大国,其间巨大的资本积累和社会阶层变动,需要现代伦理的支撑,需要公平正义,也需要人性和人道主义的力量。从这个意义上说,中国的非虚构文学,其内涵和表现形式,远远超出了西方的同类文学形式的限定。可以说,"梁鸿式"的非虚构文学,正是在某种程度上完成中国当代文学某些被"忽视"和"压抑"的任务。

具体到《出梁庄记》的文本,我们发现,它的文学性比《中国在梁庄》大大加强了,有非常鲜明独特的叙事文体和叙事结构特征。如果说,《中国在梁庄》的"非虚构性",在于"不是外来的闯入者,而是村庄的晚辈、亲人,这样的视角和身份使'我'注定不会被村庄人拒斥,个人经验与'在场感'为梁庄故事的可信性打下了坚实的基础"[1],那么,《出梁庄记》的"非虚构"叙事特征,显然要更丰富多彩。梁鸿将小说的文学性,与纪实作品的真实性、学术研究的深度,通过"非虚构"策略,进行了很好的融合。《出梁庄记》的"非虚构性",表现在对现实的忠实描述、分析,以及有学术味道的真人真事的口述实录、细致的田野调查和实地采访;而其"文学性",则表现在灵活的多叙事视角运用,亲历者饱含情感的主体反思,以及对故事性、细节性、人物特质的文学把握。整个作品的叙事时空视野非常开阔,囊括了北京、青岛、西安、内蒙古、郑州等不同时空,而整体叙事结构则巧妙地呈现出闭合的圆形,从第一章"梁庄依旧"到最后一章"过不去的春节",是一个"梁庄—中国—梁庄"的结构,既在结构上呼应了作家从梁庄看乡土中国现代转型的主题,也呈现出了地方性与全局性,个体生命体验与整体观照的有机结合。

口述实录和田野调查的恰当运用,让梁鸿理性分析的哲学思辨能

---

[1] 张莉. 非虚构女性写作:一种新的女性叙事范式的生成[J]. 南方文坛,2012(5).

梁庄与中国：无法终结的记忆
——评梁鸿的长篇非虚构文学《出梁庄记》

力、广阔的学术视野和那些鲜活沸腾的真实紧密结合在一起。这是《出梁庄记》的一大特色。口述实录提供了鲜活真实、未经包装和规训的打工经验，而采访笔记则以亲历者第一人称，提供超越其上的学术性和情感性的主观分析判断。作者视角对受访者故事的介入越来越隐蔽，议论与叙事的结合也更圆熟，能在突出学术高度的同时，力图"贴着人物的心"去写——既能对人物所处的文化语境进行"乡愁般"地考察，又能在含蓄内敛的克制中表现巨大的情感张力。那些生动的口述实录，又是一部活生生的"乡村词典"。从大庙小庙的丧葬习俗，到"没材料""生红砖""赚脓了"这类乡村土语，这里浓缩着中国农民几十年从乡村到城市的生存经验。例如，第一章中二哥的一段口述，鲜活地为我们展现了他对打工的心灵体验："1991年、1992年的时候在河北、安阳都干过，咱没技术，年龄也大，只能出苦力，挣不来啥钱。小柱（大哥二哥的小弟）、咱们韩家几个人在河北邢台铁厂那儿干活，我就去了。是翻砂，环境差得很。一堆堆铁在地上烧，铁沫子乱飞，我们用铁锨扒拉，又烤又烧，每个人都像鬼娃儿一样，嗓子成天像被烤煳了一样，受罪得很。我忘了我是干一个月，还是不到，反正没拿到钱。我给小柱说，走，咱必须得走，这活干不成，到最后非死人不行。厂里坏得很，去之前还得先押两百块钱，工资也是好几个月结一次，就是防止你提前跑。最后，我和小柱走了，押那个钱也不要了。"[1]更令笔者惊讶的，是梁鸿能以多重目光，把握这些纪实材料的内在理论敏感点和学术深度。人性、历史、社会，都能在那些鲜活的细节中得以再现，并被提升出抽象思考。无论是那些包罗万象、囊括生动世态、五行八作的梁庄人物口述，还是作家独特细致的田野调查，它们活泼生动，又符合人物个性特征。这些文字也避免了一般性报告文学的粗陋简单、干瘪呆板，而充满着开阔的学术思考。从那些描述中，笔者看到了作家挖掘材料的历史感洞察力和对社会微观格局的判断力，也看到了细致冷静但纤毫毕现的观察力和对事实真相的不遗余力地探寻。例如，对西安的梁庄打工者与

---

[1] 梁鸿.出梁庄记[M].广州：花城出版社，2013：24.

城市的关系，打工者和当地居民的冲突，警察和城管对打工者的欺辱，梁鸿在对大量材料的使用中，没有从简单的城乡对立去考虑问题，而是一针见血地指出城市现代化的"宏大叙事"背后的非人道和非理性的逻辑——"城市，让生活更美好"，这一城市是奥斯曼式的、直线的、大道的、广场和主旋律的。它忽略了活生生的社会现状，忽略了那些随机的、还没能达到"现代的"和"文明的"存在与生活。现代城市每推进一步，那些混沌的、卑微的而又充满温度的生命和生活就不得不退后一步，甚至无数步。

《出梁庄记》有很多地方，也出色地运用了小说笔法，比如，对梁庄地理面貌的描写，从公路、石灰砖厂到庄稼、南水北调工程，徐徐道来，很有写实小说环境描写的细致与节奏感。又比如，第一章中对二哥出场的描述：二哥从车上下来，紫棠色的大脸，肚子挺得很高，腰带在肚子下面虚挂着，裤子几乎要坠下去。二哥胖多了，少说也有一百七八十斤，倒是那两颗几乎突出到嘴唇外的大门牙不那么突出了。看见我们，二哥大声嚷着，"日他妈，变化太大了。前些年在这儿还拉过三轮，这几年都没来了，到哪儿都不认识了，路硬是说不清"。然后，上前一把抱住父亲，"二大，你可来了，说多少次叫你来你不来"。[1]这一段近乎白描的、粗鄙真实的语言，与"大肚子""大门牙"的外貌细节，一下子将一个在西安城生活多年、久历风霜人世却乡情未改的中年打工汉子的形象树立在我们面前。又比如，梁鸿对城市算命先生贤义的描写，也颇见细节把握的功力："毛泽东像的四周散发着金色的光芒，头顶上写着三个大字：红太阳。脸也是金色的，整幅图金光闪闪……毛泽东像两边分别是三个像屏风一样长的条幅，黑细框淡蓝边白纸黑字，写着自我勉励的话和佛教偈语，六幅满满的，多种话语混合在一起……正墙下面的长柜子上，毛泽东像的正下方，并列摆放着几个塑像：黑红脸的祖师爷，拿柳枝净瓶的菩萨，圆脸团笑的财神爷，红脸长须的关云长。前面是一个香炉，香炉里的香还在袅袅生烟，香炉脚下散放着一些二十、五十、一百的人民

---

[1] 梁鸿. 出梁庄记[M]. 广州：花城出版社，2013：21.

梁庄与中国：无法终结的记忆
——评梁鸿的长篇非虚构文学《出梁庄记》

币。"[1]梁鸿敏锐地在这个算命先生的私人空间，发现了中国现代性的"混搭杂糅"风格的细节指向性。儒、道、释，连同毛泽东，都成了在欲望城市苦苦挣扎的打工者内心渴望被拯救的"宏大符号"。这种对细节的捕捉力和细致的描摹，体现了梁鸿很好的文学修养。而那些对打工者的"苦难"的描述，如"打工者金的非正常死亡""孤独的小保义""小柱之死"等，克制、简约、准确，又悲悯、深情，读来令人震撼。比如，第一章中，农民光河的孩子死于车祸，他在绝望中绝食而死："在死前的两个月，他就拒绝进食。他每天斜躺在床上，眼睛直直地盯着门口，仿佛在期盼着什么，又仿佛什么也没看，眼神空茫，没有焦点。他不吃不喝，也不说话，一直这样一个姿势，直到虚弱得不能动弹。光河的老婆花婶把一个吸管插到光河的鼻孔里，每天用针管往里面注入流食。只有此时，光河才把头转过来，绝望地看着花婶，他拒绝吞咽，可是，吸管直接进入他的胃里，他无力抗拒。梁庄人都说，他是在等着他惨遭车祸死去的那一儿一女来接他……据说最后半个月，他忽然又想活了，拼命地吃东西，每天乞求花婶给他弄东西吃。他吃完就吐，吐完再吃，吃完又吐，最后，还是死了。2010年11月21日，光河去世。享年48岁。"[2]读完怎不令人潸然泪下！

《出梁庄记》的叙事视角也很有特色。梁鸿擅长用第一人称亲历者的叙事视角，与外视点的第三人称视角。亲历者的视角，形成了内在的反省，而外视点的第三人称叙事，则力争客观叙述事实。同时，整部作品中还有着由"口述实录"带来的"第三人称限制性视角"，这三种视角的运用，形成了有效的文本"互文性"，发展了非虚构文学的艺术表现力。"口述实录"的限制性视角，最大限度地还原梁庄打工者的真实语境。外视角的第三人称，则严谨细致，力求客观，如作品开篇即对采访口述的人物进行资料列表，保证了"非虚构文学"的最大特征——真实性。同时，作者视角通过采访者的形式对叙事进

---

[1] 梁鸿. 出梁庄记[M]. 广州：花城出版社，2013：78.
[2] 梁鸿. 出梁庄记[M]. 广州：花城出版社，2013：4-5.

行介入，而不是简单的夹叙夹议的手法，便使得叙事的视角更丰富，对人和事的观察也更全面准确。采访者不仅参与到故事叙事中，评价打工者的故事，而且采访者的强烈的"自省性文字"的存在，也强化了启蒙特质。梁鸿不是"远距离"地观察那些梁庄打工者，而是真实地走入他们的生活，感受他们的喜怒哀乐，承受恶劣的环境压力，也与他们的环境产生激烈的"碰撞"。更令人感动的，或者说，也是该书的深刻之处在于，梁鸿总是忠实地记录了"身在其中"而引发的对"知识者自我"的否定和反思，不仅反思知识者面对民众困苦时的软弱与退缩、虚荣与麻木，也反思知识者的使命与启蒙理想，以及理想与现实发生巨大冲突时内心的紧张和绝望。这种反思"异乎寻常"得坦诚真实，这也是梁鸿延续自《梁庄在中国》的非虚构文学的叙事特点。比如，在对西安的二哥一家的采访中，梁鸿不吝于展现自己在恶劣环境面前的应付心理："二嫂总是笑吟吟的，看我疲惫的样子，劝我说，有啥看的，别去了，不就是那几个人，见天干一样的活。我不敢承认自己内心的念头：我其实已经在盘算着什么时候走了，过敏只是给自己的一个借口。"[1]当采访被强暴的小女孩黑妮的时候，梁鸿写道："九岁的小女孩儿始终以缓慢、平板和迟钝的声音回答，这迟钝在小小的房间里回响，像钝刀在人的肉体上来回割，让人浑身哆嗦。愤怒逐渐滋生、涨大，充斥着胸腔和整个房屋。我听到自己的心脏在'通通'地跳，感觉到眼泪流到嘴角的咸味。"[2]梁鸿写出了知识分子的愤怒和忧伤。而在作品结尾，梁鸿更是写出了绝望和无奈，没有任何拯救的豪言壮语，却裸露出真诚泣血的灵魂和深刻的自省："我无法忘掉奶奶朝我看时的神情和黑女儿的迟钝与天真。我知道，和大家一样，我是把那祖孙俩抛弃了的。我努力了一下，没有办法，也就算了。不久之后，我们会把她们忘记。面对奶奶滔滔的泪水和期待的眼神，我甚至有些烦躁，我想逃跑。不只是无力感所致，也有对这种生活本身和所看到的镜像的厌倦。我不知

---

[1] 梁鸿. 出梁庄记[M]. 广州：花城出版社，2013：42.
[2] 梁鸿. 出梁庄记[M]. 广州：花城出版社，2013：300.

梁庄与中国：无法终结的记忆
——评梁鸿的长篇非虚构文学《出梁庄记》

道该怎么办，不知道该做哪一种选择，更不知道该如何想象那正在赶着回家过年的妈妈会如何面对她的被伤害的女儿。我只想离开。"[1]

三

其实，梁鸿对梁庄打工者的城市体验的关注，其思考点还在于"传统"如何与"现代"更好地对接。在打工者和城市的博弈背后，不仅是公平和正义的问题，且是一个现代伦理建构问题。这是所有国家进入现代都会面对的问题，更是非常"中国化"的问题。是要庄严宏大、雄伟恢宏的现代，还是人性化，保证个体尊严和生存权利的现代？这两种现代想象一直没有停止过争论，这也许正是现代性的基本矛盾，是启蒙与民族国家意识在现代性交汇点上所产生的内在悖论。现代性作为"世界精神"，无论线性的乐观进步，还是波德莱尔式的瞬间永恒之美，人的主体解放程度的加深，同时伴随着"人奴役自身"的程度在加深。人受制于自身想象之物的奴役，无论是金钱、欲望，还是所谓"伟大的现代"。而在一个有几千年辉煌帝国传统的国度，我们更易为那些伟大恢宏图景的现代所鼓励、蛊惑，而忽视那些生命个体。为了城市的繁荣，为了现代图景，一切"粗鄙丑陋"皆在可消灭的范畴。而他们恰恰忘了，现代首先是"人"的现代，是个体生命和尊严受保障的现代。而在中国目前后现代与前现代、现代并置的文化时空，我们沉溺于后现代的快感幻觉，现代的庄严恢宏，前现代的历史自豪感，而更易忽视三者并置杂糅的荒诞及其间所隐藏的对个体生命的遮蔽。我们时刻被资讯淹没着、覆盖着，然而，我们却忽视了更多无法言说的"沉默大多数"。

常有人抱怨现在的学者，特别是文科学者，说他们是象牙塔里皓首穷经的酸儒，也常有人哀叹着"文学之死"，因为文学不能再为心灵提供新鲜经验，丰富的想象和对世界的整体认知。然而，梁鸿用《出梁庄记》和《中国在梁庄》，再次验证了"中国经验"作为人类

---

[1] 梁鸿．出梁庄记[M]．广州：花城出版社，2013：305．

历史上规模空前的现代转型的重要性，也召唤着中国知识分子独有的担当。正如有的学者所说，这种独特的中国现代性经验的描述，既有"观念上的强烈刺激"，又有"思想上的自我批判"和"知识上的内在反弹"等多种向度，最终会形成独立于西方之外的有价值的文化核心。[1]"乡村无罪"，也许，如何寻找一条容纳乡土传统，而不是消灭乡土的中国现代化之路，正是梁鸿苦苦追寻的答案。梁鸿以非凡的勇气和责任感，开阔的视野和敏锐的分析能力，强大的人道主义力量，为我们奉献出了梁庄系列非虚构作品——由此，梁鸿和梁庄，应该被新世纪的中国文学史记住。

---

[1] 聂茂.走向世界的中国新时期文学[J].山东师范大学学报（人文社会科学版），2012（6）.

第四辑

作家创作论

"浮生叙事"：世相纷繁之间的浅唱

——艾玛小说创作论

艾玛是近几年文坛崛起的一位山东女作家。她虽然"人在山东"，但小说写得"别有风味"，既有山东作家温婉细腻、重情重理的特点，又能看出湖南湘楚文化的民风民俗。然而，艾玛并不是一个"纯粹的"民间书写者，无论是对记忆中的乡土想象，还是对现代都市中知识分子的批判，艾玛的笔触在历史、现实、乡土、都市、民间等概念之间潇洒地穿行着，却又不被这些概念所制约，展现出了一种非常难能可贵的"建构审美自觉"的潜力。如今很多青年作家冒出来很快，但马上就疲惫了，定型了，甚至丧失了进一步发展的余地，究其根本，就是没有建构审美自觉意识的能力。仅靠生活经验和编织故事写作，总有穷尽的一天，而真正的大作家，必定有自己的源泉，自己的根——那就是如何通过语言、故事、人物，以及空间、情绪等元素，建构出自己的一方艺术世界，一个自觉的审美时空，从而以高度的差异性，成为一个不可忽视的"文学存在"。

艾玛的创作，无疑让我们看到了这种可能性。很多评论家都关注了她对于乡土小镇的营造。"涔水镇"是艾玛小说叙事地理版图的一个重要基点。她的处女作《米线店》即展现这个湖南小镇的某些特色。而后的《浮生记》《人面桃花》《绿浦的新娘》，似乎都在给我们刻意打造一个历史背景模糊，似乎有人生永恒性的湖南小镇形象。但是，如果我们认真考察艾玛的小说创作，就会发现，她不以故事性见长，而所谓展现民风民俗，也不是她的"目的"，而仅是"手段"。她更在意用那些意象、方言、人物和故事，来印证某些"人生底色"的东西。这些底色的东西，就是她对日常生活的哲学化思考和独特的审美表达。艾玛在她的创作谈中,丝毫不掩饰对于日常生活的热爱:"对那些忽略日常语言的丰富性,又在运用语言的时候背离其日常用法的哲学家,维特根斯坦也曾发出这样的质问:'倘若哲学不能改善你关于日常生活重大问题的思考,那么研究哲学又有什么用呢?'窃以为这样的诘问也适用于写作的人。语言来源于生活,倘若它不能艺术地回到生活中去,并改善我们的生活,那么写作又有什么用呢?就像原本干枯的丁香树枝,适宜的温度,以及一时间吸收到的水分能催生树皮下的芽孢,但是没有深入土壤的根,它也就失去了与土壤的联系,剩下的就只是萎谢了。"[1]这里,艾玛强调了日常生活对于创作的"根"的作用。其实,日常生活审美化,是20世纪90年代以来,中国文学整体多元化背景下,纯文学话语树立自身边界和内在规则的要求之一。然而,笔者更看重的,却是艾玛小说在展示日常化生活的时候,特殊的处理方式和内在情感特质。对于日常生活的审美化,一直存在几类思路,一类是写实型的,粗笔勾勒,野性自然,语言注重口语,笔法写实,写出世俗化的日常生活中小民的粗鄙与快乐,日常生活对精英叙事的消解,池莉、王朔都属于这类写作;另一类则是抒情的,赋予日常生活以诗意的灵光,以抒情的笔触,赞美日常生活的朴实安稳,小人物心灵的闪光,营造美好感人的意象,从汪曾祺到铁凝、迟子建,大多是这个路数,这也是很多女作家钟爱并且善于驾驭的方式。还有一类就是哲学化的,难度最大,通过哲学分析性语言,赋予日常生活宏大的哲学意义,如王安忆的《长恨歌》用的就是这类写作方式。

  然而,艾玛的日常化写作,却是在这些类型和方法之外的,是一种"浮生若梦"的寄世怀人的态度。这里,也要提一下维特根斯坦的日常语言哲学对艾玛创作的影响。作为一个具后现代特征的哲学大师,后期维特根斯坦对哲学的主要贡献在于,在其语言游戏说的基础上,将日常生活和日常语言提高到了本体论高度。他反思了传统哲学的本质主义二元思路,特别是对所谓个体-集体的二元对立关系,进

---

[1] 艾玛. 面向日常的语言之根[N]. 文艺报,2013-04-12.

行了切实反思。他认为"私人语言是不存在的",而"语言即生活形式、意义即用法"[1]。这里所说的"生活形式",指在特定历史传承中的风俗、习惯、制度之下,人们思维和行为的总体或局部的方式。而"意义即用法"则特指约定俗称的生活形式,对语言意义的限定——只要存在语言形式,就有特定的意义存在。而艾玛之所以在创作谈中引用维特根斯坦,其实正表明了她的一种创作态度,即在她的笔下,日常生活并不是一种手段,而是一种目的,或者说,日常生活的超越性法则,是她容纳人生悲欢离合、苦难与幸福、荣辱变迁的本体论思维方式。艾玛热爱"浮生",因为"浮生"中有人生的安稳、生活的诗意,能超越那些苦难与悲伤。同时,艾玛笔下的这种日常生活的"浮生"意味,又具传统性,有道家和佛家思维的人生态度。对日常生活,不美化,也不丑化,更不是一味的哲学提升,而是要浸润其中,找出"安然自在"的味道。正如《小马过河》的结尾:"生而在世,我们都不得不这样,尽自己所能,活着。"[2]既是"浮生苦长",就需大彻大悟,看透生死宠辱;既是"浮生苦短",就需且行且珍惜,以碎语流年为根本,瞬间即永恒。由此,我们才能理解艾玛的笔触在城市和乡村之间游走,为何并不感干涩生硬,也感觉不到二者之间"转换"的难度。很多作家的题材比较狭窄,能写乡土,就不能写都市;擅长写都市,就不能写乡土,关键是没有一个"艺术的根"在。无论是那些生活在乡镇的小裁缝、肉铺的屠夫,还是那些大都市顾影自怜的知识分子、失败的小人物,在艾玛的笔下,都是浮生的一分子,不过是浮生苦苦挣扎的精彩瞬间,需要铭记,但也不必过于兴奋或悲伤。通过这种独特的人生感悟的把握,艾玛找出了一条"别具一格"的日常生活叙事的"文学之根"。

这种"浮生叙事"的态度,我们可以此分析,艾玛的成名作《浮生记》。艾玛在这些以涔水镇为背景的小说中,往往淡化时代的

---

[1] [英]维特根斯坦. 哲学研究[M]. 李步楼, 译. 北京:商务印书馆, 2004:139.
[2] 艾玛. 小马过河[N]. 文艺报, 2012-04-27.

时间背景。比如,《浮生记》发生在当下社会,艾玛除了打谷之死外,很难让读者在小说中看到时代刻意的印记。毛屠夫和新米的父亲打谷是从小要好的朋友。打谷死于城里的煤矿,而新米的母亲,让新米拜毛屠夫为师,学习杀猪。小说并非渲染乡土与城市文明的对立,而是在湘楚的俗语,日常化,但又有些仪式化的生活场景中(如杀猪),刻意突出毛屠夫、打谷和新米的那种"顺天应人""豁达自然"的生活态度。小说语言平淡自然,又意象丰沛,描写细腻准确,新米的丧父与精神成长成为全文的线索,而当新米终于能准确地掌握杀猪技巧的时候,"毛屠夫惊愕地发现他看到的不是新米,而是另一个打谷,这个打谷在温和的外表下,有着刀一般的刚强和观音一样的……慈悲!"[1]友谊与传承,人性的善与包容,生与死的无常,都在新米的"温柔一刀"中找到了内在寄托。艾玛的日常生活叙事,不是美化日常生活,也不是刻意展现它的粗鄙,而是在承认苦难的基础上,展现民间人性的力量和韧性的尊严。

《一条叫德顺的狗》则更突出了"生与死"的主题,小说表面上写狗,实则写人。派出所的王坪达所长,每年都要养一条狗,到了秋天杀死吃掉。小说写了南方小镇舒适自在的生活环境、浮生茶社的悠闲自在,而去外面寻生活的人都带着病态,据说有的还卖了肾。艾玛暗示了外部世界的险恶。作家细致地描写了阿黄的善良可爱,然而其目的不在于写王所长的残忍,而是写出了生老病死的"顺其自然"的态度。例如,梁小来要用十条狗换阿黄,而"王坪达摆手答道:'换,即是不忍,不忍,则食之不香。不香,你给我一百只肥狗,又有何用呢?'生而为狗,真是可怜!听闻的人不免感叹。但感叹归感叹,万物都得各安其命"[2]。小说的重点在于死刑犯田小楠与王所长之间的纠葛。小说突出了毒贩田小楠临死之前的愿望,而带着承诺的王所长,感到了生死无常和人生的无奈,更厌倦了法律与人性的冲突:"惩恶是一定的,可是,也彻底剥夺了一个人要做好人的机会不

---

[1] 艾玛. 浮生记 [J]. 黄河文学, 2009 (9).
[2] 山东省作家协会. 浮生记(艾玛卷)[M]. 济南: 山东文艺出版社, 2012: 66.

"浮生叙事"：世相纷繁之间的浅唱
——艾玛小说创作论

是？我现在呢，厌恶行恶，也厌恶他妈的行刑，不过是一报还一报的事，能高明到哪里去？"[1]而当枪毙田小楠的枪声响起时，阿黄却与铁背犬交配成功，孕育了新的生命，王所长也最终没有吃掉阿黄，而是将它送给了梁小来。艾玛将人世循环与狗的命运循环相互印证，再次表现了对世事无常的慨叹和包容的思索。小说结尾写道："得顺的儿孙们，尽管身体里或多或少地流着得顺的血，但它们是进行了一场一代接一代坚韧的接力赛，才勉强活到了得顺最后抵达的时代：一个光怪陆离、绝望与希望并存的时代。"[2]从而暗示了写作的用意，即通过这些浮生的故事，表达对当代社会的忧思。类似的小说《万金寻师》《绿浦的新娘》也表现出了这种"浮生叙事"的状态。

这种情况也表现在艾玛的都市小说中，比如，笔者非常喜欢的《相书生》。她的都市题材的小说常常与知识分子有关，《相书生》的明线是高校里的知识分子何长江与女友小林、前女友之间的情感纠葛。然而，这篇小说却并不是一个高校教师情感故事，小说穿插着何长江母亲的自杀，朋友老苏的母亲的自杀，以及各种难以言明的人生苦恼：困窘的生活现状，理想失落的悲伤，无法面对女友过去的尴尬……由此，艾玛其实通过暗示的手法，揭示了该小说潜在的主题，即都市知识分子的生存状态和精神空虚。所谓"相书生"即"书生相"，是知识分子对自我精神失落的镜像折射："他把目光从远处拉回，窗玻璃上很清晰地映出他的脸。何长江立在窗前，怔怔地看着自己对面的这张脸……平庸的长相、落寞的神情、松弛的脖颈，是张如此陌生的脸！"[3]由此，艾玛一下击中了这个时代知识分子内心隐秘的真相。她的《市场街少年的芭蕾舞》，可以说是"涔水镇"系列的延续，也可以看作日益都市化了的小镇日常生活，被权力破坏、摧残的情况的隐喻。

---

[1] 山东省作家协会. 浮生记（艾玛卷）[M]. 济南：山东文艺出版社，2012：71.
[2] 山东省作家协会. 浮生记（艾玛卷）[M]. 济南：山东文艺出版社，2012：75.
[3] 中国作协《小说选刊》. 2010中国年度短篇小说 [M]. 桂林：漓江出版社，2011：236.

这种"浮生叙事"的模式,还表现在艾玛独树一帜的叙事风格上。艾玛精于中短篇小说,特别是短篇小说,常常为我们塑造一种"浮生若梦"的艺术时空。艾玛的小说叙事,节奏舒缓有致,讲究含蓄与暗示,以精细的描写刻画环境,以民俗融入风景,以风景融入叙事,不追求小说情节性的跌宕起伏,而追求人物命运整体的悲剧性。另外,她还擅长写对话,常常富于丰富的言下之意。而对话与环境描写常常形成画面感非常强的"景观",以表达深层次意蕴。例如,小说《浮生记》开头:"请看在打谷的份上……新米坐在毛屠夫的火塘边,听到姆妈用恳求的语气跟屠夫说话,就把头低下去。姆妈以前都不用眼睛看毛屠夫,新米这还是头一次听到姆妈对他说话。"[1]《绿浦的新娘》的开头:"是四箱四柜!李兰珍进门撂了这么一句,就直奔厨房去喝水,她是真渴坏了。今天歇班,吃过早饭就到南大街看新嫁娘,去了大半天,一口水也没喝,嗓子干得都要冒烟了。"[2]都是通过对话来揭示一个突发性情境,作为"叙事原始",将毛屠夫与打谷的隐秘友谊,绿浦新娘的骄傲,都暗示出来了。同时,艾玛对于叙述者的运用也别具匠心。她的几乎所有的小说都有"限制性"的叙述者。也就是说,无论用的是第一人称的《初雪》,还是第三人称的《相书生》《浮生记》,艾玛总是让叙述者透露"有限"的人物和事件的信息。比如,《初雪》尽管用的是第一人称,但几代知识分子的命运是不断被揭示的,而且老教授的出走,年轻人的导师的忏悔,都是在空白处表现了巨大的艺术张力。再比如,《浮生记》中,叙事的视点是不断移动的,从新米到毛屠夫不断跳跃,但无论是新米,还是毛屠夫,都刻意地被保留了很多秘密,而这种秘密性,恰恰是通过对方的眼睛看到的。比如,在新米眼中,毛屠夫的古怪;在毛屠夫眼中,新米的幼稚。而小说最后一笔,恰恰是通过对新米成长秘密的透露,表现出了毛屠夫对于打谷的怀念和浮生感慨。这种限制性的叙述者,也与隐含作者形成了互文,共同表现世界的不可知性和神秘性,

---

[1] 艾玛. 浮生记 [J]. 黄河文学, 2009 (9).
[2] 艾玛. 绿浦的新娘 [J]. 黄河文学, 2008 (7).

也很好地表现了叙述者对于作家创造的世界的反思性[1]。

这里,还要特别提一下艾玛的新作《初雪》。这个中篇小说是艾玛的转型之作,也显示了艾玛巨大的创作潜力。小说通过几代中国法律学者的命运,揭示了一个非常沉重的,有关中国知识分子的使命感如何与虚无抗争的主题。该小说一反艾玛丑化知识分子的写法,写出了中国当代知识分子的精神复杂性。自从20世纪90年代的去历史化思潮兴起之后,知识分子形象便成了一个别解构的对象,从张者的《桃李》到阎连科的《风雅颂》,为民请命的、文化英雄般的知识分子不见了,有的只是精神萎靡、人格猥琐、品行低下,甚至纵欲狂欢的"叫兽"形象。其实,这种寓言化与抽象化的处理方式过于简单,既不符合中国知识分子的现状,也不能说明历史维度下中国知识分子精神溃败和坚守的内在逻辑。因为理解中国知识分子的问题,必须有历史的维度,而"如果寓言化以丧失对历史和现实的复杂性真实为前提,历史和现实就会被抽象为不可知的虚无"[2]。而这部《初雪》却巧妙地通过一个叙事者"我"的第一人称叙事,将中华人民共和国成立后遭受批斗的第一代知识分子,长在红旗下的第二代知识分子,参加造反派的第三代知识分子,以及当代大学中倍感迷茫的青年知识分子的四代人联系在了一起,考察他们在"大历史"中的荒诞感。小说中的知识者是没有名字的,用"年轻人""他""我""年轻人的导师"来替代,而这种无名状态,恰恰反映了中国知识者在不同时代遭受摆布的命运。无论是政治大潮的冲击,还是经济大潮的诱惑,知识者追求真理和正义的使命,从来没有熄灭。无论是动摇、被欺骗,还是无望地出走,而支撑这一信仰的,正是知识本身的"善",是人性的宽容与和解、尊严与抗争。小说最后,刚参加工作的年轻学者,在"我"的鼓励下,坚定了学术研究的信心。艾玛本身出身于高校,法学博士毕业,有着很深的学养

---

[1] 例如,布斯指出:"'叙述者'通常是指一部作品中的'我',但是这种'我'即使有也很少等同于艺术家的隐含形象。"语见:[美] 布斯. 小说修辞学 [M]. 华明,等,译. 北京:北京大学出版社,1987:80-81.

[2] 赵启鹏. 文学的历史和面相 [J]. 山东师范大学学报(人文社会科学版),2007(6).

与学术修为，期待她能将"涔水镇"的艺术领地扩张开来，在知识分子题材等众多领域不断"攻城略地"，形成她自己独有的艺术王国！

诗意：在虚无世界的故事尽头

——王威廉小说论

  新世纪以来，小说的叙事冲动似乎在终结，又似乎在重复发生，却变得更暧昧软弱。无论是小说形式探索，还是人性深度的掘进，似乎都到了"无以为继"的地步，诸多禁忌，包括政治的自觉规避，新时期纯文学规范，都成为创新的巨大枷锁，宏大话语还在民族国家叙事光环下继续发酵，为统治阶层提供道德合法性依据。而现实种种的光怪陆离与触目惊心，只能以黑话和隐喻的形式，曲折地出现在文学中。野马奔腾，万物喧嚣，都在锅盖之内。于是，故事便成了最后的救命稻草。但人们并不信任故事，人们只在故事中得到廉价快感。人们希望读细腻感人的故事，伤感凄婉的故事，通俗曲折的故事，暧昧煽情的故事，浪漫甜蜜的故事，悲壮激情的故事，甚至纯文学范围内家长里短的故事，永远也说不完的婚外情的故事……故事像瘦肉精或增白剂，作者们千方百计地搜集故事，以涂抹苍白的小说面孔。然而，我们的故事没想象力，没有真诚，或者说真诚不多，早已被封闭的生活耗尽。我们没有直入人心的故事、震撼灵魂的故事，也没有匪夷所思的故事、故事之外的故事。于是，虚无就成了故事最后的与最强大的敌人，也成了我们生活中最大的真实。

  从某种意义上讲，青年作家王威廉，就是一个"反故事"的作家，尽管他的故事同样可以讲得非常精彩。他是一个黑暗与光明交织的天使，虚无与悲情共存的信徒。在他笔下温暖潮湿，又不乏黑暗晦涩的文字王国里，我们可看到他从好孩子变成充满矛盾的怀疑主义者的心路历程。他的小说中存在两种笔调，一种是纯粹抒情性的，一种是黑暗哲学性的。他时常表现出这两种笔调的杂糅。黑暗的哲学，为现实提供虚无真相，而纯粹的抒情，则能为黑暗提供精神的终极疗治。他的很多作品都透露出了大学中文系出身的文学基础，我们能从中看到中国现当代文学专业对文学趣味的训练。那是由从鲁迅到海子等一系列文学家所铺垫的。抒情性的笔调，表现在他对一系列抒情女性形象的塑造。这些女性都具有高贵品质与浪漫情调，又是作者超越虚无与黑暗的生存现实的希望所在。《信男》中美丽的文艺学硕士生琪琪，只有她才能理解主人公写信的初衷。《暗中发光的身体》中的孟晓雪，不惜以自杀挽救男友绝望的心境。《辞职》中的女白领鹳，引导主人公真正有勇气面对生存倦怠。《倒立生活》中的神女，在诗歌和绘画的蛊惑下，和主人公一起体验了倒立生活的乐趣。《秀琴》中善良的秀琴，为了丈夫之死而心怀愧疚，心甘情愿地以丈夫宝魁的名义活了20年。而《梦中的央金》与《铁皮小屋》则写得干净、神秘、浪漫，基本符合20世纪90年代抒情文学的规范。当然，如果穷究这些小说的底色，我们却会发现一些完全不同的东西。《梦中的央金》写了健康蓬勃的藏族姑娘央金为"我"带来的心灵净化，有些乌托邦色彩，然而，背景却是主人公对大都市生活的极度厌倦。《铁皮小屋》写了孔用教授于功成名就之时的自杀身亡，探讨的却是当铁皮小屋的阅读激情变成乏味的生活后，人心面对黑暗虚无的抗争。梦幻般的抒情，甚至因绝望而变得感伤。《看着我》中，因现实的压抑，主人公开始写诗，然而，这种内心唯一的隐秘抵抗也被领导破译，领导也写诗，且强迫主人公读他的诗，而最后导致主人公精神崩溃的是，当他历经精神折磨后，写了一个献媚的"读诗报告"，却遭到了领导的无情嘲讽。最后，主人公以刺向领导的尖刀，回应了诗意的抵抗与自尊。《老虎！老虎》也写出了绝望的青春抒情之死。老虎、巴特尔和"我"是多年的好友，曾经共同在广州打拼，然而，生活的重压让老虎几次自杀未遂，就在我们以为老虎已走出死亡阴影的时候，老虎来广州和朋友们欢聚，并在灯火辉煌的桥头一跃而下，"像一只暗夜中的蝙蝠"，以完美的死亡祭奠了残酷青春。小说最后写道："那个蝙蝠样的身影像梦魇里的毒蛇撕咬着我，我攥紧拳头，掌心全是汗。巴特尔越跑越快，我大口喘着气，用尽全力追赶着。我

诗意：在虚无世界的故事尽头
——王威廉小说论

感到自己的身体也随之变得越来越轻，越来越稀薄，仿佛周围这些坚硬的灰色正在进入自己、驱散自己，让自己渐渐变成一个谁都无法认识的陌生人。"[1]刻骨铭心的生存悲剧感，渗透于青春生命的逝去之中，令我们格外感到沉重。

于是，在王威廉的文字森林中，除了和煦的阳光外，我们更多看到了"森森的鬼气"。这些鬼气有如黑暗狞厉的雾瘴，弥漫于森林之上，提醒我们世界的真实底色，警告我们自以为是的肤浅乐观。那些鬼气便是虚无的力量。虚无让他的小说有了本质性的力量，虚无让他厚重、深刻、犀利、勇敢，摆脱日常叙事的陈词滥调。虚无也让王威廉找到了一种小说语言。这是一种伪装成现实主义的哲学化语言。王威廉试图探究世界和人之间那些诡异的关系，而揭示的正是世界失去意义后，在繁华的消费景观与壮丽的政治图景的底板上，人性支离破碎的惨烈与无处救赎的悲伤。现实出现在他的笔下，也不再是简单的批判或认同，而是呈现出一种本体性结构维度。这种本体性结构维度，使得世界不再是逻各斯的意义结合体，而呈现出意义丧失后，或者说意义空洞化之后，世界在不同存在维度上的混乱状态。很久以来，我们的文学一直没有正视虚无的存在。新时期文学以来，无论是与政治结合的新改革小说、伤痕小说，还是努力突破政治规范，回归文学本体的寻根小说和先锋小说，虚无一直作为"负能量"而存在，无论是新时期高歌猛进的现代化叙事，还是先锋小说的语言迷宫，虚无或被作为思想病，或是语言实验的副产品，很少有作家能如鲁迅一般，正视世界的虚无底色，拥有反抗绝望的深刻与智慧。而《废都》《一腔废话》等作品之中，虚无更变身为废话的狂欢、欲望的教谕与浮躁的表演。虚无是点缀，是由头，是写作策略，是否定者，但虚无绝不能成为世界本质。然而，新世纪中国文化语境面临的一大问题就是，当我们为新时期文学的丰盛幻觉而喝彩，意义却在不知不觉中被终结了。无论是物质致富的创业神话，还是汉语的实验与抒情的美化，我们日益中产化的文学创作界和评论界，都不能解释两极差异所

---

[1] 王威廉. 老虎！老虎！[J]. 作品，2012（8）.

导致的社会混乱状态，特别是相对物质丰裕与人们内心意义感的丧失。无论是为房子和工作在生存中挣扎的都市青年，还是在欲望中迷失的中产阶层，意义的丧失导致的虚无感，犹如巨大的旋转舞台中物质的冷酷仙境，虚无的迷津弥漫在世界的尽头，令我们不知所措。当然，王威廉的创作状态与文学思想构成又是"复调式"的。面向虚无，并没有让王威廉沉溺于黑暗之海，反而让他拥有了实践自由的勇气。他对于神秘浪漫的诗意追求，为黑暗之体装上了金色的自由之翼，让他轻盈、飞翔、想象、骄傲。由此，王威廉也为我们提供了一种认知世界的复合式装置，在这种认知中，我们看到了世界的虚无，也看到了爱与自由的终极意义，这些小说让我们在欲望和丰饶面前保持清醒，在说教和劝诱面前保持警惕，在压迫和欺辱面前保持尊严，在压抑和绝望面前保持诗意。

  王威廉的小说世界，常呈现出很强的哲学装置性。《辞职》这篇小说乍看颇有些新生代小说的意味，那种对生活的边缘游走态度，让我们读来很熟悉，然而，该小说并不是就辞职一事探讨边缘化生活，而是从这个矛盾出发，探讨常规与变异之间的哲学关系及出走与回归之间的虚无地带。当男主人公的辞职信被鹳真的送到了领导手里时，他被单位辞退了。辞职后的主人公并没有以此为契机走入更广阔的世界，而是在鹳的肉体中走向了新的沉沦。正如小说的辞职信上写道："工作中我找不到人存在的踏实感，平时感到的都是些毫无意义的忙碌以及浪费生命的虚无感。"[1]虚无才是他辞职的真正原因，也正是虚无导致他走向新的沉沦。由此，辞职就不是一个励志的通俗主题，也不是一个边缘化反抗的主题，而是一种在虚无中无限堕落的行程描述。它黑暗无比，却真实得令人悸动。《暗中发光的身体》为我们讲述的也不是一个有关叔嫂乱伦的故事，而是哥哥死后，虚无对人精神的伤害，嫂子为了摆脱这种伤害，不惜去当站街妓女，以自毁的方式求得心灵平安，可肉身的媾和带来的不再是乱伦的快感，而是黑暗虚无导致的短暂"幸福假象"。《没有指纹的人》，则以指纹代指现代人

---

[1] 王威廉. 辞职 [J]. 西湖，2010（1）.

的自我确认,这篇小说带有浓重的"福柯意味",它揭示了我们被控制的生存本相。当外在的标准化自我确认,成为一切日常生活的法则时,没有指纹的人也就成了一个现代社会所无法规训的人,没有规训,也就没有了安全感;没有了幸福感,也就没有了存在感。最后,失去了指纹的主人公,只有踏上了逃亡之旅。

  王威廉的这些小说,笔者比较喜欢中篇小说《内脸》,该小说完全有资格成为中国新世纪文坛中篇小说的代表作之一。小说中的第二人称非常诡异,它让小说叙事者和阅读者之间的审美距离变得复杂,充满着不断调换位置的"看与被看"的权力紧张关系。它有很强的带入性,让阅读者进入人物的心理时空,制造更强烈的逼真感,从而使"内脸"这样一个哲学命题成为复杂人性的考量。小说主要讲述了一个小职员和公司女领导及一个失去表情的女病人虞芩之间的情感纠葛。然而,小说的重点并不在男女欲望本身,而是探究人们面对世界的自我悖论和分裂。小说还探讨了性爱中的权力关系与性别意识,施虐与受虐的关系。更难能可贵的是,这篇小说叙事非常有耐心,能不断地从感性经验入手,达到哲学的反省,而小说中的大量隐喻,都成为熨帖逼真的细节,以真实的细节服务于荒诞的整体。每个人都有一张灵魂的内脸,而肉体表面的脸,却又是如此不真实,甚至可根据环境变化以求得权力关系最大化,变成无数脸的面具。面具隐藏着内心,脸会变成面具,而内脸则成为灵魂的抽象象征。然而,正是在对内脸的否定中,面具脸具有了某种权力性,这种权力性来自权力压迫者本身的支配性幻觉。它以完美的假象完成了对内脸的否定与真实的遮蔽。因此,它便具有了完美理性的假象,它的大义凛然、正气浩然,如同它的和蔼稳重、亲切精明,都成为一种支配性力量。女领导正是凭借面具脸获得事业成功。这种心灵与肉体的分裂,灵魂与肉身的对峙,使女领导的面具游戏具有了某种虐恋味道。而主人公和女领导之间的性爱游戏,则可以被视为复杂的权力关系的映衬。现实生活中主人公被女领导欺压,而性关系中主人公依然被动,每次性交后的疱疹,就是一次灵魂受侮辱的印记。然而,在这种扭曲的男女关系中,主人公不是结束被动状态,而是在被动中为自己制造"主动幻觉",进而陷入女领导的性爱游戏而不能自拔。比如,主人公几次要和女领导决裂,却因为女领导坦然承受他的辱骂,让他在性征服的幻觉中再次与之结合在一起。福柯的权力论中,权力在微观层次上从来都是双向的,面具脸对内脸的否定,必定会遭到内脸的反抗,而虞岑就是内脸反抗性的表现,不过这种反抗也是以一种悖反的情况出现的。虞岑面部表情的丧失,可以看作对人性分裂的反讽。虞岑善良、敏感、温柔、多情,然而,她却无法表达真实情感。或者说,她的无表情,却恰恰被认为是最丰富的表情、最现代的表情。它能在物质和欲望面前否定一切情感因素。因此,虞岑的内脸与外在表情的不一致,情况与女领导正好颠倒,却同样陷入意义混乱的癫狂。脸本是内心的真实反映,却成了我们虚伪应对世界的武器。因此,虞岑完美的脸,才成为我们欺骗自己和他人的幻觉之物,成为死亡的终极象征。完美的脸比完美的心更重要,人们重视的不是真实,也不是善良,而是"完美"这一符号意义本身所带来的衍生性象征幻觉。由此,鲍德里亚有关仿像的理论,在此也得到了诠释。有了完美,就有了最大的现代性自我确认,有了在仿像世界继续生存的勇气,并因此收获他人的认可。小说中的主人公,则在明白了这一道理后,通过整容得到了一张"完美的脸",并取得了一系列事业成功。小说结尾意味深长地写道:"而你的灵魂正在变得僵冷。你看着女领导的脸在你眼中变得越来越逼真,你感到时间在越走越慢,终于,时间停下了脚步,一切都静止了。女领导的脸静静看着你,仿佛静止的雕塑。在你的脑海中,她的脸与虞岑的水晶脸雕塑正在一点点的移动并靠近,最终,它们合二为一,你看到了一个完全陌生的新人。"[1]按照鲍德里亚的说法,仿像生产阶段,生产成为对仿照之物的模仿,与真实再也无关。而在这篇小说最后,女领导的脸和虞岑的脸合二为一,成为一个新人,这个所谓的新人,不过是另一个面具脸的仿像而已,再与内脸无关,也与真实和灵魂无关。王威廉以迷宫式的哲学探索与疯狂大胆的文学想象,为我们当代社会的虚无迷失做了冷静的笔录。如果说,小

---

[1] 王威廉. 内脸[J]. 花城,2010(3).

诗意：在虚无世界的故事尽头
——王威廉小说论

说《内脸》有非常强的福柯与鲍德里亚的影响，而小说《第二人》则延续了《内脸》的话题，进而将拉康的镜像论引入了故事。小说中的大山因毁容而具有了震慑人心的力量，然而，拥有了一切物质条件之后的大山，却无法摆脱丑脸对自己心灵的折磨，而他的解脱之道则在于将主人公也变成丑脸，进而找到内心平衡。拉康的镜像理论认为，婴儿最初在镜子中才能确认自我，镜子为婴儿提供了一个主体映像，进而让婴儿对此产生了心理自我认同，即只有通过他者，才能确认自我。很明显，大山的选择如此疯狂，出乎人的意料，又深刻地揭示了人性的特征。这篇小说的情节明显增强了悬念和故事性，人物也更为丰富饱满，然而，似乎缺少了《内脸》带来的哲学冲击力。

另外，在王威廉的"法"字三部曲中，笔者感兴趣的还有中篇小说《非法入住》，这篇粗硬暴烈、狂放恣肆的重口味小说，似乎在王威廉的创作谱系之外，却透露出作家独特的文学想象力。小说表面上好像讨论的是有关都市个人空间问题，然而，在"侵犯"与"被侵犯"的故事拉锯中，小说显然溢出了规范，表现出了对恶劣生存环境中人性堕落底线的哲学思考。逼仄的生存空间导致人与人之间的关系变得复杂、恶化、庸俗、丑陋，这样的主题其实在方方的《风景》中早有讲述，然而，王威廉的笔下并没有多少启蒙色彩，反而出现了反启蒙的反思。当主人公入租一个大杂院时，他受到了鹅男，鹅男的弟弟，鹅男的女人，鹅男的孩子，还有鹅男的父母一刻不停地骚扰。小说为我们描述了一个抽象的非理性的"暴烈侵入"，鹅男一家人因生存困难而精神扭曲，对所有弱者有天然的敌视，鹅男对主人公个人空间的侵入，完全理直气壮，恬不知耻。这既是如今高房价导致的中国人新空间危机的现实隐喻，也是对人性恶的集中操练。更耐人寻味的是主人公的反应。主人公试图反抗鹅男一家人，但他所有的努力都被化解，他被侵犯，被殴打，所有的隐私都被曝光和嘲弄。他陷入了心理的绝境。这个时候，鹅男妻子的出现，让主人公的身份发生了转移，由被侵犯者变成了侵犯者。他在和鹅男妻子的通奸中，不仅释放了肉欲，且获得了侵犯的快感。需要注意的是，他和鹅男一家的斗争，都以不触动现实法律为基础，或者说，狡黠地在现实法律的边缘地带游走。因此，暴力的侵犯与反侵犯的游戏，最后变成了丑陋肮脏、龌龊无比的"口水战"，甚至丧失了暴力本身的原始强力。这是这篇小说中最浓烈的一笔，也是最传神的一笔，王威廉毫不犹豫地写出了我们这些盛世草民绝望的生存现实。他击中了这个煌煌盛世中最脆弱的真相。这是一个彻底黑暗虚无的世界，因为黑暗已侵入骨缝，所以肆无忌惮的恶和狡猾的躲避，就成了最实用的生存策略，而虚无则早已侵入灵魂，所以任何人性的温暖、爱和拯救，都成为无用的奢侈品和滑稽的玩笑。我们所能做的，只有不断堕落，不断从一个自以为低的人性低点，堕落向更可怕的人性黑暗的深处，谁也无法挣扎，只能沉醉于互相伤害的快感中："你们都不说话，连大气也不敢出，仿佛一不留神恶心的秽物便会钻进你们黑暗的体腔。你们谁也没有勇气看看对方，因为你们没有勇气面对龌龊的自己。"[1]小说结尾，当一个年轻貌美的女孩出现在了合租大院时，主人公重复了鹅男一家的做法，以再次的非法入住，完成了对一个新人的侵入——从这一点而言，鹅男一家成功了，他们成功地将一个普通人改造成了"黑暗的囚徒"。

很多年前，当村上春树出现的时候，文学史家柄谷行人就大胆地预言日本现代文学终结了。这种终结，其实是文学现代性所形成的一系列故事审美规范被终结了。我们千变万化的生活，早已脱离了那些宏大美好的规范。当然，我们讨论王威廉的小说，并不是说他的文字就非常完美。这个不断进步的作家，其创作中还有一些问题需要克服。比如说，当虚无沉入无边的黑暗时，如何保持诗意的尊严和自信？当抒情性为虚无提供意义的超越时，是否也会沦为一厢情愿的伦理抚摸？小说《暗夜中的身体》，孟晓雪自杀的情节，显然没有在虚无与抒情间找到恰当平衡。小说《秀琴》对秀琴朴素善良的品质的颂扬，还缺乏文字节制。哲学思维要如何更好地融入文字肌理，形成辨识度更高的，更具特色魅力的小说语言，也是一个难题。王威廉的一些小说，故事痕迹还太重，而他试图用日常化小说语言包裹哲学内

---

[1] 王威廉.非法入住[J].大家，2007（1）.

涵的做法，还不够圆熟。他的小说语言还不够简省凝练，缺乏瞬间爆破力和破坏感，有时语言的适当节奏也较匮乏。小说最终为我们呈现的不是故事的心机设计，而是故事的本质状态；不是故事的情节，而是故事的存在；不是有限的故事世界，而是无限的心灵想象的诗意世界。当然，作为一名青年作家，王威廉已经表现出了非凡的创作潜力和挑战难度的勇气，笔者相信，在将来的创作中，他必定能克服这些问题，走向更广阔的艺术天地。

燃在俗世红尘的理想之光

——锦璐小说创作论

锦璐是近几年涌现出的一位"70后"女作家。她的小说,语言俗白流畅,真实感人,不卖弄抒情,不故作呻吟,有很强的烟火气。她的小说有非常好的故事构思,有一种深入人心的力量,有将故事的经纬编织入人性血肉深处的本领。然而,她的故事内核是坚硬的,一点也不俗气,有理想主义气息。她刻画小人物无奈悲伤的真实生活,展现现实的琐碎平庸,却总赋予这些普通人精神的闪光,从而让她的小说形成了清俊挺拔的价值境界及小说的哲学维度。这在当代青年女性作家的创作中,无疑是独树一帜的,也有相当的写作难度。

《灰姑娘》与《看你一眼有多长》是两部优秀的中篇小说,题材都以"文学青年"为原型,但各有侧重。《灰姑娘》主要写了20世纪70年代出生的一代人的"文学梦"。小说以限制性的第一人称视角,通过KTV包厢里纸醉金迷的生意场景,将一个叫"麦多多"的文学女青年引入了我们的视线。小说的故事性很巧妙,表现为"我"、王博、刚子等人对于麦多多死因的调查。随着调查深入,他们的青春记忆被一点点地复活了。我们对麦多多的怀念,不仅是对青春记忆的怀旧,也是对在当下欲望化的社会、对心灵尊严的一次救赎。麦多多的生活历经坎坷,从一个爱好文学的女学生变成了底层妓女。但她始终无悔,还保持着中学时代对文学的热烈信仰及对美好人性的向往。她所耿耿于怀的那张《浣花溪诗报》的用稿通知,对编辑而言,不过是一次意外事故;对大众而言,不过是可怜的笑料。然而,麦多多为此付出了生命的代价。在麦多多身上,凝聚了锦璐对20世纪70年代人的青春记忆及"文学者"的命运的双重思考。"灰姑娘"既是 90 年代流行歌手郑钧的一首歌,有浓厚的 90 年代记忆特点,又可看作对"麦多多"一生的总结,也是对"灰姑娘"当代传奇的反讽性思考。那个活在过去和诗歌中的麦多多,不会像童话的灰姑娘一样等来白马王子,社会给予她的,只是无情地抛弃和压榨。麦多多死于人们的冷漠和恶意。欲望横流、人心浮躁的时代,容不下诗歌,更容不下一个生活在"梦幻中"的麦多多。麦多多善良单纯,却又颓废放纵;麦多多理想而激情,却又自甘堕落。这是一个被时代谋杀的女人,却又以清醒的自戕显现出"优雅"的死亡。她的毁灭是触目惊心的疼痛,却又被蒙上了黑色幽默的荒诞。时代在诱惑了麦多多之后,却又无情地抛弃了她,将之流放在了那个尔虞我诈、没有温情的黑暗现实世界。时代强暴了麦多多,却又让麦多多无法自拔。时代让麦多多只能以"妓女"和"诗人"的怪异组合,强行嫁接缝合在她伤痕累累的身体,成为我们这个时代精神和价值死亡的"暗夜之歌"。小说结尾,游戏人生的王博终于和马拉结婚了,他们朗诵了麦多多未发表的诗作《寒露》:"很少有人像我一样/不怕冷地滞留在/小镇寂寥的街口/那些机灵的飞鸟/那些失魂落魄的花朵/早已撤离现场/只有我/还在这里执着地等。"[1]一滴寒露,不怕寒冷,执着地等待,正是麦多多一生的写照。刚子、王博和"我",在麦多多的诗中,再次感受到了纯真,重新迈向了新的生命前景。这无疑是锦璐在低沉压抑的悲剧中,给我们留下的一抹靓丽的色彩。

《看你一眼有多长》可以看作《灰姑娘》的姊妹篇,但思考的深度和广度,比之《灰姑娘》又有新的变化。小说依然用第一人称"我"的叙事视角,不同的是其身份变成了一个 40 多岁的爱好文学的男律师。小说以刘铭过对杀人案件的调查入手,为我们真实再现了改革开放以来,一代人文学理想的失落与重聚。小说中文学爱好者,既有平哲这样的体制内的文学编辑,又有陈以苡这样多年前成名的诗人,还有律师和商人,更有像老董这样至死无悔的苦吟派,以及刘铭过这样默默地热爱文学的小书商。该小说的深刻之处在于,锦璐清醒

---

[1] 锦璐. 灰姑娘[J]. 山花·下朔,2010(4).

地看到了文学过分浸入生活所导致的悲剧，却同时肯定了这种精神要求的合法性。锦璐没有在一般意义的知人论世、道德训诫的层面描述这个人物，而是赋予了他哲学的深度和人性的可能性。比之麦多多，老董这个人物少了几分理想色彩，却似乎更加真实，也更加潦倒。他年轻的时候，依靠文学欺骗了刘铭过的母亲，并在刘铭过出生后，抛弃了他们母子。他的诗歌写得不好，却把诗歌当作了生活，终生过着颠沛流离、穷途末路的生活，直到生病后被亲生儿子用被子捂死。这个人物形象，让笔者想起了威廉·冈特的《美的历险》中，对那些有着波希米亚风范的流浪文学者的描述。那是一群酷爱艺术的唯美狂，却甘心在巴黎的大街和最下等的小旅馆里过着食不果腹的生活，并对此至死不渝。而刘铭过之所以杀死老董，是出于儿子对父亲的复仇，还是不想让他活着受罪？小说留下了很大悬念。小说结尾，刘铭过居然将所有钱财都捐给了陈以苋的文学组织，而慕林林也怀上了刘的孩子，坚持等待刘从监狱中被释放。小说似乎又给我们提供了人性和解的可能。这篇小说还使用了"故事引故事"的重叠手法，也使得在当下社会寻找文学理想这一主题得到了深化。小说先是由刘铭过杀人案，引出刘铭过的故事和老董的故事，又引出了陈以苋的故事和平哲的故事，而这些故事，又引出叙事者"我"和律师事务所主任的故事，从而形成了一个"点线结合"的网状的叙事结构，共同服务于小说对"文学与生活意义的关系"的思考。小说的题目也别有深意，"看你一眼有多长"来自法庭上刘铭过对律师"我"的注视，而这平凡的目光，饱含着人性的伤痛和理解及对于文学理想的寂寞坚守。小说结尾，那些曾经为文学激动过的人，纷纷在生活中做反季节的回归。尽管人世沧桑，阅尽千帆，但文学让他们洗尽铅华，去除了那些虚荣和幻想，在一个更为普世性的意义上找到了生存的价值。

《半空》也是一篇构思非常"惊险"，但对人性有着深度挖掘的小说。锦璐的小说，总有一种"心理揭秘"式的写法，她仿佛总能借助案件侦破式的心理冒险，一层层地引导我们进入人性幽暗复杂的内部，了解人世的险恶与温暖，在杀机中看到悲悯，在温情中看到自私。而在奇诡的故事中，我们仿佛跟随着作者进行了一次风光险峻、峰回路转的心灵之旅。小说描写了一个父亲入狱而被世人抛弃的少年徐合，巧遇电台女主持瓦兰的故事。瓦兰表面上是一个典型的贤妻良母，她坚守着因出车祸而痴呆的丈夫，不离不弃，勇敢地面对生活的挑战，少年徐合在帮助瓦兰的时候，对她产生了微妙的情感。然而，随着故事的深入，我们渐渐发觉，瓦兰或许并不是那么完美，她精心策划了丈夫的车祸，利用善良的徐合杀死丈夫。当真相暴露之后，徐合无法接受，他选择在雷雨天气，像纸鸢一样飞向半空。可以说，锦璐总在隐秘情感内部找到一条暗夜通道，发现那些平凡生活中的杀机，又总能用悲悯的心将其置于大的时代背景中予以考量，从而发现物质化社会中人们情感的危机。《补丁》则体现了锦璐对于20世纪80年代历史的处理能力。张招娣、胡心眉与王阿姨的80年代的故事，被锦璐讲述得绵密细致，充满了原生态历史的真切却混沌的在场感。很多历史的大事件，如严打、改革开放，都被融入三个女人的这台"悲欢离合的戏"中。张招娣误杀丈夫，王阿姨被人诱使贩毒，双双在严打期间进了法场，那件衬衣上被忽略的补丁，仿佛我们永远也不会完满的人生，透露出了作者浓浓的悲观与对历史真相的洞察力。

锦璐的其他小说如《双人床》《美丽嘉年华》《弟弟》等，也都写得灵动别致，新颖生动。由此，笔者发现，锦璐特别擅长把握中篇小说的文体。她的很多故事，其实都可以拉成长篇小说，但她选择了一种格局相对小，但浓度很大的中篇的体量来安置那些"惊心动魄"的故事。她的那些巧妙的故事构思，那些深刻复杂，又鲜活生动的人物，都得益于作家能以一种敏锐却精准的心理把握世事人心，写出人在不同的现实情境中的真实反应。这使得她的那些构思奇诡的故事，总能深入人心，感人肺腑，又让人身临其境。这些小说中的故事，不同于简单的讲述故事，她非常讲究故事的悬念、人物的鲜活、情节的节奏等，而这些故事又是"独特的那一个"，它们不仅有普通故事的品质，更在故事中保持了"巨大的张力"，即通过故事、人物、情节、语言，彰显出大于故事本身的人类的"存在意义"，并使读者在阅读过程中，获得"超越性"的快感。

进而言之，在笔者看来，锦璐的小说，对整个"70后"女作家的创作而言，都有着重要的启示意义。她在对"70后"一代人情感经验的开掘上，在"70后"女作家书写历史和现实方式的拓宽上，都做出了有益的尝试。目前，批评家们对20世纪70年代作家的一个主要的质疑就是，如何从自身的代际体验出发，书写出别样的历史感受。而要真正写出有当下现实感的小说，也离不开历史意识的树立，在锦璐的小说中，我们看到，历史似乎完全是作为一种"在场"被处理的，也就是说，无论是那些逝去的文学梦，还是80年代的杀人案件，历史都被作为一种活生生的人的历史，被呈现在读者面前。在锦璐的笔下，看不出革命的阴影，也看不到那种拥抱世俗的表层写作，历史被作为一种悲观的理想主义的时空存在物，被内化为作家的一种言说价值尺度，这在"70后"女作家中非常有特点。70年代人的时代体验，是一块没有得到很好开发的领地，90年代末，丁天的小说《饲养我们的城市》等小说似乎涉及一些，但还怀有对物质进步的道德恐怖感，没有凸显出70年代人的记忆特质。70年代人缺乏五六十年代作家对革命文化的批判性，却比80年代的作家多了一份责任感。他们对于历史的回忆，具有很强的过渡性质。同时，改革开放后的中国，除了世俗化进程之外，也是文学兴盛的余绪，依然有文学青年苦苦地做着文学梦。如《灰姑娘》《看你一眼有多长》所揭示的"文学梦死亡"主题，其实90年代就有，王安忆、格非、刘继明、苏童、艾伟等作家都写过，但立意都在"反思"知识分子气质。进入新世纪，姚鄂梅的某些小说，也涉及这一题材。而锦璐的这部小说，将70年代人的记忆，附着于形形色色的普通小人物之上，她对于"文学梦死亡"的描述，不仅具有哀婉的气质，更直指时代的弊病。70年代人的记忆，主要与改革开放后的历史有关，特别是90年代。90年代具有很强的过渡性质，这个年代是世俗之神降临的时代，也是平民神话的经典灿烂之时代，四大天王的流行歌、"唐朝"和崔健、郑钧的摇滚，录像厅的遮遮掩掩的毛片，甲壳虫和杰克逊的打口带，都曾风靡一时。然而，90年代又是"潘多拉的盒子"被打开的时代。中国自从90年代开始，一系列的激进改革措施，"以破代立",以经济发展的新进化论,强制性地将人们抛入高速发展的竞争。然而,这种竞争,又不是在良性的制度环境下发生的。人性的扭曲,环境的恶化,伦理的沦丧,似乎成了"改革的合理代价"。然而,物质的进步是否能带来精神自由与人性提升?锦璐笔下的那些小人物的悲剧,似乎为我们找到了一种另类警示。

也许,锦璐就是一个悲观的人性理想主义者。她对生活和历史的揭示,总让我们想起那个面冷心热的美国女作家奥康纳。但是,和奥康纳不同,锦璐的讲述是细密的、热烈的,带有女性的悲悯、理解和人性理想主义的光芒。说实话,笔者对当下女性写作并不看好。如今随意翻看一本杂志,女性作者居多,而她们的故事,除了偷情出轨外,就是家庭变故,小情感,小故事,小悲欢,小离合,甚至说得恶毒一点:文坛上飘荡着中产阶级的中年妇女的暧昧气息。可是,锦璐等优秀女作家的出现,让笔者纠正了这一偏见,并重新审视当代女作家的小说创作成绩。锦璐的创作量并不大,但成绩非常可观。她的切入角度很低,却有一个非常高的精神内核,这无疑有巨大的难度。作为一名媒体人,锦璐对于当下社会有清醒而深刻的认识,然而,难能可贵的是,她能超越一般女性写作视域,在表现一代人情感经验及人类共同的普遍性精神追求方面,展现出独具慧眼的能力及勇敢的社会担当。广西的秀丽山水,滋养了她的文学才华,也让她生出了一颗悲悯善良、玲玲剔透的心。她的小说写得真诚感人,凄婉细腻却不乏直杀入人心的力量,朴素简省却富有深刻同情,它总在世俗生活的粗鄙诡计之中,显现出高傲的智慧和决不妥协的倔强;总在须臾挥洒的轻松玩笑中,透露出最深刻的绝望和宁静的虚无;总在漫不经心的简单诉说中,渗透入梦幻般的光亮和色彩。所有诗意的挽留,终将像"温水流过心脏",闪烁着水晶般的理想主义光芒。

"再历史化"的可能性及其限度

——艾伟小说创作论

艾伟的小说创作题材宽广,既有成长叙事与革命历史反思,也有对现实现象的解读和意识形态禁区的探索。从大范围来看,艾伟符合20世纪90年代后纯文学体制的人性论书写方式。然而,他却时常溢出那些主流意识形态与文学体制所设立的叙事规范,显现出别样的启蒙继承性和创新性。可以说,艾伟是当代为数不多的既坚持启蒙理念,又能"与时俱进"的作家。他在解构革命叙事的同时,坚持"建构"的启蒙主义。艾伟试图将复杂的人性观察置于一种"再历史化"的视野之中。他的小说,既有温暖的人性忧伤,又有暴烈的情绪冲突;既有理想的激情,又有理性的反思;既有黑暗的杀戮、无情的背叛,也有崇高的牺牲与乐观的人性回归。他的启蒙理念是更宽容温暖的"人性和解",悲悯低调的"普通人"的常识坚守。这既与他自身的气质有关,又与其"心理现实主义"和"抒情隐喻"的艺术追求有关。

一

1966年,艾伟出生于浙江上虞的一个小乡村。他的青少年岁月经历了从"文革"到改革开放的历史时期。成年后的艾伟,从重庆建筑工程学院毕业,没有从事专业工作,却成了一名职业作家。这些生活轨迹似乎并不构成艾伟小说审美风格的决定性因素,而童年和少年的乡村经验,却成为他独特的小说气质来源。战争英雄形象是作家童年最初的"成长镜像"。这些有关战争和英雄的情结,有着革命宏大叙事美学的"父法"意味，也是 20 世纪 60 年代作家经历的真实心理历程。然而，随着年岁增长，那些高大完美的形象，开始露出可疑面目，突如其来的暴力与死亡，成为童年艾伟心灵成长的最初"创伤情结"。艾伟在《少年杨淇配着刀》《回故乡的路》《乡村电影》等小说中，对这些暴力和死亡有惊心动魄的描述。这里有"文革"武斗的暴力记忆，如艾伟说："《乡村电影》就是来自'文革'时期斗争的场景记忆，这是童年记忆最为血淋淋的暴力。"[1]这里也有青春期躁动，莫名其妙的死亡事件。小说《水中花》曾描述了台风季节，上涨的江水从上游冲下尸体的场景，其实来自艾伟真实的童年经验。他曾写道："这时候，我们会感到这世上有某种不详而怪诞的气味，我们觉得这世界因为死亡而变得不真实起来，变得安静起来。"[2]阴郁的死亡，也让他开始对世界的阴暗面和复杂性，有了好奇心和荒诞感。这些感觉，到了成年后，没有消失，而是变得更加强烈和清晰了。散文《油菜花开》，艾伟曾追忆了生命中遇到的精神病患者，有因爱情挫折而疯癫，有读书成狂，有生活压力下的崩溃，也有性欲压抑的病态："阴影接着出现了，它就在每个事物的背后，呈现着深邃的黑暗，透着另一些消息。"[3]对生活失败者的心理考量，对生命复杂真实的探究，都让他具有了独特的现实主义态度，这是对"光明"和"阴影"并重的现实主义态度，艾伟对人性的幽暗之处抱有强烈的好奇心，探索人性在特殊情境下的变异和选择。这种对人物复杂内心和纷乱现实的关注，反映在他的很多小说中。如慈母化身为无赖，贤妻则变成庸俗妇女，主人公以吃人肉的方式，才最终将她们撵走（《老实人》）；因为和人打赌，王肯就戳穿了朋友的手掌（《杀人者王肯》）；为了一颗玻璃弹子，少年弄瞎了眼睛（《七种颜色的玻璃弹子》）；村主任为报复两个孩子，将他们活埋在了土窑（《田园童话》）；等等。

---

[1] 艾伟. 探寻生存困境中的伦理变迁[A]//身心之毒. 杭州：浙江文艺出版社，2011：112.
[2] 艾伟. 河边的战争[A]//身心之毒. 杭州：浙江文艺出版社，2011：78.
[3] 艾伟. 油菜花开[A]//身心之毒. 杭州：浙江文艺出版社，2011：132.

同时，在艾伟的成长记忆里，革命叙事悄悄退隐，却有另一种抒情性气质缓缓走入内心。艾伟的抒情特性，除了作者性格使然之外，主要有两个原因，一是江浙地方文化的影响，二是时代氛围的变迁。江浙水乡的传统文化，有独特的抒情特色。那里既有慷慨激越的绍剧，也有缠绵悱恻的越剧。艾伟曾追忆了第一次听到奶奶唱越剧时的感受："乍一听这种软绵绵的音调，真有说不出的舒服。我感到四周一下子变得非常安静，好像这世界真的有了什么改变，好像随着这些唱腔，周围开出了花朵，暗香浮动。"[1]然而，艾伟又似乎从没有对这种文化熏陶刻意强调。相反，他恰恰对文化决定论的观点充满了警惕："我更喜欢那种最直接地深入到时代的真相而不是被所谓文化格式化的小说。小说中的文化情怀，很可能会把生活彻底改造，我认为那是另一种意识形态为先导的写作。"[2]艾伟的小说很多来自20世纪70年代中后期社会氛围的准确描述，讲述一代人心灵共同性体验，而"电影"是非常重要的关键词。因此，《乡村电影》对我们理解艾伟的小说创作特质有重要作用。70年代中后期的娱乐生活，电影起着重要作用，它不仅传递革命意识形态，也使普通群众逐渐摆脱了广场式政治运动生活，从而进入了日常化的世俗空间。这种巡回放映的乡村露天电影，还不具备经济消费功能，它使普通群众从革命暴力仪式与大众情绪的狂欢中，潜伏入了私密化人性状态，从而使电影从革命影像的隐喻变成了抒情"转喻"——电影拓展了认识疆界，让他们对放映内容进行各种个人化、欲望化想象。而且，露天的黑暗中充满了隐秘，电影又成了最好的"遮挡物"。它诱发并遮挡了两情相悦的亲密接触及人性隐秘的抒情渴望。艾伟这样描述看露天电影的感觉："世界在一点一点打开。世界有着它光滑的表面，也有它复杂的肌理，现在，幽深神秘的地带向我敞开了，我感到这世界出现了一些原来我浑然不觉的消息，这些消息不是来自北京，也不是来自我自制

---

[1] 艾伟. 河边的战争［A］∥身心之毒. 杭州：浙江文艺出版社，2011：15.
[2] 艾伟. 关于公共想象问题［A］∥身心之毒. 杭州：浙江文艺出版社，2011：134.

的版图，而是来自我的内心。"[1]小说《乡村电影》，对电影《卖花姑娘》的观赏中，无论是凶残的民兵连长守仁，还是顽固的四类分子滕松，都流下了伤感的泪水。艺术的人性魅力，挣脱了意识形态的束缚，化解了暴力与创伤。这无疑是一代人共同的抒情经验，也有解构意识形态暴力性的普世价值意义。另外，"电影银幕"也可看作少年艾伟的另一个"镜像"，它使艾伟走出战争崇拜，并找到自我与现实、世界沟通的方式。这里既有对现实复杂性的洞彻，对人性暴力和黑暗的冷静理解，又有悲悯的抒情和飘逸的超越，从而形成轻逸与暴烈交织的抒情风格；《穿越长长的走廊》也是以"文革"为背景的成长小说，然而，艾伟写出了革命叙事背景下人性隐秘的情感变迁，以及少年成长的忧伤。当张蔷遭遇了父亲的婚外情时，也遭遇到了自己性欲的萌动。《越野赛跑》《家园》《水上的声音》等小说中，我们都能看到抒情性深深的影响。

二

考察艾伟童年和少年时期对其创作的影响，我们发现，"复杂人性"与"抒情性"是两个关键词。艾伟走向文坛的20世纪90年代，这也是文坛普遍流行的审美风范。然而，艾伟对复杂人性和抒情性的关注，既有纯文学先锋话语构建的痕迹，也有与"去历史化"过程相反的"重新历史化"的努力。他没有从复杂人性和抒情特质出发，走向个性的虚无，或伦理和传统文化的回归。他的小说既是对革命叙事的解构，又是对启蒙叙事的再建构；既是对宏大叙事美学的消解，又是对它的重新加冕。具体而言，其抒情性特质呈现出"隐喻化"，而艾伟从"复杂人性"出发形成了"心理现实主义"。两种风格互相纠缠、渗透，也互为参照，早期中短篇小说创作中，艾伟偏重于隐喻风格，《越野赛跑》后，艾伟对宏大性的追求更强烈，心理现实主义成为其主要风格。由此，艾伟也走向了和大多数同时代作家不同的

---

[1] 艾伟. 暗自成长 [A] //身心之毒. 杭州：浙江文艺出版社，2011：115.

道路。

  20世纪90年代后，伴随强烈的去历史化意识，寓言式写作成为潮流之一。学者王斑认为，"文革"之后，寓言艺术向象征艺术发起了挑战，促使意识形态的宏大叙事解体。[1]去历史化的寓言艺术在强烈解构革命历史的同时，无法形成本雅明所说的"真实性"和"废墟崇拜"，反而走向了"单向度符号狂欢"与"无法建构"的焦虑。[2]大部分作家关于后革命的寓言，都是寻找革命话语背面的个人化或阴暗化理由，进而形成对革命的反讽。詹姆逊甚至认为，中国等第三世界国家文学，都是以"力比多压抑形式"出现的民族国家寓言。然而，如果寓言化以丧失对历史和现实的复杂性真实为前提，历史和现实就会被抽象为不可知的虚无。[3]这无疑不符合中国现代性生成的逻辑。与去历史化相对，对世俗生活的发现和肯定，也成为"个人化写作"的重要策略。抒情化是其主要表现之一，如迟子建对伦理传统的诗性发现，王安忆对上海弄堂的哲学分析，毕飞宇对日常生活细节的精细研磨。然而，抒情潮流的问题在于，它寻找一些主体性附着物，如伦理传统、日常生活等，但无法让人物形成对历史，特别是革命宏大叙事的超越。90年代以来的抒情化小说，大多以世俗化抒情为主，一般拒绝隐喻的建构功能，注重世俗化的解构功能。艾伟的抒情特质却比较奇怪，呈现出"隐喻化"特征。这里所说的隐喻，是指艾伟能对现实和历史进行抽象概括，并形成内在超越。如艾伟说他"理想中的小说，是人性内在深度和广泛的隐喻性结合的小说，它诚实，内省，从最普遍的日常生活出发，但又具有飞离现实的能力"[4]。人性深度可看作启蒙立场和现实主义态度，广泛的隐喻，则表现出艾伟的抽象思考能力。与寓言的去历史化风格相反，抒情却赋予主体性的浪漫化风格。如诺瓦利斯说："把普遍的东西赋予更高

---

[1] [美]王斑. 全球化阴影下的历史与记忆[M]. 南京：南京大学出版社，2006：8.
[2] 赵启鹏. 文学的历史和面相[J]. 山东师范大学学报（人文社会科学版），2007(6).
[3] 赵牧. 后革命：作为一种类型叙事[M]. 上海：上海大学出版社，2012：99.
[4] 艾伟. 水上的声音[M]. 济南：山东文艺出版社，2004：225.

的意义,使落俗套的东西披上神秘的外衣,使熟知的东西恢复未知的尊严,使有限的东西重归无限,这就是浪漫化。"[1]李扬曾将十七年文学概括为"从叙事到抒情,再到象征"。短篇小说、诗歌和散文,成为歌颂人民性的集体主义政治抒情。[2]艾伟保持了对现实和历史的整体隐喻风格,对环境有夸张变形的处理,却在叙事细节上呈现出真实化与浪漫化交织的轻逸风格;同时,他保留了抒情性的人性赞美,但又通过隐喻将抒情性过于浪漫浓烈的东西进行理性压缩,从而将个人化情感抽象为后革命的"创伤性"隐喻,以此表现他对革命叙事退隐幕后所发生的中国故事的深刻思考。因此,无论是飘荡着死尸的南方小镇,露天电影院里的少年心事,突如其来的弹子球暴力事件,还是天柱山旁发生的人马赛跑的故事,艾伟都试图将之赋予抒情隐喻品质,也让他有别于毕飞宇、东西等同时代作家的抒情化写作。比如,毕飞宇擅长描述性抒情语言,同时也具有精准的人性分析能力,但毕飞宇并不特殊强调隐喻功能。他的历史描述和现实故事,都带有很强的世俗烟火气和传统文化颓废的美感。

艾伟的中短篇小说隐喻色彩无处不在。处女作《少年杨淇佩着刀》,"刀"成为少年对成长的渴望的象征。刀是权力、力量、成人仪式,也是爱的焦虑的匮乏式反映。少年杨淇无法面对红的诱惑,也无法理解班主任老克的性爱,最终导致了悲剧的发生。《乡村电影》里的"电影",象征艺术和人性对意识形态的救赎。《菊花之刀》中的菊花刀,象征着战争给人类带来的心灵恐惧。又比如,来自水上的莫名声音,成了青春成长的隐秘代名词《水上的声音》;上海成了一个神秘的、永恒令人向往,却无法到达之地(《去上海》)。精美的昆虫标本成了人类疯狂欲望的指称(《标本》);工宣队员李响和学生郭昕,因迷恋破鞋郭兰英,而陷入了"野草莓"的欲望谵语(《野草莓》)。而有的书写现实和历史的小说,隐喻的色彩也较突出,《小姐

---

[1] 刘小枫. 诗化哲学:德国浪漫美学传统[M]. 济南:山东文艺出版社,1986:156.
[2] 李扬. 宿命的抗争之路:"社会主义现实主义"(1942—1976)研究[M]. 长春:时代文艺出版社,1993:77.

们》以"小姐"与"妓女"的符号混淆,让严肃的丧礼变成了妓女和嫖客心照不宣的游戏,《到处都是我们的人》则颠覆了新写实小说的"单位叙事",让一个濒临解散的单位里的各色人等,在钩心斗角和欲望放纵之中醉生梦死,直至最后作鸟兽散。"到处都是我们的人"[1]这样带有革命话语痕迹的说法,隐喻了时代转型给人心带来的困境。小说《家园》,"大跃进"后的饥饿年代,亚哥在喝汽油中产生了无数丰饶的幻觉,仿佛光明村变成了人间天堂。"家园"成了讽刺性隐喻。《1958年的堂吉诃德》,下放知识分子蒋光钿,明知大坝有危险,却不敢违拗群众,违心地赞成施工。他的善良如同他的苟且,他的同情心如同他的软弱,都在"生殖器缺失"的隐喻中,表现出中国知识分子自身的缺陷。

隐喻化写作的危险在于,一种预设的隐喻性观念,会赋予小说以诗意的超越,但也可能阻断小说通往现实的路径。艾伟的诗性意象往往和历史与现实结合。《越野赛跑》是艾伟抒情隐喻的大成之作,也是他的转型之作。艾伟成功地将历史想象性与隐喻性结合,并以"细节真实"为隐喻塑造了心灵真实的底色。小说开端,艾伟就以白马为光明村注入了强大的叙事推动力,一切宏大的和琐细的历史,都因白马而不断变化,白马引发了步青、步年、金法、小荷花、守仁的种种纠葛,白马给光明村带来了"文化革命",也带来了常华的月光运动会。白马导致了步年的女儿被杀,小荷花昏迷,也导致了疯狂的人马大赛。尽管小说总体是幻想气质的隐喻,但在"守仁殴打步年""村人设计各种赛跑工具"等细节中,我们看到艾伟对细节的现实主义描写功力。如守仁用木棒把步年打昏,"步年的脸上的血变成了黑色,像中了剧毒的人"[2],就非常精准地写出了旁观者眼中暴力的触目惊心。那场无处不在的赛跑成为现代性的某种表征。现代性的线性发展逻辑,追求速度和效率的生命价值感,追求人的无限发展,而"赛跑"则更以竞争欲望作为自由假象,调动人的全部潜能,将人的

---

[1] 艾伟.到处都是我们的人[J].上海文学,1998(9).
[2] 艾伟.越野赛跑[J].花城,2000(3).

自由变成自由的牢笼，牺牲人的审美和道德，铸造无处不在的欲望枷锁。用艾伟的话说，《越野赛跑》叙述了一个"由欲望驱动的盲目世界"[1]。"白马"是欲望，是智慧，也是激情的对应物。在人和马的较量中，革命的筛选和惩罚，道义和爱情的拯救，金钱的驱动，都以奔跑的形式展现出人的本质性力量。为了强化隐喻性，艾伟还设置了众多具隐喻气质的意象和事件，如神奇的天柱山，无处不在的虫子，昏睡不醒的小荷花，村民们为赢得比赛而设计的各种机械装置。这些纷繁复杂的隐喻意象群，以汪洋恣肆的想象和神奇的童话气质，揭示着时代的本质。

然而，这种"赛跑"又非常中国化。这匹来自军队的白马，实际又是一个世纪中国式革命的象征。白马将革命气息带给了光明村，也将光明村彻底暴露于现代性逻辑之中，而从"文革"期间的运动会到改革开放语境的人马竞赛，人始终无法战胜马，却处于无所不在"运动"的幻觉中。这种对"永恒运动"的追求，既是毛泽东式继续革命论的理论特色，也是后毛泽东的社会主义市场经济时代的共同特点。艾伟深刻地洞见了后发现代中国在现代性发展上的悲剧性。我们总处于竞赛的紧张感中，担心"落后就会挨打"，而这期间一切道德和审美的力量，都变成了可被牺牲的价值。常华和守仁逼死了村支书冯思有，将步年变成了在地上爬的马，逼得光明村的四类分子的游魂们逃到了天柱山。改革开放后，人马竞赛游乐场又将上至镇长冯小虎，下至盲人、守仁等普通村民，都陷入了对巨额奖金的疯狂。对于中国革命，迈斯纳曾写道："毛泽东主义的乌托邦不仅考虑到了变化，而且要求变化，同时还预言了一种未来的乌托邦，它依然同斗争、同现在世界上人类经历的忧患相联系，这是一个仍然充满着危险和不确定性，依然要考虑人类勇气和英雄主义的未来。"[2]然而，无论是不断革命、永恒斗争的道德乌托邦，还是以经济发展为准则的

---

[1] 艾伟. 越野赛跑[M]. 杭州：浙江文艺出版社，2011：122.
[2] [美]莫里斯·迈斯纳. 马克思主义、毛泽东主义与乌托邦主义[M]. 张宁，陈铭康，等，译. 北京：中国人民大学出版社，2005：183.

"后乌托邦"的社会主义市场经济,艾伟的这些纷乱的隐喻,似乎正说出了后发现代中国现代性逻辑"永恒流动"的本质,是如此美丽诱人,又是如此危险。而从革命到后革命,赛跑在继续,且越来越疯狂。艾伟怪异地看到了革命与后革命之间隐秘的内在联系性。这既是对现代乌托邦的反讽,又是对后乌托邦的嘲讽。

三

这种隐喻化抒情,还包含着另一种冲动,即书写现实和历史真相的现实主义冲动。这种现实主义冲动,是艾伟早期成长过程中精神创伤的抚慰。也正因对现实的无法言说的匮乏性焦虑,隐喻才出现,而只有现实主义对真实性的追寻,才能满足艾伟对于"存在真相"的探寻和"重新历史化"的努力。这种重新历史化的现实主义,又是建立在"个体经验"基础之上的,用谢有顺的话说:"他力图以不同的视角,揭示那些被忽略,但极为重要的内心事件,他的写作同样是个人的,但这样的个人连接的是极为广阔的存在视野。"[1]谢有顺看到了虚假的公共经验对历史和现实真相的遮蔽,也看到了艾伟小说利用心理化达到人性内在深度的做法。这种策略有效避免了传统现实主义的意识形态灌输性,而偏重于呈现出以人性法则为启蒙理念的,对社会现实和历史的内心把握。艾伟在历史和现实深处对人性的真相穷追不舍。他总是敢书写那些共和国革命史和现实问题的禁区,无论是对越反击战后英雄的堕落,将军私生女的苦情记,还是抗美援朝时期的战俘,抑或现实的妓女问题,家庭伦理的沦丧,底层下岗群众绝望的贫困生活,这些在历史学家和社会学家中私下到处流传,正史讳莫如深的历史幽暗之处、现实的阴暗面,艾伟都勇敢地将之打捞上来,对之进行彻底的审视。

艾伟抒情隐喻写作的转型,是作家自身艺术创新的掘进,也可看

---

[1] 谢有顺. 经验必须被存在所照亮——读艾伟小说所想到的[J]. 当代作家评论, 2004(5).

作作家们对现实的焦虑的症候。艾伟希望用更有力的方式，去探索转型期中国丰富复杂的历史与现实。中国转型期社会展示出的现代性的复杂生成，让艾伟无法从抒情隐喻中得到满足，也无法从此得到"最大"的文本合法性。艾伟与先锋写作的巨大差别也即在于对待现实的态度。艾伟认为先锋"窄化"了文学的表现力，把文学的边界框得很小，又在去历史化的因素下，拒绝让时代、现实和历史以生动具体的方式进入文本。[1]他对人性的丰富复杂的混沌存在状态有天然的好奇心和悲悯的宽容感。正是这种抒情性，使得艾伟很自然地过渡到了"心理化的现实主义"。这种心灵变迁不是意识流式的随意拓展、空间化的小说处理，而是服从于特定情境下普通人的命运变迁，服从于作家总体性地理解历史和现实的需要。从某种角度说，艾伟接续的是福楼拜的现实主义小说传统，类似于欧美作家詹姆斯、欧茨的"心理的现实主义"，又似是对中国七月派小说的"心理体验现实主义"的某种继承，它有一些类似特点，如注重结构的和谐统一，心理结构与情节结构同步发展；十分强调小说与生活的联系，关注现实人生的命运际遇；作家对人物的心理分析，注重理性与情感的辩证运动。[2]这种心理现实主义，造成了低姿态的人性真实感，一种独白化的主体感叙事声音。因为关注心理真实，必然会导致外在现实层面的历史抽象理性的悬置，而这个空缺恰好可用抒情隐喻来弥补。他不会将抒情延伸到现实世俗层面，造成迟子建式的伦理性温情、苏童式颓废美学，更不会表现出毕飞宇式历史挫败感的抒情描述。隐喻化的抒情与限制于心理的现实主义，形成了水乳交融，上下相合，浑然一体的叙事机制，宛如锋利的刀子浸泡于清澈的泉水，神秘的蓝花绽放于黑色的大地，从而实现了"人性深度与普遍隐喻性"的结合。

艾伟的心理现实主义，也表现在他的抒情性未对他的现实描述能力造成障碍或抑制。《越野赛跑》后，艾伟加大了现实主义书写力

---

[1] 艾伟,何言宏. 重新回到文学的根本[A]//艾伟. 身心之毒. 杭州：浙江文艺出版社，2011：241.
[2] 李根灿. 浅论亨利·詹姆斯心理现实主义小说的艺术特色[J]. 科技信息（学术版），2008（29）.

度，特别是其"爱人三部曲"的长篇创作。但抒情性并未被彻底放弃，而是作为隐含背景被放置入了人物的行为准则，隐含作者的潜在视角之中。这种心理现实主义，决定了他不会如传统现实主义笔法，热衷于典型环境、典型人物这类有意识形态痕迹的做法，而是从普通人的心理际遇出发，忠实描述普通人遭遇历史和现实时真实感受、体验和人性的幽暗。他需要通过对人物心理世界的开掘，理解人物行为的可能性，而这种"存在"的可能性，既有某种永恒的人性气味，又是某种历史化语境的产物。艾伟的小说中没有英雄，即使描述英雄之死的《爱人同志》，艾伟也严格地将人物置于普通人的心理境遇之中展开，对人物或高尚，或卑鄙，或贪婪，或神经的行为，进行严格的精神拷问和灵魂追索。这种现实主义态度，是理性而隐忍的，也是批判而悲悯的。他的理性，使他拒绝被崇高、被美化的诱惑魅力；而他的隐忍则来自他尊重那些探索不明的原因，甚至尊重那些人性中古怪的选择和判断，如《迷幻》中少年们对自戕的迷恋，以及古怪的同性爱。《爱人有罪》中一生致力于告状的革命者王世乾，又是一个性压抑的老人。他并不讲究语言的力量感、冲击性和厚重性，而在分析人物时，以心理的绵密展示造成身临其境的同情和体谅，进而将人物的艰难处境告知天下。艾伟简略了环境描写，或者说，以心灵描写代替环境描写，形成一种"内化的风景"。他赋予人物"反复思虑"的心理气质，经常将人物放置于"绝处逢生"的极端境地，进而以心理变化推动情节展开，以心理合法性融合于现实存在感。

四

这种心理化的现实主义小说，表现在艾伟很多中短篇小说中，这些小说对当下社会各色人等的生存状态，有入木三分的审视。这些心理化的现实主义小说，文本的心理描写和人物状态描写，其比例远远超过了环境、故事情节和对话。如《小卖店》的高明之处在于，艾伟以限制性视角分别从小蓝和苏敏娜的心理出发，构建了一个报复与救赎互相纠缠的故事。小卖店的女老板苏敏娜自以为拯救了卖淫女小

"再历史化"的可能性及其限度
——艾伟小说创作论

蓝,小蓝却不接受施舍,并勾引了苏敏娜的丈夫。小说没有简单地谴责苏敏娜的矫情、小蓝对人性恶的鼓动,甚至没有对苏的丈夫做出过多道德判断。作者看重的是,当所有人的道德感都变得可疑时,没有救赎与被救赎,有的只是人性的晦暗不明和欲望失衡。《重案调查》以顾信仰的信仰缺失为切入点,却以案件问卷的文本方式,从侧面写出了主人公的心灵塌陷,以及时代的堕落。《游戏房》中当少年徐小费因寻求认可而杀人时,绝望的下岗民办教师老徐,以上吊的方式,表达了最后的父爱与对世界的抗议。《欢乐颂》则是战争导致人物心灵畸变的悲歌。排雷失败的失聪士兵,终日幻想着地雷爆炸的声音。他最终死于惊天动地的爆炸。艾伟的一些小说还表现出压力重重的社会,人们的恐惧与躲避的暧昧心理。如《一起探望》的父亲,在儿子去世后,和儿子的同性爱密友同行,满嘴谎言,无目的游荡,只为片刻延宕。《说话》的卷毛和郭昕打赌一个星期不说话,卷毛赢得了赌金,却变成了沉默寡言的人,"外人再也摸不透他了,他在语言的屏蔽之中"[1]。《像一只鸟儿》的老头下台之后,不同任何人打交道,他以交际的隔绝,实现了内心的躲避。

这种心理现实主义的笔法,更表现在艾伟对历史题材小说的处理上。小说《战俘》,艾伟试图将笔触延伸至共和国革命史的隐秘和疼痛之处。《战俘》讲述了革命战争话语的缝隙之处的人性光辉,探讨了东西方文明、社会主义与资本主义等一系列敏感的意识形态话题。艾伟的叙事难度在于,他没有使用"暴力拆迁"式的小说语言和故事操作,而像一个充满好奇心的孩子,将那些意识形态所造就的语言积木大厦,进行重新排列组合,以创造出属于自己的形象特质。小说的限制性第一人称明显有心理现实主义特色,而"我"与托马斯的心理张力关系,是小说的重中之重。按照传统革命意识形态,被俘意味着英勇就义和顽强斗争。然而,艾伟还原了普通人如何从意识形态逐渐回归到本性的轨迹。艾伟也没有一厢情愿地用"贪生怕死"的想法来战胜意识形态,而是写出了人性与意识形态对战俘心灵的争

---

[1] 艾伟.说话[J].钟山,2001(1).

夺、厮杀和纠缠。"我"被俘时只想着绝食，被劝说后则变得麻木。在托马斯的引诱下，"我"的食欲恢复了，"我"的性欲也开始萌动，"我"的交流欲、同情心、友善之心也开始逐渐出现。"我"甚至觉得和托马斯成了"朋友"。然而，艾伟将人物的命运进行了大反转，托马斯成了"我"的俘虏。于是，人性的尊严又被人性的恐惧压倒，这种恐惧是出于荣誉沦丧的羞耻感。而意识形态则再次以创伤的方式，介入了人性仇恨，仇恨使意识形态的对立变得失控，当肖战友殴打战俘时，为证明清白，也为了防止托马斯告密，"我"割去了托马斯的舌头。小说最后，艾伟则给予了托马斯脱逃的机会，而"我"则用死亡来证明对革命的忠贞。

《爱人同志》中，艾伟又将笔端伸向了对越自卫反击战。他不正面描写战争，却偏偏将伤残军人和他的妻子放置于"英雄被遗忘，金钱主导社会"的转型期，从而使小说成为对中国"后革命氛围"内在逻辑的深刻批判。小说开篇从小影的父亲张青松的视角入手，将悲哀的父亲与英雄圣女的婚礼对比，为我们进入故事提供了有效的心理途径。艾伟以普通人的七情六欲来对待世界。亚军一开始拒绝成为英雄，他清醒地知道，肢体的残缺不过是满足英雄的想象，作为生命个体，他有的将是无尽的痛苦与悲伤。然而，他也不是叛逆张扬的"反英雄"。他只是普通人，他因社会的冷落不平，有不合时宜的性欲，他甚至因领导接见的传言沾沾自喜。他在不知不觉之中被意识形态"符号化"了[1]，但始终抵抗符号化。而张小影被意识形态符号化的过程是"主动"的。她甘愿放弃正常生活，或者说，她相信能以牺牲"治愈"亚军的创伤。然而，她的牺牲不过是给英雄增加了更多光环，却丝毫不能改变被符号化的事实。英雄必须以残缺的肉身才能成为众人顶礼膜拜的符号，而圣母也必须以人性的缺失才能完成符号化过程。对性爱生活的书写，无疑是此书前半部最惊心动魄的部分。这种性爱不是欲望叙事，而带有某种精神性和仪式感，性爱是亚军男性尊严的证明，又成为他逃避世界的方式，而性爱也成为小影确

---

[1] 吴义勤. 符号的悲剧：评艾伟的长篇新作《爱人同志》[J]. 南方文坛，2003 (4).

认自己牺牲的方式，成为她维系二人关系的最后底线。艾伟很少直写性器官，却执着于对性爱心理的描述，从另一个角度再现人性的复杂。

然而，艾伟对现实主义的忠诚在于，他不仅写出了英雄和圣母被意识形态符号化的过程，也写了英雄和圣母被意识形态抛弃，并再次玩弄的心理落差。张小影和亚军发现报纸不再宣传他们了，她也不是政协委员了，她甚至不再被领导接见了。接着，便是经济生活的困窘。昔日的英雄，不仅其看大门的工作都保不住，而且其给妓女出入的娱乐场所看车的活儿也被辞退，他只能成为在欲望之路上被遗忘的意识形态陈迹，一个捡垃圾的残疾英雄。而张小影也褪去了圣母光环，成了庸俗不堪的底层妇女。他们的受难，无情地剥落了"英雄与圣母"的魅力，还原了普通人面对困境时的人性丑陋与悲伤。女记者目睹了她心目中的英雄和圣母是如何像无赖与泼妇般厮打谩骂，又互相依靠。然而，艾伟写了英雄和圣母的堕落，却又以真实而悲悯的笔触，写出了普通人的人性尊严。面对肖元龙的挑逗，张小影坚决不就范，亚军则用自焚的方式，实现了自己作为丈夫、父亲和男人的尊严。

这种心理现实主义的笔法，更集中地表现在长篇小说《爱人有罪》。该小说的情节含量并不大，艾伟并没有将现实简化为复杂内心的映像，在极短的叙事时空内，以空间化的姿态造成总体性抽象，如《尤利西斯》《弗兰德公路》等。这部小说不是意识流小说。他在《爱人有罪》中，将鲁建与俞智丽的纠葛，更多地放在两人心灵的碰撞、沟通、隔阂、理解上。相对于外在的"故事情节"，人物的"心理情节"成为潜文本层面的现实指涉物。二者相得益彰，紧密相连，共同塑造着一种层层推动的叙事节奏。故事暗含着叙事的可能，而心理则暗含着抒情的可能。故事蕴含着现实经验的指认，心理蕴含着现实经验的拓展。《爱人有罪》的故事可分为"鲁建出狱—鲁建占有俞智丽—鲁建再次入狱—鲁建被救出狱—鲁建被杀"简单的核心叙事动作。然而，它的潜在心理情节却是"报复—相爱—相互折磨—希望与和解—反抗—心灵毁灭"。艾伟放弃了环境描写与心灵契合产生的时空抽象感,更集中于环境如何影响心灵的行为逻辑。这里的人物小于环境,却也大于环境。说其小于环境,是因为现实环境对他们有重要的决定性因素;说人物大于环境,则是因为环境并没有制囿作家对人性可能性的探索。这种"互文性"的叙事节奏,也小于故事性小说的叙事节奏,却大于纯心理型小说的叙事节奏,它有传统现实主义的外壳,却有着以心理描写塑造复杂人性的崭新内涵性追求。鲁建与俞智丽都是普通人,艾伟赋予了他们尊严、救赎、善良,也赋予了他们欲望、软弱、苟且与自欺欺人。然而,艾伟同时也赋予了他们人性"可能性"的命运,鲁建没有成为庸碌的酒吧老板或再就业的典型,俞智丽也没有成为偷情成瘾的工会女干部。相反,艾伟给了鲁建对爱情的渴望,给了俞智丽因救赎而舍弃肉身的勇气。[1]正是这种心理现实主义笔法,让艾伟笔下的人物变得极为丰富复杂,也充满了矛盾悖论。然而,也正是这种互文性的叙事节奏,使得小说在内涵深度与可读性、隐喻性与经验性、抒情性与批判性、人性复杂性与情感共鸣性上达到了良好平衡。由此,艾伟也较好地处理了意识形态与人性的关系。二者不再是对立关系,而变成了"总体性理解"的过程。人性穿越于意识形态之间,意识形态也穿越于人性之间;既有人性击败意识形态的胜利,也有意识形态击败人性的惨淡,从而共同形成了更深刻的现实主义理解。

五

20世纪90年代以来,宏大叙事似乎成为贬义词,而个人化写作成为激进的合法代言人。然而,伴随后现代思潮涌入中国的宏大叙事概念,一开始就面临尴尬的境地,即西方语境下的宏大叙事批判是对发达现代性的反思,而中国该词语主要针对"革命叙事",而革命则与启蒙有交集,又相互冲突。90年代以欲望解放和市场经济为指引

---

[1] 房伟.一本小说的三种可能:评艾伟长篇小说《爱人有罪》[J].艺术广角,2008(3).

"再历史化"的可能性及其限度
——艾伟小说创作论

的全民狂欢中,我们颠覆了革命伦理,改革了经济模型,却延续了革命时期的权力体制模式,从而使我们既无法真正"告别革命",也无法建立真正的启蒙现代性。对宏大叙事的批判,似乎成了知识分子和主流意识形态心照不宣的错位指称的"共谋"——知识分子用它来隐喻革命叙事,而主流意识形态将之规训并转喻于80年代发轫的"新启蒙"。知识分子在启蒙坍塌下发泄着孤独感和失败感,而在革命伦理的破坏中寻找胜利的幻觉;主流意识形态却在启蒙被转移为经济目的后,利用主旋律等文学形式,逐渐实现新的宏大叙事构型。在解构革命乌托邦的过程中,很多作家选择了渎神式狂欢。然而,这种后革命叙事其实和革命叙事在精神上同构:作家们指认了革命的缺席,却无法提供一种精神资源作为替代,也无法对后革命光怪陆离的现实进行有效批判,而将革命冲动仅归于日常化欲望和个人私利,显然也缺乏内在历史阐释深度——于是,革命以缺席的方式继续在场,而这种缺席,也变成了某种话语权力的策略,它让意识形态将那些宏大的革命誓言转喻为民族国家崛起的壮丽景观,并以被悬置的、不可见的威权,将革命话语变为永远的禁忌和阉割的恐惧,从而内化到每个机构与个体的内心中保证它的被执行。[1]在这样的背景下言说人性启蒙再历史化的可能性,无疑具有相当的难度。

无论是抒情隐喻,还是心理现实主义,艾伟的小说不仅有对宏大叙事的拆解,也有对启蒙重新建构的"再历史化"冲动。他清醒地认识到革命叙事的隐性在场:"这是精神分裂的时代。日常生活中革命意识形态显然可以随时脱去,但它依旧出现在庄严场合。主流意识形态变得越来越抽象,远离人民生活,它只是在会议上被大小官员提及,人民早已把它当作虚假的存在,好像一切同他们无关。"[2]"一元"的背景依然不能被忽视:"仔细考察我们的语境,你会发现,我们还是一元。那个革命意识形态依旧是一个背景,它依旧强大,依旧

---

[1] 刘复生. 历史的浮桥:世纪之交的主旋律小说研究[M]. 开封:河南大学出版社,2005:84.
[2] 艾伟. 本能的力量[A]//身心之毒. 杭州:浙江文艺出版社,2011:116.

是我们这个社会的基本框架。"[1]同时,他也怀疑"个人化写作"的有效性:"这种个人化写作,有值得反思的地方。在某种艺术至上的趣味下,我们的写作已失去了与现实的广泛联系,变得自说自话了。加上后现代和相对主义风潮的兴起,我们似乎满足于发现意义的碎片,许多写作者心中已经没有了国家,民族这样的宏大的词语。这导致现在我们的写作充满了小事崇拜,没有对时代对现实做整体性发言的气度——缺少一种承担,一种面对基本价值和道义的勇气。"[2]有的学者也已看到,80年代中后期以来消解启蒙叙事的"结构主义"意识形态,放弃了对人的理性化与诗意感性的整合,人的具体性、复杂性被个体无法把握的"结构"所控制,成为话语、权力和社会过程的产物。[3]艾伟试图在个人化基础上,在对人性深度的追求上,找到对纷繁复杂的现实、民族国家的命运、宏大的革命历史更有效的"发声位置",从而重建人性启蒙的维度,并对后革命的中国文化语境进行总体性反思。

这种"再历史化"的努力,是一种联系性的、总体性的历史观,同时也是对历史持续的反思。柯林伍德曾这样定义"反思"的历史观:"哲学关怀的并非是思想本身,而是思想对客体的关系,故而它既关怀着思想,又关怀着客体"[4]、"历史总是反思,因为反思就是对思想的行为进行思想。"[5]在"历史一定是在心灵中重演的过去"[6]的经验论基础上,柯林伍德看到了历史本身就是反思性质的思维行为,只有在反思中才能还原历史现场,进而在主体和客体的关系中看到历

---

[1] 艾伟. 我们当下的精神疑难 [A] //身心之毒. 杭州:浙江文艺出版社,2011:155.
[2] 艾伟. 人及其时代意志 [A] //身心之毒. 杭州:浙江文艺出版社,2011:138.
[3] 王金胜. 论新时期中后期小说中的结构意识形态 [J]. 山东师范大学学报,2006(2).
[4] [英] 柯林伍德. 历史的观念 [M]. 何兆武,张文杰,译. 北京:中国社会科学出版社,1986:1.
[5] [英] 柯林伍德. 历史的观念 [M]. 何兆武,张文杰,译. 北京:中国社会科学出版社,1986:133.
[6] [英] 柯林伍德. 历史的观念 [M]. 何兆武,张文杰,译. 北京:中国社会科学出版社,1986:135.

"再历史化"的可能性及其限度
——艾伟小说创作论

史的复杂性和人性深度。无论是英雄圣母的悲情故事，志愿军战俘的心灵扭曲，还是强奸犯与受害者的相互救赎，将军私生女的寻父记，天柱山下的人马赛跑的寓言，艾伟总是将现实和历史共同置于一个联系性的历史逻辑中予以总体关照，即革命与后革命的时代变迁。由此，艾伟形成了对革命叙事的反思，也形成了以"去历史化"为特征的后革命叙事的反思。他既试图避免革命叙事的话语雾瘴，也试图避免后革命叙事的粗暴简单。在联系性、总体性的反思史观中，艾伟以人性与心灵的启蒙立法，努力在文本中构建一个新的历史化景观。

这种启蒙的再历史化也面临着相当的叙事难度。当对复杂人性的书写变成了对现实秩序的指认和知识分子的话语游戏时，人性论就会变得苍白无力。如何处理革命叙事与当下语境的区别，转型期价值混乱状态与后现代主义之间的关系，都是人性论书写无法回避的书写困境。《风和日丽》是艾伟最新思考的成果。艾伟以对革命反思的"再反思"，实现了人性与革命的"和解"（尽管，艾伟并不认可这个说法。）。《风和日丽》中，艾伟不仅加大了心理现实主义的力度，更试图通过"伦理维度"的引进，探索人性和历史、革命的"和解"的可能。这种和解不是主动妥协，而是在"同情"与"还原"的态度下，将革命史作为历史体验的"客观存在"加以重新认识："我们曾把革命崇高化，后来把革命简单化、妖魔化，我必须忠于事实，公正地对待历史，公正地对待小说中的每一个人，即使对一个坏蛋，也要带着生命的敬意去写。"[1]话语的暴力和话语的理想主义，话语的专制与话语的道德合法性，话语对人性的禁锢与话语对人性精神的丰富，都被作为遥远的"遗产"来看待。批判与挽留，都建立在反思的历史精神基础上。无论好与坏，丑与美，都无从逃避，也无从丑化与仇恨，更不必遮掩和美化。这种和解的态度，令人耳目一新。为此，艾伟首次引入了伦理维度，以革命"私生女"杨小翼的视角，讲述尹将军的一生及由此产生的悲欢离合。杨小翼跌宕起伏的人生悲喜剧，都与革命私生女的身份有关。她有一个"寻父"到"怨父"，

---

[1] 艾伟. 风和日丽的写作札记 [A] // 身心之毒. 杭州：浙江文艺出版社，2011：144.

直到"理解"父亲的过程。因为父亲，她被调到北京，有机会上大学，也因为父亲，她被下放，遭受坏人侮辱。直到晚年，尹将军始终不承认这个女儿。艾伟通过对社会各色人等的描述，无论是伍思岷这样胸怀大志的底层工人，还是尹南方这样的"红色贵族"，都清晰地写出了他们在历史变迁中个人命运真实的沉浮。

然而，叙事的危险也出现了：现实常常会冲破作家的想象和心理描述，表现出非理性的混乱和不可言状的疯狂，而赋予历史"过量"的心理因素，也会造成精神分析的再度抽象化。过量心理关注也会形成"人物决定论"。这种潜在风险也表现在《风和日丽》。过量心理化是由杨小翼来完成的，而尹泽桂则以沉默的空白，造成历史的符号性诱惑。将军以语言和声音的缺失而在场。他在法国的风流留学生涯和杨小翼母亲的浪漫往事，是杨小翼在历史钩沉中发掘的；他对女儿默默的关爱和无声的帮助，是被杨小翼想象、感激和憧憬的；甚至他因革命宏大话语造成的亲情的缺失，也在有限度的揭露后，被蒙上了崇高牺牲的"苦衷"。于是，将军的一切，包括他的冷酷无情，都因为空缺的美学诱惑，成为"被原谅"的存在。由此，一个情感复杂，既具历史政治权威，又具神秘浪漫情调的父亲形象，就被杨小翼想象地建构了出来。杨小翼对将军有爱，有思念，也有怨，但唯独缺少"恨"。从这一点上来说，艾伟是善良的。但也无疑忽视了"恨"的可能性。所幸，《风和日丽》后，艾伟的新长篇《盛夏》，试图摆脱历史的话语纠缠，对 21 世纪后的中国现实进行新的阐释。这部小说中，艾伟似乎放弃了伦理视角，重新关注抒情隐喻和心理现实主义的构建。他在小说中以"80 后"女孩小晖与中年律师柯译予之间的情感纠葛为线索，再现了怀疑主义盛行，现实充满可能性的"盛世中国"的种种光怪陆离的人性变异。当人性被时代劫持时，"盛夏"就成了当代中国的某种隐喻意象："身处这个时代，我们的内心就像盛夏的季节，充满了焦虑、不安和无名的躁动。我们一片茫然，前路充满了不确定性。"[1]

---

[1] 艾伟. 盛夏[M]. 上海：上海文艺出版社，2013：262.

陈晓明认为，中国现代文学与西方文学的历史化进程不一样，西方是由个人力比多推演出了伟大历史，而我们由于民族国家和道德的理念过于强大，则由集体性观念推导出大历史。即便我们拆解历史惯性，但大历史逻辑制约着我们时刻身处历史幽灵之中。而将历史简化为极端状态的处理方式，无疑也要面对这种困境。[1]也许，这正是艾伟小说掘进的难度所在。我们也可将此看作一个症候，即个人话语是否能与时代之间形成真正融合。无论是历史的虚无，还是历史的重建，抑或是个人与历史的"和解"，如何才能解决詹姆逊在《政治无意识》中说的"永恒的历史化"的困境呢？考察艾伟的小说，特别是长篇小说，我们会发现，艾伟拒绝对"多重文本"的构建，或者说，拒绝一种"非历史"的文本内对话的过程。他坚持了总体性的启蒙追求。然而，再历史化的"限度"在哪里？当世界进入了后现代的语境中时，这种总体性的再历史化诉求，能否坚守住叙述的有效性？艾伟将让我们拭目以待。

---

[1] 陈晓明."历史化"与"去历史化"：新世纪长篇小说的多文本叙事策略［J］.杭州师范大学学报（社会科学版），2011（2）.

"中间态"定位与"小叙事"突围

——中国"70后"作家短篇小说论

"70后"作家在20世纪末登台，引发学界关注，"美女作家""新城市写作"等符号成为当时流行的"70后标签"。新世纪之后，"70后"作家第二次崛起[1]，佳作涌现，特别是短篇小说，成为"70后"作家创作的重阵。20世纪90年代曾经历小说"长篇热"，直到新世纪，以"70后"作家为代表，对中短篇小说的文体敬畏感逐渐恢复：短篇小说以其特有文体特征，敏锐感知时代新变，成为最佳载体；"70后"作家多走传统期刊路线，短篇小说是期刊青睐的对象；短篇更符合当下人们的阅读习惯，多媒体传播更为其提供便捷快速的渠道。但学界对"70后"作家的短篇小说的研究明显不足，呈现两种极端：一是笼统地对"70后"作家的共性研究缺乏深入剖析；二是碎片化地对"70后"作家作品的研究缺乏宏观把握。

一、短篇小说与"70后"作家的"中间态"情结

美国人类学家玛格丽特·米德在《文化与承诺：一项有关代沟问题的研究》中，以前喻文化、并喻文化、后喻文化来区分代际差异。不同年代的人在社会环境、思想观念、价值判断、文化土壤等方面的差异，导致在思想表达、话语呈现、审美风格等呈现出多种可能。"70后"生在红旗下，长在物欲中，这种"中间"情结，多被

---

[1] 贺绍俊."70年代出生"作家的两次崛起及其宿命[J]. 山花, 2008 (5). 贺绍俊认为"70年代出生"作家的第二次崛起以2007年为标志。

学界描述为"被遮蔽""未老先衰""尴尬"的灰色存在。但正是成长环境,赋予"70后"作家独特的精神资源。"70后"经历辉煌的80年代,思想更新,真诚、理想、责任等品质成为其成长底色。而20世纪90年代,市场经济席卷,传统价值观念瓦解,多元化成为共识。美国专栏作家迈克斯·勒纳认为,"每一个青少年都必须经历两个关键时期:一个时期是他认为有一种模式(父亲的、兄长的、老师的)作为自己的榜样,第二个时期就是他摆脱了自己的榜样,与榜样作对,再次坚持自己的人格"[1],"70后"恰没有形成有效对接,反叛父权仅成为符号,时代变迁又使他们失去建构信心,陷入进退维谷的尴尬。孟繁华、张清华认为,"60后"是"历史共同体","80后"是"情感共同体",而"70后"则是"身份共同体"[2],虽都是"想象的共同体",但"70后"的尴尬身份不言而喻,一方面主体建构缺失,另一方面对自我身份认同充满焦虑。这些都影响了"70后"作家的短篇小说美学风格。

从代际来看,不同年代的作家,在短篇小说创作方面有不同特色。"50后"作家受意识形态影响,怀有知识分子强烈的社会责任感,关注社会矛盾,推崇小说现实意义,尤其是短篇小说,强调社会功能,立足于普适性的情感立场,旨在构建伦理道德。擅于"以重击重",带有宏大的历史意愿。这代作家不自觉地带有批判、质疑、反思的理性精神,作品厚重尖锐,如莫言、刘庆邦、王祥夫等。"60后"作家的短篇创作开始回归日常,从生活内在肌理中,找寻诗意与神性美,笔触柔和与宽容,从日常小矛盾中捕捉人性,具有道德建构意义,理性精神相对减弱,擅于"以轻击重",规避对历史"正面强攻",不经意间捕捉美,如苏童、迟子建、毕飞宇、郭文斌、石舒清等。"80后"作家则是"空白的焦虑",表现为"避重就轻",以近乎断裂的方式宣告自我群体的存在,对传统呈现"无根"状态,

---

[1] [美]玛格丽特·米德. 代沟[M]. 曾胡,译. 北京:光明日报出版社,1988:67.
[2] 孟繁华,张清华. "70后"的身份之谜与文学处境[A]//身份共同体:70后作家大系. 济南:山东文艺出版社,2014:2.

大胆宣扬主体意识，坦承对物质的向往，短篇创作较少，多为长篇或网络小说。相较这几代，"70后"作家如今已成文坛中坚力量。其短篇创作，则是"化重为轻"，将大的社会和历史作为背景，更贴合日常生活，擅于塑造小人物，并将其置于个人化的尴尬境遇，透视人物内心隐秘创伤，讲求细节化"小叙事"。但同时，"70后"作家，又传承前辈作家的文学精神，始终坚守文学底线，关注现实生活，在个人化的表述中，又试图重塑"真善美"的价值尊严，重建严肃文学的话语魅力。

"70后"作家的"中间态"情结，也导致短篇小说创作的焦虑。首先，边缘化焦虑。处于后发现代性中国语境中，在市场导向下，短篇小说较之长篇小说"不占优势"，作家无法依靠写短篇谋生，短篇对文体要求极高，文学与消费的关系，也成为短篇小说边缘化的重要原因，例如雅俗文学界限模糊，网络文学发展，文学作品改变成影视，都使长篇小说成为"宠儿"，而短篇小说无论影视改编，还是稿费制度，都不及长篇小说获利。其次，"影响的焦虑"。当代作家身上多有大师的影子，马尔克斯、福克纳之于莫言，博尔赫斯之于马原，川端康成、卡夫卡之于余华等。"70后"作家在创作中也凸显"影响的焦虑"。套用与模仿可能使自我特征弱化，真正的吸收是结合自身而内化、生发新特质，这是一种"艰难的上升"，而"70后"作家还缺少这种能力，如阿乙、曹寇等作家，受先锋文学与西方文学影响，如何摆脱焦虑，创作出具有"70后"特色的后先锋文学，还有待观望。再次，"以短代长"的文体焦虑。相比"50后""60后""80后"作家，"70后"作家的短篇小说创作数量和质量，都非常可观。可以说，"中间"情结也导致"70后"作家更专注中短篇小说创作，而心态上对长篇文体，保持一定的疏离姿态。如阿乙的《下面，我该干些什么》等长篇小说，都没有其短篇小说的认可度高。这既是对宏大叙事与商业规则清醒自觉的反思，如徐则臣认为现在坚持写中短篇的，绝大多数是"70后"，"要是这群人集体抽风急功近利，中短篇小说罢写了,那么多文学期刊辽阔的版面该如何填满呢?"[1]这也是表现为"70后"作家对短篇文体的"过量关注",即缺乏架构长篇小说的历史理性意识,从而过多地以短篇创作逃避小说的文体责任。

二、"70后"作家短篇小说创作的主题学拓展

相比"50后"和"60后"作家,"70后"作家的短篇小说,在主题上很少有历史、革命等宏大叙事因子,而是在部分继承先锋小说传统基础上,更多地在个人化、生活化领域拓展主题空间,这些主题学延展主要表现在四个方面。首先,都市情感主题。都市空间既有公共狂欢的集体性,也包括隐秘的私人领地;不同的生活方式和价值标准,共同形成了迷乱繁杂的都市空间。物质的充盈、精神的空虚、物我关系的调整,影响了人们对外界的认知方法。文学为自我情感宣泄搭建了虚拟平台,通过借助对欲望、身体、性、时尚、金钱等的快感宣泄,遮蔽个体内心的迷茫,展现人的虚无、自恋、放纵等痛苦又享受的情感体验。"70后"的体验是活在都市、活在当下的鲜活感受,使得他们对都市情感的言说有天然的合法性。这种言说存在一种悖论式的撕裂感,一方面"70后"作家肯定欲望的合法性,毫不避讳地肯定时尚、性、金钱等,但另一方面,他们又不能真正解决精神的贫瘠与社会担当的缺失,在欲望中迷失自我,因而在作品中总能感受到欲望满足与精神孤独的并置,这种孤独感是基于个人立场与偶然经验的自我叙述,缺少道德支撑、社会担当,形成一种自我封闭的孤独感,缺乏自我批判与突破,即使有,也极尽暧昧,在作品中表现尤为明显。如盛可以的 Turn on,张旭与丁燕结婚时,恩爱非常,丁燕做饭,张旭都会为她 Turn on(打开)煤气,这也成为他们做爱的暗语。但时间一长,婚姻便成为束缚。看着朋友结婚,丁燕仿佛看到她 Turn on 的命运。Turn on 是一个隐喻,打开的不仅是煤气灶,更是一

---

[1] 徐志伟,李云雷,等. 重构我们的文学图景:"70后"的文学态度与精神立场[M]. 桂林:广西师范大学出版社,2012:265.

个女人的心，一段婚姻及女性地位沦陷的开始。孙未的《点火》也是类似作品，他经历了失败的婚姻，她经历了失败的恋爱，因为搭伙吃饭而相识，继而同居。原本相互依赖的幸福生活，终究也被日常的琐碎消磨。因为家里煤气灶坏了，两人争吵，外出吃饭，矛盾终究爆发，往昔的生活如同被掀翻的饭菜，一瞬间变成废墟。类似的作家如金仁顺、盛可以、戴来、魏微等。这类题材成为"70后"短篇创作的重镇，契合当下社会个人的失落，温柔的反抗与暧昧的批判。抛弃历史与文化的纵深感，专注于自我、物我的表达，在看似不羁的态度与纵情纵欲的自我放逐中，获得暂时的精神寄托与满足。

其次，世俗荒诞的先锋化主题。在经济与政治合谋的时代，荒诞成为认知世界的一种方式。米兰·昆德拉认为世界的本来面目即迷和悖论，"我们处于模棱两可中。如果说，小说有某种功能，那就是让人发现事物的模糊性。……小说家的才智在于确定性的缺乏，他们萦绕于脑际的念头，就是把一切肯定变换成疑问。……在一个建基于神圣不可侵犯的确定性的世界里，小说便死亡了"[1]。人类在追问生存的终极价值时，往往不能得到肯定的答案，又不能急于否定，在无限接近却终不可得时，便出现了暧昧的搁置，荒诞成为一种想象。物质繁荣没有带给我们作为"人"的个体尊严的提升，相反，个人的压力越来越大，失落感、空虚感充盈。荒诞类小说以离奇冷漠的笔触直指内心，在看似不经意间道出现实真相，将人心解剖后放在显微镜下，哪怕最微小的情愫也将之放大，咀嚼小人物最隐秘的酸楚。阿乙的《先知》，将人的生活阐释为"杀时间与被时间杀"，生命的终极意义变得虚无，剖析赤裸裸的真相，解读当下人精神的贫瘠。鲁敏的《铁血信鸽》，热爱养生的妻子，定时定量进食、休息、运动，如同机器般运转，生活的意义也被消解。穆先生厌恶妻子的生活状态，而他唯一的反抗，仅是买一个"夹薄脆的煎大饼或油炸糍粑"，骂一句

---

[1] [法]安·德·戈德马尔. 小说是让人发现事物的模糊性：昆德拉访谈录（1984年2月）[A] // [英]乔·艾略特，等. 小说的艺术. 张玲，等，译. 北京：社会科学文献出版社，1999：76.

"管他妈的胆固醇与地沟油"[1]。如此卑微的反抗依然得到妻子的嘲笑。强烈的渴望终使他越过阳台,变成了一只"飞翔的信鸽"。看似充满选择的都市社会,人的肉体被工业机器束缚,精神被改造,而多数人被钝化却不自知。此类作品还有很多,如冯唐的《安阳》,徐则臣的《养蜂场旅馆》,张楚的《骆驼到底有几个驼峰》,李浩的《发现小偷》等,"70后"的荒诞类短篇小说擅于挖掘小人物的内心幽暗,在"平静的暴力"中咀嚼不为人知的辛酸苦楚,以一种平静冷漠的方式传达。

再次,怀旧青春书写。"70后"青春类短篇小说,涌现出了瓦当、李师江、冯唐、路内、徐则臣等一批优秀作家,他们缅怀的,是属于"70后"一代的特殊记忆。在这类小说中,出走是一种诱人的冲动,是一种探索的姿态。如徐则臣所说,"出走、逃亡、奔波和在路上,其实是自我寻找的过程。小到个人,大到国族、文化、一个大时代,有比较才有鉴别和发现。我不敢说往前走一定能找到路,更不敢说走出去就能确立自己的主体性,但动起来起码是个积极探寻的姿态;停下来不动,那就意味着自我抛弃和自我放弃"[2]。出走的冲动来源于"70后"的内心焦虑,主体身份得不到充分认可,而又缺乏精神信仰支撑,不甘心被边缘化,却无法突破,以父辈或后辈的标准审视自我,批判与救赎意识同样鲜明。在背负现实与历史的压力中,"70后"无法安静地等待宣判,出走或许是最好的行动,这不是对责任的背弃、对生活的逃避,恰恰相反,是一种寻找与构建。"70后"的青春成长短篇小说有两类:一类是少年的青春突围,在疯狂地成长、冲撞中,背后隐藏对时代的恐惧与惶惑,对现实不满,对未知恐惧,却充满向往。青春的性爱体验,成为彰显青春生命力的表征。以少年的清澈与疯狂,质问现实的麻木与肮脏。一类是中年的精神回乡,在出走碰壁后,以童年的纯洁自我救赎,追寻生命最初的本真,这类青春书写多弥漫忧伤。徐则臣的《伞兵与卖油郎》,大兵对

---

[1] 鲁敏. 铁血信鸽[J]. 人民文学,2010(1).
[2] 徐则臣,张艳梅. 我们对自身的疑虑如此凶猛[J]. 创作与评论,2014(6).

当伞兵狂热,用床单自制跳伞,被父亲阻挠打骂,大兵依然执着,终于从十几米高的放水闸顶上跳下,完成了当伞兵的梦想,却摔断了腿,执着与疯狂总在青春岁月里,尤为彰显。路内的《四十乌鸦鏖战记》,40个男生分配到装配厂实习,寒冷与饥饿困扰着这群少年,他们偷吃工人的盒饭,砸坏车间玻璃窗,撞烂小推车,推倒公棚,甚至还杀人。他们追求稻草人姑娘,一起剃莫西干头,然而成长的代价是失去青春伙伴,以及无所顾忌的岁月。李师江的《剃头记》、路内的《刀臀》等都是此类的优秀作品。相比于"80后"青春叙事,"70后"书写更纯粹,只为找寻"青春记忆的失踪者"。

最后,"向城求生"的乡村新书写。在农村城镇化进程中,农民的身份具有过渡性。在"向城而生"的变迁中,农民一方面向往城市文明,渴求都市富足生活,另一方面又无法完全脱离乡村烙印,种种限制使其很难成为真正的都市人。身份认同危机的焦虑,使进城农民成为城市的"异己者",乡村的"背叛者"。面对多变的现实情况,"70后"乡村类型短篇小说复杂,叙事话语整体性被瓦解,乡土不再有统一的叙事经验,素材有极大选择,但言说也变得困难。对"70后"而言,农村生活更多源自童年经验,都市文明早已化为血液与日常,乡土更多是想象性抒情,批判意识不强。乡土书写主题主要集中在两方面,即乡土主体性发展与作为城市镜像的乡土发展。乡土作为独立主体,在发展过程中出现了一些新情况,如权力关系、官民矛盾、劳动力外流、留守儿童、空巢老人等。同时,在向城求生的过渡心态转变中,对传统文化、乡土文明逝去的惋惜。"70后"也多关注农村生态问题。再者,作为城市镜像的乡土书写主题。拉康的镜像学认为,自我是在他者的关照中形成的,主体的认同必须以他者的确认为前提条件。都市与乡村,从中国现代文学之初,就互为参照。现代化致使乡与城的关系发生转变,由"城乡隔阂"走向"城乡融合",乡村正成长为"新兴城市",但农民在快速城市化的进程中,并没有真正成长为理性的城市居民,在新兴城市的原始积累中,依然充满血与泪的痛苦挣扎。如刘玉栋的《幸福的一天》,菜贩子马全凌晨四点进城卖菜,因发生车祸而亡,马全灵魂出窍,开始"幸福的一天",

去最好的酒楼吃饭、买新衣服、泡澡,甚至找小姐。这都成为都市人体面生活的象征,也揭示了底层人生活的心酸。这种"想象幸福"直指城乡差异下农民精神与肉体的双重苦难。"70后"作家此类短篇小说还有很多,如计文君的《帅旦》、田耳的《村庄》、张惠雯的《垂老别》、刘玉栋的《给马兰姑姑押车》、朱山坡的《陪夜的女人》等。

三、"小叙事"风格:"70后作家"短篇小说的抒情性与暧昧性

"小叙事"是以展现"小人物、小故事"为主线,"最逼真地切近当代人的身体与心灵的苦楚"的叙事手法,不依赖于历史背景与思想氛围,"仅凭借文学叙述、修辞与故事本身来吸引人,来打动我们对生活的特殊体验"[1]。陈晓明认为,以"小叙事"的手法是当下时代赖以生存的质地,是历史事件的剩余物,也是宏大文学史的剩余物,这些遗留的、负隅顽抗的东西,才是最有韧性、最真实的生活体悟。"小叙事"概念早已被提及,迟子建在创作《伪满洲国》时,确立"用小人物写大历史"的理念,抛弃常规历史构建,表达对日常生活审美化的理解,以及小人物的挣扎与迷惘。王安忆的《长恨歌》也以王琦瑶的个人经历,展现在动乱年代,女性的生存艰难的个人化"小叙事"。但这种"小叙事"不同于"70后"的"小叙事","50后""60后"虽以个人叙事为主线,展现小人物的辛酸苦楚,但往往以宏大历史和传统伦理价值为依托,显其厚重温情。而"70后"则刻意规避宏大历史叙事,特别是革命历史,作为背景也极少涉及,小人物成为其塑造的绝对对象,尤其是短篇小说,"小叙事"更能深入人性深处,揭露生活本真。"70后"的"小叙事"热衷于当下个人生活描述,具有脱离束缚的轻逸感,这也来源于"70

---

[1] 陈晓明. 小叙事与剩余的文学性:对当下文学叙事特征的理解[J]. 文艺争鸣, 2005(1).

后"自身文化体验和成长经验的选择。新世纪以来，个人写作失去了20世纪80年代文学场域中的反叛对象——集体性、宏大叙事等，"个人"变成"普遍"，"个人姿态"具有鲜明合法性，瓦解日常生活的严肃性与整体性，强调片段性与个人瞬间感受。同时，这种"小叙事"写作也迎合了大众零散化阅读习惯。因而"70后"的"小叙事"强调抒情与自我，讲求创作技巧性与生活的现实性结合，打破整体叙述方式。"70后"的"小叙事"也存在弊端。生活的指向性暧昧不明，步入自足化危险境地。这种危险表现在，对世俗生活描写的钝化、平庸，沉溺于自我世界，丧失公共责任等情况。

"70后"作家短篇小说呈现出抒情性。王德威认为抒情是一种文类，一种文体想象，一种文化形式、审美理想，一种价值和认识论体系。他探究了抒情与中国现代性的关系，阐释了抒情叙事的合法性。[1]"抒情"概念，常作为"叙事"的对立面被理解，李杨在其著作《抗争的宿命之路》中，认为抒情是浪漫主义的表现，而叙事则是现实主义表现方法，但抒情与叙事终究是"一体两面"，即文学本体的两面，"他们的共同性在于一种话语的本体论"[2]。时至今日，"70后"的短篇"抒情"书写显得更轻盈，是一种含混、暧昧的抒情，胶着于现实生活。"50后""60后"作家的短篇小说，启蒙意识强烈，如苏童的《拾婴记》，以鲁迅"看与被看"的模式审视当下国民性，王祥夫的《端午》充满对进城农民工的同情，对城市文明的反思。带有道德构建意义，伦理意识凸显。"70后"短篇小说的抒情性传统来源于对日常生活的回归。这种抒情不同于"50后""60后"的"沉重抒情"，"70后"抒情游离于宏大叙事、启蒙话语之外，真正追求生活的现代性，文体呈现轻逸的漂浮感，道德伦理模糊，如乔叶《取暖》，出狱的他不被家庭接受，而与陌生女人取暖过年，艾玛的《浮生记》，故事背景在当下社会，但除了打谷之死外，

---

[1] 王德威. 现代性下的抒情传统 [J]. 复旦学报（社会科学版），2008 (6).
[2] 李杨. 抗争宿命之路："社会主义现实主义"（1942—1976）研究 [M]. 长春：时代文艺出版社，1993：145、156.

读者很难在小说中看到时代印记。毛屠夫和新米的父亲打谷，是从小就要好的朋友。打谷死于城里的煤矿，而新米的母亲，让新米拜毛屠夫为师，学习杀猪。小说并非渲染乡土与城市文明的对立，而是在湘楚日常化，但又仪式化生活场景中（如杀猪），刻意突出毛屠夫、打谷和新米"顺天应人""豁达自然"的生活态度。小说语言平淡自然，又意象丰沛，描写细腻准确，新米的丧父与精神成长成为全文的线索，而当新米终于能准确地掌握杀猪技巧的时候，"毛屠夫惊愕地发现他看到的不是新米，而是另一个打谷，这个打谷在温和的外表下，有着刀一般的刚强和观音一样的……慈悲！"[1]友谊与传承，人性的善与包容，生与死的无常，都在新米的"温柔一刀"中找到了内在寄托。艾玛的日常生活叙事，不是美化日常生活，也不是刻意展现它的粗鄙，而是在承认苦难的基础上，赞美民间人性的力量和韧性的尊严。作家东君、鲁敏、金仁顺、盛可以、戴来等，都承接了这一抒情传统。

  "70后"作家的短篇小说也表现为价值和审美的暧昧性，即审美风格上表现为抒情与写实之间的矛盾，价值判断上则在个人化抒情与时代反思之间游走。张楚的《野象小姐》通过"我"——一位乳腺癌病人，在病房结识了医院的清洁工——野象小姐。她粗俗、贫穷，但乐观、爽朗。野象小姐请"我"吃牛排，带"我"见她的儿子。生活的秘密偷偷揭开，女人为孩子拼命赚钱，却将悲伤潜藏在暗处。作者没有从道德层面塑造野象小姐，也没有将单身母亲作为苦难叙事标本，而是在抒情的节奏中塑造人物形象，游走在个人抒情与道德塑造之间。魏微的《大老郑的女人》荣获第三届鲁迅文学奖。大老郑是个憨厚的进城打工者，他和他的女人是两情相悦的"露水夫妻"，而女人也履行作为妻子的责任，在情感和生存需要上，两者相互依存，但在道德上不被认可。小说以进城务工者的现实问题为依托，具有写实性，但小说又规避了对道德伦理的构建，如何以道德衡量人性善恶，标准变得暧昧不明，明确的规定变得失效，作者以人性温暖的

---

[1] 艾玛.浮生记[J].黄河文学，2009（9）.

抒情表达,展现人性中的宽容、理解,体现了"70后"的短篇小说风格,在抒情与暧昧中游离。价值判断上,"70后"也展现其暧昧性。如盛可以的短篇小说《1937年的留声机》。麻生作为一名日本军人,在战争中救了"我",并细心照顾"我"直至战争结束,"我"由憎恨他是一名侵略者,到同情他也是战争的受害者,而彼此产生爱情。而战后父亲归来,枪杀了麻生。麻生作为侵略者,被迫离乡,怜悯战争中的无辜人民;作为一个男人,拯救了一个女人的心灵与肉体。如何评判麻生,评判这段黑暗的历史?个人之爱与民族之殇何者为重?小说展现了"70后"作家的新思考。

四、"轻逸含混":"70后"作家短篇小说的文体新变

胡适参照西方19世纪末、20世纪初对"short story"的文类概念界定,于1918年写就的《论短篇小说》一文中,将短篇小说定义为"用最经济的文学手段描写事实中最精彩之一段或一方面而能使人充分满意的文章"[1],以大树的"横截面"来譬喻,很快成为文学常识被确立。新时期以来,经历了"先锋—式微—边缘—恢复"的发展图景。80年代短篇小说的发展分为两个阶段:第一阶段是70年代末到1985年。"文革"后,文学复苏,文体感小说开始恢复,短篇小说敏锐地反映社会变化,觉察社会风向,发展迅速。期刊成为公众思考和探讨社会问题的平台,短篇小说据此发展。第二阶段是1985年后。短篇小说开始衰落,其反映社会动向、反思历史等功能让位于中篇小说。同时,短篇小说开始了文体实验。90年代市场经济影响,长篇、中篇、短篇小说形成了不言而喻的等级序列,作家养成了"长篇自觉意识"。同时,微型小说兴盛,以"新""短""奇"等特点受到欢迎,压制了短篇小说的发展。新世纪以来,随着国家综合国力提升,人民物质生活满足,中国文学试图抛开第三世界自我书写方

---

[1] 张丽华. 现代中国"短篇小说"的兴起:以文类形构为视角[M]. 北京:北京大学出版社,2011:22.

式,不断与世界对话。同时伴随着众多恶突发事件,人的精神世界改变,对短篇小说产生深刻的影响,文体感有所恢复。尤其是自 2010 年以来,短篇小说创作的"先锋"与"写实"界限更为明晰。同时,伴随着一批新锐作家的兴起,非主流的写作模式异军突起,新世纪短篇小说审美风格的多元格局开始形成。如短篇小说家蒋一谈,虽非"70 后",但出生于 1969 年,也展现出类似的代际特点,封笔 15 年又从商人转型后,带着创意写作的理念回归短篇创作,提出了"故事创意+语感+叙事节奏+阅读后空间想象"的写作理念,引起了学界关注,出现"蒋一谈现象"。其短篇小说集《庐山隐士》封面写道:"我热爱短篇小说,因为短篇小说是探寻人类叙事无限可能性的古老文体;我热爱短篇小说,因为短篇小说能让我兴奋,也能让我体验到深切的写作失败感。"[1] 短篇小说又以新姿态回归大众视野。"70 后"作家多创作中短篇小说,并对自身的创作兼及短篇小说发展提出见解,佳作颇多。

就"70 后"作家的短篇文体而言,主要来源于两方面的书写传统。首先,对新写实传统的继承发展。20 世纪 80 年代,为挑战宏大叙事权威,反叛先锋派文学实验浪潮,"新写实"小说兴起,彰显了个体生命存在的力量。池莉、方方、刘震云等作家,倡导情感"零度"介入,还原生活本真,消解人物性格,以生活中鸡毛蒜皮、蝇营狗苟的小事消解对宏大历史意识的崇拜,以对普通人的认同感来消解对英雄人物的赞扬。新世纪以来,在后发现代性文化景观下,雅俗文学界限模糊,"70 后"短篇小说呈现出世俗化、大众化的文化取向。但与之不同的是,宏大叙事的逐渐式微,先锋文学实验转向,对日常生活书写的回归不再是对立面的选择,而是市场经济引导下,对大众文化价值取向的契合。新世纪初,以卫慧、棉棉为代表的"美女作家"登台,展现出对欲望化叙事的偏爱,毫不掩饰对物质的追求,身体写作也成为重要武器,突破了陈染、林白等封闭私密的书写模式,使之与日常生活发生有效连接。新世纪以来,"70 后"作家的

---

[1] 蒋一谈. 庐山隐士[M]. 北京:作家出版社,2015:1.

第二次崛起，对日常生活的书写又发生转变，欲望化书写不再是突围式表演，而是成为对当下社会表达的自觉选择，代表作家如朱文颖、金仁顺、盛可以、戴来、魏微、鲁敏等，但存在模式化的弊端，存在对欲望化叙事把握失控的嫌疑。例如鲁敏的《小流放》，穆先生因儿子升学考试，靠近学校租了间旧房子，全家寄居于此。儿子在学习重压之下，失去了孩子的天性。而夫妻正常的性生活都被压抑，穆先生百无聊赖，每天从旧房子中找寻以前房主的生活细节。穆先生身上不免有小林（《一地鸡毛》）、印家厚（《烦恼人生》）的影子。

其次，先锋文学传统。对"70后"作家作品的研究，大多集中于对日常生活的大众化书写，而对具有先锋实验色彩的作家作品则关注较少。事实上，这类作品近年来已成为"70后"短篇小说新的审美增长点，代表作家如阿乙、阿丁、曹寇、冯唐、路内、瓦当、张楚、李浩等。这里所说"先锋实验"色彩，即对20世纪80年代"先锋小说"的传承与变体。作家将目光转向载体本身，即文学形式成为作家的自觉选择。但先锋文学过度沉迷于叙事迷宫，窄化了自我发展格局，也导致了余华等一批先锋作家的转型。"70后"一批作家继承了这股血脉，并以对现实的深刻批判与先锋文学的荒诞特质相结合，创造出了独特的小说形态。如曹寇的《市民邱女士》以城管打人事件为素材，李师江的《巩生与彩霞》对底层人生活艰辛的同情，朱山坡的《陪夜的女人》以空巢老人现象为背景，甘耀明的《香猪》讽刺官僚主义等，或阐发形而上的终极思考，带有救赎、忏悔、反思等哲学、神学质素，如冯唐的《安阳》、阿丁的《你进化得太快了》、柴春芽的《长着虎皮斑的少年》等作品。"70后"的短篇小说在文体试验方面弱化，受雅俗文化界限模糊的影响，对现实生活的关注度提高，擅于塑造生活中的小人物，结合存在主义、心理分析等观念，以自嘲、冷漠或黑色幽默的形式，展现当下人的心理隐疾。如阿乙的《先知》，初中未毕业的朱求是给大学教授写信，阐释他对人生哲理的理解，却被世人当作疯子。朱求是认为人类的本质即战争。时间是人最大的敌人，庞大的时间"是架在人们头皮、眼球、咽喉、肌肉、皮肤上的刮刀"[1]，生命的意义被消解。"70后"作家对终极意义的思考，对死亡、压抑、悲剧等意象的描写，都继承了先锋文学的传统。

"70"作家短篇小说文体呈现出新变化，即"轻逸含混"，这首先表现为短篇小说的文体模糊性。一是长篇不长。"70后"的长篇小说，多为"小长篇"，即篇幅较短，字数一般在15万~20万字，例如瓦当的《焦虑》13万字；金仁顺的《春香》14万字；冯唐的《十八岁给我一个姑娘》16万字；阿乙的《下面，我该干些什么》仅9万字（"70后"作家长篇小说的影响和厚重度，远不如"50后"和"60后"作家）。经典长篇小说是作品厚重及作家深厚功力的标志之一。"70后"作家的"小长篇"创作，与文学生成语境密不可分，但也在一定程度上说明作家对长篇创作的力不从心。二是短篇不短。"70后"作家的中短篇小说的文体界定也很模糊。茅盾曾谈过"短篇不短"的问题，他坦言，"我们批评一些太长的起码万言的短篇小说，并不是因为它们不合向来大家默认的所谓短篇小说的规格，而是因为它们的长是不必要的，是不合于多快好省的'省'的。而且又因为它们不'省'，它们也是不好的，甚至因为不省，还妨碍了多和快"[2]，而"万把字的短篇总像压缩的中篇"。短篇不短的原因很多，如构思不精练清晰、语言繁复拖沓等，不必要的添加成为短篇小说的痞块。当下"70后"短篇创作依然存在"痞块"与"像压缩的中篇"等问题。文体界限模糊，在结集出版或评论研究时，中短篇小说也常常混为一谈。

其次，短篇小说的文体时空特征也表现出含混性与抽象性。一般而言，短篇小说选取生活中有意义的片段或侧面，围绕一组矛盾展开故事，或者突出主要人物的主要性格，"借一斑略知全豹，以一目尽传精神"[3]。但"70后"作家的短篇小说，在时空方面不仅时间跨

---

[1] 阿乙. 鸟看见我了[M]. 北京：文化艺术出版社，2010：81.
[2] 《人民文学》编辑部. 论短篇小说的创作[M]. 北京：人民文学出版社，1979：65.
[3] 茅盾. 茅盾评论文集（上）[C]. 北京：人民文学出版社，1978：179.

度大，跳跃更含混随意，而且空间维度中出现抽象的象征性符号标志。这些空间符号大多具有抒情乌托邦气质，但又非常个人化。就时间而言，短篇不再局限于"横截面"，时间跨度延展，例如盛可以的《1937年的留声机》从抗战全面爆发写到战争结束，魏微的《储小宝》从青年写到中年，等等，这些小说拉长了时间维度，丰富了短篇小说的含量。就空间维度而言，大到后发现代性的都市景观、新城镇书写、少数民族风情，小到村庄小镇、地方派出所，都成为短篇小说的展示空间。"70后"还构建了特殊的地域乌托邦，如徐则臣的"花街"，以运河边"花街"为文学故土，这里的人们质朴善良，平凡却又怀有梦想，《一九八七》中狂爱霹雳舞的叔叔，《伞兵与卖油郎》中一心想当伞兵的大兵，《如果大雪封门》中贴小广告的宝来，《看不见的城市》中被打死的天岫，《轮子是圆的》中想有一辆车而离家的明亮，他们都来自花街，花街孕育了梦想与外出的冲动，在闯荡碰壁之后，花街又如同温暖善良的母亲，包容伤痛，成为最终的庇护所。类似的文学空间符号，还有鲁敏的"东坝"，张楚的"樱桃镇"，刘玉栋的"齐周雾村"等，这些个人化的文学乌托邦抒情想象成为"70后"作家在短篇小说上的重要文体特征。

再次，"个人化"叙事风格：短篇小说叙述主体的犹疑性。"70后"作家的短篇小说的个人化叙事风格，表现为对个人经验的依赖，对世俗生活的描写，沉溺于自我世界而拒绝与公众对话，道德伦理模糊暧昧。如乔叶的《取暖》，男人从监狱释放后无家可归，除夕夜流浪小镇，本想花钱买乐，却遇到了寡妇小春，她的男人也在狱中。两个陌生人一起过年，相互取暖。作者没有对强奸犯予以道德评判，而是凸显人性的善良。魏微的《大老郑的女人》中，大老郑是个憨厚的进城打工者，他和女人是两情相悦的"露水夫妻"，在情感和需求上相互依存，但在道德上不被认可。小说规避了对道德伦理的构建，而展现人性中的温暖。"70后"作家的个人化写作也存在弊端，缺乏冲破生活抵达真理的力度，表现为叙事主体的犹豫性，这与"70后"作家的"中间态"情结密不可分。"70后"作家的短篇小说，作者擅于构建"犹豫"的叙述者形象，将读者带入文本。叙述者不是生活在抽象历史时空，而是贴近现实，切入故事的贴合度更高。叙述者多为小说中的人物，或亲密的旁观者，多采用限制性视角，且叙事者仅作为故事视角及引导者，而不是主导者，展现对生活的无奈。但当"自我"蒙蔽双眼时，作家易失去独立的、异质性的真我。"70后"作家的创作在依赖个人经验的同时也要警惕，是否所有的个人经验都能作为文学素材进入文本？是否所有的个人经验都能产生文学审美空间？个人经验依据何种标准筛选？W.C.布斯在《小说修辞学》中提出审美距离，作者创造隐含作者，同时创造隐含读者，当两个自我在阅读时和谐一致时，则阅读成功。[1]但共鸣基于文本，而不仅是对生活经验的认同。文学创作有这样的过程：来源于生活—艺术加工—回归生活，大众文化倾向导致文本过于贴合生活，省略了艺术加工，而这个过程恰是好文本生成的最重要阶段。同时，如若脱离启蒙现代性，生活现代性则失去更高精神追求，易走入平庸、萎靡的误区。日常生活的哲学应是由形而上与形而下交互生成的生活实践，文学作品既要有生活经验，又有审美艺术的注入，同时具有更高价值指向。

五、"破而未立"："70后"作家短篇小说的创作困境

"70后"的短篇小说近年来取得了一些成绩，获奖颇多，已有十人荣膺鲁迅文学奖，其中五篇是短篇小说；在备受关注的第十二届"华语文学传媒大奖"中，"70后"作家六度夺得"年度最具潜力新人奖"。魏微、田耳、徐则臣分别三度获得"年度小说家"奖项，证明了实力。路内、冯唐、阿乙在"未来大家top20"中位列三席；曹寇被誉为最具才华潜力的当代青年小说家，是"小说大师的青年时代"；阿丁入选《人民文学》新锐十二家；等等，部分作家的作品远销海外。"70后"正以井喷的创作力向文坛证明其存在，由处境尴尬的"中间代"，成长为文坛新锐的"中坚代"，令人欣喜。但与此同

---

[1] [美]W.C.布斯.小说修辞学.华明,胡苏晓,周宪,译.北京：北京大学出版社,1986：169.

时,"70后"短篇创作仍存在弊端,表现为在主题与文体方面的"破而未立","70后"创作仍然偏于保守,贺绍俊也曾坦言,"他们("70后"作家)的精神主题仍属于传统,他们最终仍是一个继承者的角色,而不是一个革命者的角色,这大概就是他们的宿命"[1]。具体而言,主题方面,"小叙事"的主题有新变,但都存在束缚,与现实胶着,审美距离把握不当,例如都市情感题材小说,缺乏冲破生活、抵达真理的力度,短篇小说本应是最能反映社会动向的文体,却表现出自足性与封闭性,值得反思。同质化现象明显,如盛可以的短篇,涉及男女情感纠葛的,如 Turn on 与《手术》都表现了男女之爱为世俗沾染,失去原有感觉而分手的故事;《惜红衣》的"葡萄"与《低飞的蝙蝠》中的"女人",都为金钱利益掌控,游走于两个男人之间。再如金仁顺的《云雀》与《爱情诗》,女主人公都在酒店打工,成为富人的情人,都徘徊在寻找真爱与道德自责之间。自我重复、重复他人成为这类题材小说最大的诟病。青春成长题材在撕开现实丑陋的面具之后,缺乏构建性力量,故在面对现实时,选择逃避,一味将对人性美好的构建付诸童年经验。这是宣泄,同样也是暧昧的迂回。如徐则臣的《伞兵与卖油郎》中的大兵,伞兵的梦想破灭,最终变成瘸子。无独有偶,《一九八七》中的叔叔,外出学习霹雳舞的梦想破灭,最终也变成瘸子。从青春的疯狂,到最终的"跛行",青年成长最终都走向"涂自强的个人悲伤",怀揣梦想的少年该何去何从?作者留给读者的答案是跛行的无言背影。在乡土类型小说中,乡村的历史走向和文化演变,没有指向性力量,同情、暧昧、无奈等"含混"的态度,造成"逃避"的姿态。就文体而言,不论对先锋文学传统的继承,还是对新写实的承接,"70后"短篇都结合现实,有所突破,也呈现出轻逸、暧昧的文体特征,但依旧缺乏鲜明的文体意识,"小长篇"现象、中短篇界限模糊等,都反映了这一问题,造成"70后"短篇创作的力量不足。

"70后"短篇也缺乏敢于创建的指向性力量,相比于"50后"

---

[1] 贺绍俊."70年代出生"作家的两次崛起及其宿命[J].山花,2008(5).

"60后"作家,"70后"作家的短篇小说缺少对历史的反思,表现为对启蒙现代性的脱离,专注于个人经验。同时,相比较西方经典作家,"70后"作家的短篇小说缺少尖锐的批判、直指人心的力度及对人类生存意义的明确指向。他们的批判将尖锐的揭露转化为抒情想象,避世于情感的乌托邦。如都市情感题材小说,如何解决都市男女的情感危机?如何在复杂的都市生活,保持爱情的精神信仰?再如乡土题材小说,充满对底层农民的同情及对旧日质朴乡情的感恩,但当下农民该如何自处?如何摆脱身份焦虑?如何提高农民的精神境界?"70后"作家的短篇小说中,对当下问题展示而无解,同情而又逃避,试图解决又暧昧不明——这是"70后"作家短篇小说缺乏指向性力量的重要表现。学者张莉认为:"被视为理应对文坛最具新生异质力量的'70后',是一群这么'乖'的孩子,没有越轨的企图,没有冒犯的野心,没有超越可能性的尝试。"[1]有所创新,却始终"破而未立",这在使"70后"作家的短篇小说获得个性与赞誉的同时,也易走入平庸、自我重复的误区。

---

[1] 张莉. 在逃脱处落网:论70后写作的个人化与公共性 [A] //何锐. 把脉70后:新锐小说家评析. 南京:江苏文艺出版社,2010:50.

后　记

　　不知不觉，我从山东南来，已经在苏州大学任教四年了。从山东济南的洪楼百花社区，到苏州古城面南角的富华苑，北人南渡，有几许乡愁，更有几多文化上的刺激。这四年间，我领略了江南文化的韵味，第一次观赏昆曲和评弹，第一次吃了奥灶面，也学到了很多东西。苏州大学的中国现当代文学学科，历史悠久，底蕴深厚，名家辈出，我为能成为其中的一员而感到骄傲。我刚来苏州时，就住在杨枝塘，学术泰斗范伯群先生，住得离我很近。闲暇之时，我常去向他请教学问。先生的谆谆教导，此时仿佛还在耳畔，如今先生却斯人已逝，离开我们两年了。这几年间，著名教授、长江学者王尧先生，时常关心我的生活与学术工作，给予我很多帮助和指点，令我感佩于心。刘祥安教授、季进教授、汤哲声教授、张蕾教授等诸位先生，学识广博，人品端方，时常在各个方面帮助我，让我受益匪浅。我也经常与好友朱建刚教授和王耘教授，聚会聊天，一起游览吴地名胜，从中我感受到了浓浓的友谊。

　　这本书收录的主要是我来苏后几年间的学术成果，大部分发表在各类学术报刊之上。在我的研究领域中，当代文学是其中一个重要关注点。21世纪文学的这二十年间，出现了很多重要的作家作品，有着很多有意思的文学思潮和新的动向，特别是网络文学的出现，给当代文坛带来了很多前所未有的变化。我作为一名研究当代文学的学者，必须对这些现象进行及时的跟踪分析，研究其内在规律，并将之归纳入大的文学发展潮流之中。特别鸣谢苏州大学文学院院长曹炜教授的大力支持，苏州大学文学院学术文库的资助，以及江苏高校青蓝人才工程的资助。感谢苏州大学出版社周凯婷编辑辛苦的审校工作。

2020年7月7日

于苏州富华苑